JN088391

転生聖女は推し活がしたい！

虐げられ令嬢ですが推しの王子様から溺愛されています!?

綾束　乙

23927

角川ビーンズ文庫

✦ Contents ✦

Characters
登場人物紹介
エリシア
サランレッド公爵令嬢。
黒髪黒目のせいで
「邪悪の娘」と
蔑まれている
レイシェルト
アルスデウス王国の
超美形王太子。
文武両道で
清廉潔白な人柄
転生聖女は推し活がしたい！
虐げられ令嬢ですが推しの王子様から溺愛されています!?

ミシェレーヌ

現王妃。
レイシェルトの義母

ジェイス

エランド伯爵令息。
町人街の警備隊長

マルゲ

エリシア付きの侍女。
有能で過保護

マリエンヌ

ジェイスの妹。
表情豊かな美人

セレイア

エリシアの妹。
当代唯一の聖女と目されている

ティアルト

レイシェルトの義弟。
第二王子

本文イラスト／釜田

プロローグ
Prologue

あと一時間もしないうちに、舞台《ぶたい》に立つ生の玲様《れいさま》を観《み》られる……っ！

そう考えるだけで口元がにやけるのを抑《おさ》えられない。いやむしろ、あふれる幸福感のままに踊《おど》り出したい！　天へ向かって「ありがとうございます！」と叫《さけ》びたいっ！

いや、しないけど。日曜日の昼過ぎ、人通りの多い川べりの駅前の道でそんなことをしたら、通報案件だし。

身体《からだ》の中で抑えきれない衝動《しょうどう》を吐《は》き出すように、はぁっ、と手袋《てぶくろ》に包まれた指先に息を吹《ふ》きかける。ついでに口元も隠《かく》せるし。

でもでもっ、今にも叫び出したい衝動が抑えられないっ！

私は心の中で、待ち合わせの相手であり、私に玲様の存在を教えてくれた親友のみっちゃんに語りかける。

みっちゃん、来る日も来る日も、チケットが当選しますようにって、二人で空に祈《いの》った甲斐《かい》があったねっ！　チケットが取れたってわかった時の感動は、昨日のことのように思い出せるよ！　大丈夫《だいじょうぶ》！　舞台の原作になった小説は、諳《そら》んじられるほど読み込んで来たよっ！　私、こんなに暗記が楽しかったこと、人生で初めてっ！

ほんともう、推《お》し活を教えてくれたみっちゃんには感謝しかないよっ！　心の友と書いて心友《しんゆう》だよっ！

早く来ないかなぁ……。いや、今日が楽しみすぎて、早めに来ちゃったのは私だけど。

ああっ！　舞台に立つ玲様ってどんな感じなんだろう⁉　「テレビとは全然違《ちが》うんだよ！　舞台の空気っていうのは！」って、みっちゃんは力説してたけど……。

……ん？　ということは……。私、これから玲様とおんなじ劇場の空気吸うの？　憧《あこが》れの玲様を生で初めて見られるだけじゃなくて？

考えた途端《とたん》、ぱくんっ！　と心臓が跳《は》ねる。

え。無理。無理無理無理無理っ！

私なんかが玲様と同じ空気を吸っちゃうなんて、そんなの畏《おそ》れ多すぎる……っ！

そうだっ！　なんか袋っ！　玲様が呼吸した劇場の空気を持って帰って真空パックできる入れ物……っ！

求めるものを売っているお店がないかと、おろおろと駅前の通りを見回した私の視線が、今だけは会いたくなかった顔を人混《ひとご》みの中に見つける。あわてて回れ右して、背後に流れる川の水面を見ているふりをしようとしたけど、あちらも同時に私に気づいていたらしい。

「絵理《えり》！　あなた、こんなところで何してるの⁉」

斬《き》りつけるようにキツい口調に、びくびくと振《ふ》り返る。

「お、お母さん……」

カツカツと靴音《くつおと》も高く私に歩み寄ってきたのは、かっちりとしたツーピースにコートを羽織ったお母さんと、疲《つか》れ切った顔をマフラーにうずめているお兄ちゃんだ。

嫌《いや》だ。お母さんとお兄ちゃんには言いたくない。私のことは馬鹿《ばか》にされてもいいけど、玲様とみっちゃんだけは誰《だれ》にも馬鹿にされたくない。

「お、お母さん達はどうしたの？　これから予備校の面談？」

卑怯《ひきょう》だと思いながら質問に質問で返す。お兄ちゃんが勉強以外の用事で外出しているわけないってわかっているのに。

毎日遅《おそ》くまで勉強しているからだろう。うっすらと目の下に隈《くま》があるお兄ちゃんの顔は、血の気がなくて下手《へた》したら倒《たお》れそうだ。

寒い中、大変だよね。入試までもうすぐだもんね、無理しないでね。

応援《おうえん》の言葉を口にするより早く、お母さんが顔をしかめて口を開く。

「そうよ。共通テストまでもう間がないのに、この子ったら未《いま》だに判定が悪いんだから」

お母さんの肩《かた》の辺りに、黒い靄《もや》が湧《わ》き出す。お母さんの一歩後ろで無言で唇《くちびる》を噛《か》みしめたお兄ちゃんからも、黒い靄が漂《ただよ》い始めた。

小さい頃《ころ》から、私にはなぜか人の負の感情が黒い靄になって見えた。まるで絡《から》みつく蛇《へび》みたいにうねる黒い靄は、今にも牙《きば》を剝《む》いて私に飛びかかってきそうで……。

「た、大変だね……」

身体が震《ふる》えそうになるのを感じながら、いたわりの言葉を口にすると、お母さんが苛立《いらだ》たしげに目を細めた。

「そういうあなたはこんなところで何をしているの⁉　お兄ちゃんは日曜日でもしっかり勉強しているっていうのに、ふらふらと遊び歩いて……っ！」

お母さんが顔をしかめると同時に、吹き出す靄がさらに黒く、濃《こ》くなっていく。

「どうせその大荷物も勉強道具じゃないんでしょう⁉　見せてみなさいっ！」

「だ、だめっ！　この中には、本当に大事なものが入ってるんだから……っ！」

肩からかけた鞄《かばん》に伸《の》ばされたお母さんの手を反射的に振り払《はら》い、ぎゅっと鞄を抱《かか》え込む。

舞台の後でみっちゃんといっぱい語ろうって、原作になった本とか玲様の写真集とか、へたくそだけどみっちゃんとそれぞれ作った玲様のあみぐるみとか……っ！

「きょ、今日は舞台に行くの！　お、推し様の舞台に……っ！」

言っちゃダメだ。頭の片隅《かたすみ》で理性が叫ぶ。でも言葉は勝手に飛び出していた。

「推し？　何なの、それ？　どうせくだらないモノなんでしょう？」

眉《まゆ》をひそめたお母さんが、冷ややかに吐き捨てる。

「く、くだらなくなんかないよっ！　私の生きる糧《かて》なんだからっ！」

私の言葉に、お母さんが呆気《あっけ》にとられたように目を見開く。かと思うと、すぐに目に怒《いか》りが満ちた。同時に、お母さんから黒い靄が襲《おそ》いかからんばかりに立ち上る。

「子どものくせに、生きる糧だなんて何を馬鹿なことを言ってるの!? だからいつまでも成績が悪いままなのよ！　貸しなさいっ！　そんなもの捨ててあげるわっ！」

「だ、だめっ！」

お母さんの手と黒い靄、両方から逃《に》げるように身をよじる。鞄を奪《うば》われまいと抱え込んだ肩に、強い衝撃《しょうげき》が走る。ぐらりとかしいだ身体が、川べりの柵《さく》を越《こ》えた。

「あ……っ」

だめっ！　鞄を濡《ぬ》らしちゃ……っ！

反射的に強く鞄を抱《だ》きしめる。呆然《ぼうぜん》としたお母さんの顔がやけにゆっくり見えたかと思うと、どぷんっ！　と川に身体が沈《しず》んだ。

身を切るような冷たさに、一瞬《いっしゅん》で意識が飛びそうになる。ごぽごぽと濁《にご》った音が耳の中で聞こえる。落ちた拍子《ひょうし》に飲んでしまった水が、体内から私を凍《こお》らせる。

泳がなきゃ。でも鞄を放せない。何より川の流れが速い。

私、このまま死んじゃうの？　玲様にも会えないままで？

嫌だっ！　玲様に会えたら死んでもいい！　むしろ死んじゃう！　なんて思ってたけど、玲様に会う前に死ぬなんて……っ！　死ぬんだったら玲様を拝んで呼吸困難になって死にたいっ！

推し様の晴れ姿をこの目で見るまで死ねない！　のに……っ！

このまま、夢を叶《かな》えられないまま溺《おぼ》れ死ぬなんて、嫌……っ！


「ほんぎゃぁ〜っ！」

叫ぶと同時に、世界が光で満ちる。

「お生まれになりました！　お嬢様《じょうさま》でございます！」

私を抱き上げて叫ぶ誰かの声。

「まあっ！　では予言どおり聖女なのね！　どんな子なの⁉　早く顔を見せて！」

私、この声を知ってる。ずっと私が生まれるのを待ち望んでいてくれた人。

「いや……。どうか落ち着いて聞いてくれ。この子は聖女じゃない……。まさか、我がサランレッド公爵《こうしゃく》家から、邪神《じゃしん》の色を宿した黒髪《くろかみ》黒目の娘《むすめ》が生まれるなんて……っ！」

男の人の苦渋《くじゅう》に満ちた低い声に、女の人の叫びが重なる。

「嘘《うそ》っ！　嘘よ嘘っ！　予言では、公爵家に特別な聖女が生まれると！　わたくしが聖女の母となるはずなのに……っ！　赤ちゃんを！　わたくしのエリシアを見せてっ！」

「奥様！　落ち着いてくださいませ！　ご出産されたばかりですのに、そんなに興奮されては……っ！」

にわかに周囲が騒《さわ》がしくなる。

聖女って何？　私はこれから玲様の舞台《ぶたい》に行って……。

あたたかなお湯につけられた私の意識がとろんとほどける。

ああでも今は、疲れて眠《ねむ》りたい……。


細瀬《ほそせ》絵理、享年《きょうねん》十七。

推《お》し様の晴れ姿を見られなかったと嘆《なげ》きながら川に流され、次に目覚めた時。

私はアルスデウス王国の公爵令嬢、エリシア・サランレッドとして生まれ変わっていた。

第一章 ✦ 私、今世でも推し様を見つけました！

Chapter 01

「まあ嫌《いや》だ！　なんて禍々《まがまが》しい髪の色でしょう！」
「サランレッド公爵が頑《かたく》なに公《おおやけ》の場に連れてこなかったのも理解できるな。瞳《ひとみ》まで黒いとは、なんと不気味な……」

　目立たないよう最後に謁見《えっけん》の間に入ったというのに、私の姿を見た途端《とたん》、最後列にいた貴族達から恐怖《きょうふ》混じりの侮蔑《ぶべつ》と嫌悪《けんお》の言葉が投げつけられ、私は反射的に顔が強張《こわば》りそうになったのをごまかすように視線を伏《ふ》せた。

　だから来たくなかったのに……。と小さく吐《と》息《いき》するも、貴族達が居並ぶ王城の広間で思いを口に出すことは許されない。

　サランレッド公爵家の長女・エリシアとして転生した私は今年で十五歳になっていた。アルスデウス王国では貴族の子女は十三歳で国王陛下に拝謁し、社交界デビューすることになっているというのに、私が王城へ謁見に来たのは今日が初めてだ。

　何百年も昔、光神《こうしん》アルスデウスの加護を受け、邪神ディアブルガを倒《たお》した勇者を始祖とするアルスデウス王国では、黒色は邪神に通じる色として、非常に忌《い》まれている。前世と同じ、黒髪黒目で生まれた私は、生まれ落ちた瞬間から『邪悪《じゃあく》の娘』と呼ばれて疎《うと》まれ、公爵家の娘でありながら、存在を隠《かく》すかのように離《はな》れで育てられてきた。

これ以上難癖《なんくせ》をつけられないよう、私はじっと床《ゆか》を見つめる。その私の足元に絡《から》みつくように流れてきたのは、貴族達の身体《からだ》からあふれ出した黒い靄《もや》だ。

前世と同じで、今世でも私には人の負の感情が黒い靄となって見える。でも、前世と違《ちが》うのは――。

消えて、と心の中で祈《いの》った途端、私にふれようとしていた黒い靄が塵《ちり》と化して消えて、ほっとする。

どうしてこんなことができるのか自分でもわからないけれど、前世の絵理と違って、エリシアは黒い靄を祓《はら》うことができる。これだけは生まれ変わってよかったことだ。

歴史の本などで読んだ内容から推測するに、たぶんこれは聖女の力だ。でも……。

「国王陛下のご入場でございます」

王城の侍従《じじゅう》の宣言に、しん、と謁見の間が静まり返る。数段高く設《しつら》えられた段の上に、立派な衣装《いしょう》を纏《まと》われた壮年《そうねん》の国王陛下が姿を現す。ざっ、と貴族達がかすかな衣《きぬ》ずれの音とともに頭《こうべ》を垂れた。もちろん私も深々と頭を下げる。

「皆《みな》の者、よく集まった。本日はサランレッド公爵家の令嬢達の成人の謁見である。しかし……。今日謁見するのは、聖女であるセレイア嬢と姉のエリシア嬢と聞いていたが……。

セレイア嬢しかおらぬではないか」

いぶかしげな陛下のお言葉に、最前列にいるお父様があわてふためいた声を出す。

「い、いえっ、陛下の御前《ごぜん》に参っております！　ですが、お目汚《よご》しになってはならぬと思い、後方に控《ひか》えさせておりまして……っ！」

「そのような気遣《きづか》いは無用である。エリシア嬢。前へ」

陛下の言葉に息を呑《の》む。まさか、前へ出るよう促《うなが》されるとは思ってもみなかった。

一瞬《いっしゅん》、前に呼ばれた上で、邪悪の娘が王城へ伺候《しこう》するとは何事だと、叱責《しっせき》されるのではないかと懸念《けねん》がよぎる。けれど、陛下の落ち着いた声音《こわね》からは嫌悪は感じられない。

「は、はいっ。失礼いたします……」

一度さらに深く頭を下げると、顔を伏せたまま、貴族達の間を通って前へ進む。

私の姿を見た貴族達から嫌悪の黒い靄が湧《わ》きおこり、蛇《へび》のように足元に絡みつく。緊《きん》張《ちょう》と足元を覆《おお》う黒い靄とで、気を抜《ぬ》くと転んでしまいそうだ。

陛下のお心遣いはありがたいですけれど……っ！　できれば、邪悪の娘である私なんて、放置しておいていただきたかったです……っ！

心の中で嘆くも、陛下のご命令に逆らえるわけがない。

最前列に並ぶのは、お父様とお母様、そして本日の主役である二歳年下の妹・セレイアだ。輝《かがや》くばかりの金の髪を結《ゆ》い上げ、宝石やリボンで飾《かざ》ったセレイアは、今日の謁見のために新調したという純白のドレスを着ていて、後ろ姿だけでも妖精《ようせい》のように可憐《かれん》だ。

くすんだ青色の地味なドレスの私は、お父様達の隣《となり》には並ばずに一歩下がった場所で歩を止め、もう一度深々と頭を垂れる。これ以上、前になんて絶対に出られない。

私が前に進み始めた時から、お母様達から前が見えなくなりそうなほどの黒い靄があふれ出している。本来、二年前に済ませておくはずの私の成人の謁見が二年も遅《おく》れたのは、『邪悪の娘《むすめ》を王家の方々の御前に連れていくなんて畏《おそ》れ多いこと、できませんわっ！　セレイアちゃんの輝かしい未来に影《かげ》が差したら、どうするつもりですの⁉』

と、お母様が強硬《きようこう》に反対したからだと聞いている。が、先日、十三歳の誕生日を迎えたセレイアの拝謁の日について、お父様が国王陛下にお伺《うかが》いを立てた際、

『セレイア嬢には姉がいるだろう。公爵《こうしやく》夫人の強い要望で、二年前は拝謁を見送ったが、たとえ邪悪の娘と呼ばれていようと、姉をさしおいて妹だけが拝謁するのは秩序《ちつじよ》を乱すもととなりかねん。貴族の範《はん》となるべき第一位の公爵家が序列を乱すのはいかがなものか』

とのお言葉を賜《たまわ》ったらしい。

陛下が型どおりの祝いの言葉を述べた後、特別にセレイアへ声をかける。

「セレイア嬢。聖女であるそなたが成人を迎えたことは、誠《まこと》に喜ばしい。今後は聖女の力を使い、国のため、そして民《たみ》のために、他の聖者達とともに平和を守り続けてくれ」

「陛下より直々にお言葉を賜るとは、なんと光栄なことでございましょう……っ！　わた

くし、王国の繁栄《はんえい》のため、聖女としてしっかり努めてまいりますっ！」

セレイアが感極《かんきわ》まった様子で声を上げ、周りの貴族達が口々に賛美の声を上げながら拍《はく》手《しゅ》でセレイアを讃《たた》える。

今日、謁見の間に集《つど》っている貴族達は、聖女を擁《よう》するサランレッド公爵家と少しでもお近づきになろうと願っている者達ばかりだ。まさか、こんなに大勢いるなんて想像していなかったけれど、それだけ聖女という存在が、アルスデウス王国において重要ということだろう。セレイアに関心が集中したことで私に向けられる黒い靄が薄《うす》くなり、私は目立たないよう、小さく安堵《あんど》の息をついた。

何百年も昔、勇者とともに邪神《じゃしん》を封《ふう》じた大聖女は、悪《あ》しき『澱《よど》み』を祓い、浄化《じょうか》する力を持っていたという。大聖女亡《な》き後も、アルスデウス王国では時折、聖女や聖者が生まれる。私もセレイアも聖女の力を持っているけれど……。

セレイアだけでなく邪悪の娘と呼ばれる私まで、聖女の力を持っていると知っている人は、ひとりもいない。幼い頃《ころ》からずっと私の世話をしてくれている侍女《じじょ》のマルゲでさえも。

でも、それでいい。私は聖女になんてなりたくない。

だから、聖女として活躍《かつやく》する気満々なセレイアには、むしろ感謝しているほどだ。

たとえ、邪悪の娘と蔑《さげす》まれ続けるのだとしても……。私は、今世こそ、ひっそりと日陰《ひかげ》で生きていこうと決めたんだから……っ！

国王陛下が退出された後、私は大勢の貴族達から囲まれるセレイアやお母様達から逃《に》げるように、そそくさと謁見の間を出た。もともと、お母様に王城には必要最低限しか滞在《たいざい》してはいけないと厳命されている。お母様達は公爵家の紋章《もんしょう》付きの立派な馬車で登城したけれど、私は行きも帰りもマルゲが町人街に依頼《いらい》した貸し馬車だ。

これ以上、人目につく前に屋敷《やしき》の離れへ帰ろうと、庭園に面した王城の廊下《ろうか》を急ぐ。本来なら馬車のところまで案内がつくのだけれど、邪悪の娘に怯《おび》えている様子の召使《めしつか》いに案内を頼《たの》むのは申し訳なくて、辞退したのだ。邪悪の娘と呼ばれてはいるものの、人を呪《のろ》ったりするような力なんて、持っていないんだけど。むしろ持っているのは聖女の力だし。

初めて入ったお城は、まるでおとぎ話に出てくるような壮麗《そうれい》さで、叶《かな》うならじっくり見てみたいところだけれど、そんな猶予《ゆうよ》はない。廊下の向こうに広がる、初夏の花々が咲き乱れる美しく手入れされた庭園を横目に足早に歩いていると。

「おう、いいぞ。一度出してみてくれ」

庭園に配置された噴水《ふんすい》のそばで作業していた職人達のひとりが声を上げた。同時に。

ざぁぁぁ……っ！

それまで水音ひとつしなかった噴水から、勢いよく水が噴《ふ》き出す。陽光を受けた雫《しずく》がきらきらと宝石のように輝き、小さな虹《にじ》がかかった。けれど。

「っ！」

私の頭は水音を聞いた途端《とたん》、真っ白になっていた。前世の死に際《ぎわ》を思い出して、まるで急に水の中に落ちたように、喉《のど》が詰《つ》まって息ができなくなる。早くここから離れないと。そう思うのに、足だけでなく全身ががくがくと震《ふる》えて、立っていられない。

廊下にくずおれ、震える両手で耳をふさごうとした瞬間。

「きみ……っ！　大丈夫《だいじょうぶ》かい!?」

耳に心地《ここち》よい美声が聞こえると同時に、誰《だれ》かの力強い手のひらに肩《かた》を包まれた。声の主が片膝《かたひざ》をついて私の顔を覗《のぞ》き込み。

――その瞬間、世界が止まった。

待って。え？　ちょっと待って。

私を覗き込んでいるのは、光神アルスデウス様が手ずからお作りになったかのような端整な面輪《おもわ》の美青年だった。

凛々《りり》しくもどこか甘さを孕《はら》んだ顔立ちには気遣わしげな表情が浮《う》かび、晴天の空を映した碧《あお》い瞳《ひとみ》は、至高の宝石のよう。陽光を融《と》かしたような金の短い髪《かみ》は、日陰だというのにきらきらと輝いている。

「顔が真っ青だ。……すまないが、失礼するよ」

呆然《ぼうぜん》と固まっている私の耳に、天上の調べのような美声が届く。かと思うと。

「ひゃっ⁉」

次の瞬間、引き締《し》まったたくましい腕《うで》に横抱《よこだ》きに抱き上げられていた。

「空いている部屋で休むといい。きみの侍女はどこにいるんだい？　使いをやろう」

「いえっ、あの……っ。わ、私はひとりで……っ」

私の返答に青年が驚《おどろ》いたように目を瞠《みは》る。ふつう、貴族の令嬢《れいじょう》が供もなしに王城をうろついているはずがない。が、目が合った途端、青年の面輪に納得《なっとく》したような表情が浮かぶ。

「きみは……。サランレッド公爵家のエリシア嬢だね？」

名乗らずとも青年にはわかったのだろう。黒髪黒目の貴族の娘が、他《ほか》にいるはずがない。

「は、い……」

否応《いやおう》なしに声が震える。伏《ふ》せた視線が青年の服の胸元《むなもと》に刺繍《ししゅう》された家紋《かもん》を捉《とら》え、彼が何者なのかを知る。一本の剣《けん》と光輪が配されたその紋章は、アルスデウス王国の国旗と同じもの。つまり、この御方《おかた》が、御年《おんとし》十八歳だという、王太子のレイシェルト殿下《でんか》……っ！

驚きに息を呑んだ瞬間、今の自分の状況《じょうきょう》を思い出す。

「も、もう大丈夫ですのでっ！　どうか下ろしてくださいませ……っ！」

邪悪の娘が王太子殿下に抱き上げられているところなんて見られたら、いったいどんな恐《おそ》ろしい噂《うわさ》が流れるだろう。お母様に叱責《しっせき》を受けるだけではすまないに違《ちが》いない。

「エリシア嬢、落ち着いて」

戸惑《とまど》った声を上げつつも、レイシェルト殿下の腕はゆるまない。床《ゆか》に落ちてもいい覚悟《かくご》で身じろぎすると、仕方がなさそうにそっと床に下ろされた。爪先《つまさき》が床についた途端、スカートをつまんで、身を二つに折るようにして頭を下げる。

「申し訳ございませんでした……っ！　王太子殿下に多大なるご迷惑《めいわく》をおかけしてしまうなんて……っ！　どうか、お許しくださいませ……っ！」

震えながら必死に詫《わ》びる。次いで降ってくるだろう叱責に身を硬《かた》くしていると。

「どうして謝るんだい？」

片膝をついたレイシェルト殿下のあたたかな手に、左手を包み込まれる。

「きみは何も悪いことなどしていないよ。体調を崩《くず》すことなど誰にでもある。わたしは迷惑をかけられたなんて思っていないから安心してほしい。緊張《きんちょう》する謁見《えっけん》だったろうに、よく頑張《がんば》ったね」

きっと邪悪の娘である私に貴族達がどんな反応をしたのか、お見通しなのだろう。気遣《きづか》いに満ちた微笑《ほほえ》みとともに告げられたレイシェルト殿下の言葉が、矢のように心臓を貫《つらぬ》く。

――きみは何も悪いことなんてしていない。

頭の中で響《ひび》いたのは、前世の推《お》し様である玲様の声。

偶然《ぐうぜん》つけたテレビから聞こえてきたドラマの台詞《せりふ》。真っ直《す》ぐな視線で真摯《しんし》に紡《つむ》がれた言

葉は、たとえそれが演技であっても、自分が嫌《きら》いだった私の心を救ってくれるのに十分で。

「あ……」

レイシェルト殿下の光り輝《かがや》くようなお姿がにじみ、涙《なみだ》があふれ出したのだと気づく。

碧い目を瞠ったレイシェルト殿下が口を開くより早く。

「し、失礼いたします……っ！」

あたたかな手から指先を引き抜《ぬ》き、立ち上がって脱兎《だつと》のごとく駆《か》け出す。

そうでもしないと、胸の奥から湧《わ》きあがる歓喜《かんき》に叫《さけ》び出してしまいそうで。

神様女神《めがみ》様光神アルスデウス様……っ！　ありがとうございますっ！

私……っ！　この世界でも、推し様を見つけました……っ！


どうやって馬車に乗って公爵家《こうしやく》の離《はな》れに戻《もど》ってきたのか、まったく記憶《きおく》に残ってない。

「お嬢様!?　いったいどうなさったのですか!?　王城で口さがない貴族達に失礼極《きわ》まりないことを言われましたか!?　それとも奥様ですか!?　ああっ、これほど茫然自失《ぼうぜんじしつ》となられるなんて、いったいどのような目に……っ！」

出迎《でむか》えてくれたマルゲの心配そうな声に、私はようやく我《われ》に返った。途端。

「マルゲぇ～っ！　私、推し様を見つけたの……っ！　どうしようどうしましょう～っ！

推し様が尊すぎて、尊さが限界突破《とっぱ》して超新星爆発《ちょうしんせいばくはつ》なの！　無理！　尊すぎる〜っ！」

ドレスのまま縋《すが》りついた私に、マルゲが目を瞬《しばた》かせる。

「おし？　ぼくはつ……？　お嬢様、何があったのですか？」

聞いてくれるのねっ、マルゲ！　語っていいのねっ⁉

「あのねっ、レイシェルト殿下に初めてお逢《あ》いしたの！　細身ながらも引き締まった鍛《きた》えられたお身体《からだ》！　仕草のひとつひとつに気品があふれて大洪水《こうずい》な佇《たたず》まい！　耳どころか心も融ける天上の調べのごとき美声！　黄金よりもまばゆいさらっさらの御髪《おぐし》と蒼天《そうてん》よりも澄《す》んだ瞳！　何より、見る者を魅了《みりょう》せずにはいられない凛々しくかつ麗《うるわ》しいご尊顔に天使のように清らなお心……っ！　尊い！　推せる！　いえ推させてください伏してお願い申し上げますっ！　レイシェルト殿下こそ至高の！　私が求めていた推し様なの――っ！」

「はあ……？」

マルゲが「意味がわかりかねます」と顔にでかでかと書いて、あいまいに頷《うなず》く。が、私の興奮は治まらない。

「まさか、もう一度推し様ができるなんて……っ！　ねぇマルゲ！　レイシェルト殿下ってどんな方なの⁉」

離れにほぼ引きこもりの私と違い、有能なマルゲは情報通だ。勢い込んで尋《たず》ねると、私の勢いに押された様子のマルゲが、戸惑いながら答えてくれた。

「そうですね……。御年は十八歳。文武両道の誉《ほま》れ高く、年に一度の王家主催《しゅさい》の神前試合では、昨年は準々決勝まで進まれたとか……。七年前、陛下の後添《のちぞ》えとして嫁《とつ》がれたミシェレーヌ王妃《おうひ》様との仲もよく、腹違いの弟であるティアルト殿下をたいへん可愛《かわい》がってらっしゃると――」

「待って！　ちょっと待って！　推し様情報の供給過多で酸欠になっちゃう……っ！」

「お嬢様っ⁉」

「でもくださいっ！　もっと推し様の情報を……っ！」

「どうなさったんですか⁉　おとなしいお嬢様がこんなに興奮なさるなんて……っ！　お願いですから少し落ち着いてくださいませ。さあ、深呼吸をなさって……っ！」

マルゲに背中を撫《な》でられながら、すーはーすーはーと深呼吸する。

「先ほどから、『おし』なる謎《なぞ》の言葉を口にされておりますが――」

「マルゲも推し活に興味あるっ⁉　推し様っていうのはね！　尊くて崇高《すうこう》で見ているだけで、ううん！　心に思い描《えが》くだけで活力が湧いてくる幸福の源で――」

「あ、いえ。結構です。不用意に聞いてはいけないものだと理解いたしました」

ぐいぐいと迫《せま》る私に、マルゲがさっと手のひらをこちらへ向けて、冷静極まりない様子で首を横に振《ふ》る。

ちぇー。せっかく前世のみっちゃんみたいな推し仲間ができるかと思ったのに、残念。

確かに、ふだんの私を知っているマルゲにしてみれば、私の急変は信じられないに違いない。前世の記憶を持って生まれた私は、小さい頃《ころ》から聞き分けのいい手のかからない子どもだったんだから。

でも、レイシェルト殿下……っ！　ううんっ、不敬だとわかっていても、レイシェルト様とお呼びさせてください……っ！　推し様に出逢った私は生まれ変わったのっ！

絵理からエリシアに生まれ変わって十五年。これまでの日々は、邪悪の娘《むすめ》と蔑《さげす》まれ、ただただ息を殺して毎日を無為《むい》に過ごすだけだった。

だけど、推し様に出逢えた今の私は違う！　心は春の青空のように晴れ渡《わた》り、気持ちはわくわくとはずんでいる。全身に活力がみなぎり、今なら何だってできる気がする！

「とにかく！　推し様を見つけたからには、全力で推させていただきたいのっ！」

拳《こぶし》を握《にぎ》りしめて宣言した私に、マルゲがぽかんとした顔をしたのを見て、はっとする。

し、しまった。やっちゃった……。前世でも親友のみっちゃんに『推し様について語っている時の絵理はテンションが上がりすぎて周りが見えなくなってる時がある』って言われてたっけ……。ごめん、マルゲ。でも今はどうしても気持ちが抑《おさ》えられないの……っ！

だって、レイシェルト様という素晴《すば》らしい推し様を見つけたんだものっ！　これはもう、全身全霊《ぜんれい》で推し活に励《はげ》むしかないわよねっ！

第二章 ✦ 推し様と思いがけない急接近!?

Chapter ✦ 02

レイシェルト様との出逢いから二年後。

私は、ヴェールとフードをかぶって顔を隠し、マルゲのお兄さんのヒルデンさんが経営する王都の町人街にあるレストランで、相談処《どころ》を開いていた。

推し様を見つけたあと、何とか推し活のための資金を稼《かせ》ぎたいとマルゲに相談した結果、ようやく見出《みいだ》せた妥協《だきょう》点が、ヒルデンさんのお店で、正体を隠《かく》して稼ぐことだったのだ。

公爵令嬢といえど、家族に疎《うと》まれている私には、自由にできるお金なんてまったくない。どうしても自分の力でお金を稼ぐ必要がある。

とはいえ、身分と邪悪《じゃあく》の娘であることがバレては困るため、ふつうのお仕事をするわけにもいかず……。思いついたのが、相談処だったのだ。聖女の力を使って靄《もや》を祓《はら》えば、悩んでいる人の力にも少しくらいなれるかな、と考えたというのもある。

私が聖女の力を持っていることは、マルゲにさえ話していない。けれど私と話していると心が穏《おだ》やかになるというのは、マルゲも認めてくれた。

聖女の力をお金稼ぎに使うのは、知られたら怒られるかもしれないけれど……。邪悪の娘である私が聖女かもしれないと疑う人なんているはずがない。

何より、推し活のためだもん！　使える力は何であろうと使わないともったいないっ！

というわけで、毎週末、邪悪の娘とわからぬようにフード付きのマントとヴェールで黒《くろ》髪《かみ》黒目を隠し、まじない師のエリとして活動しているのだ。

エリとしてテーブルについた私の目の前には、今夜の相談者が座っている。奥さんと喧《けん》嘩《か》したというおじさんの話を聞き終えた私は、

「ご事情はわかりました。では、目を閉じてください」

と、いかにもご利益《りやく》がありそうな重々しい口調で告げた。十五歳の頃から、もう二年も経《た》っているので、この程度はお手の物だ。私の言葉におじさんが素直《すなお》に目を閉じる。その肩《かた》に陽炎《かげろう》みたいにゆらゆらと揺《ゆ》れているのは、負の感情が形をとった黒い靄《もや》だ。

「気持ちを落ち着けて……。大切な人のことを心に思い描いてください」

目を閉じたおじさんの唇《くちびる》がもごもごと動く。奥さんの名前を声に出さず呼んだのかもしれない。今だ、と私は椅子《いす》から腰《こし》を浮《う》かし、身を乗り出しておじさんの肩にふれた。

「あなたとあなたの大切な人達に幸せが来ますように」

祈《いの》りながら、黒い靄が揺れる肩を手のひらでさっとひと撫でする。

途端《とたん》、黒い靄が跡形《あとかた》もなく消えた。

「目を開けてくださって大丈夫《だいじょうぶ》ですよ。どうですか、ご気分は？」

おずおずとまぶたを開けたおじさんが、「おお……っ」と呟《つぶや》いて目を瞠《みは》る。

「何だかわからねぇが、心が軽い……っ！　いや、身体まで軽くなったみたいだ！」

さっきまで黒い靄がついていた肩を回す。

「徒弟《とてい》達に聞いた時は疑ったが、あんた、ほんとに腕《うで》のいいまじない師なんだなぁ！　いやあ、俺、何に怒《おこ》ってたんだろうな。別に怒るほどのことじゃなかったってのに」

「いいえ。心が晴れたようでよかったです」

ほっとしながら、にこりと微笑《ほほえ》んでかぶりを振る。黒い靄を祓《はら》うことはできるけれど、私にできるのはあくまで祓うことだけ。祓って空いた心の隙間《すきま》を埋《う》めることはできない。

だから、お客さんには大事なもののことを考えてもらって、その気持ちで隙間を埋めるようにしてもらっているんだけど……。よかった。うまくいったみたいだ。

これが激怒《げきど》している人だと、そううまくはいかない。祓ってもすぐにその隙間に怒《いか》りが入り込んでしまうからだ。

「家に帰ったらかみさんに詫《わ》びないとな。許してくれたらいいんだが……」

「きっと大丈夫ですよ。あ、心配ならお土産《みやげ》を持って帰るなんてどうですか？　リリシスの花の形のクッキーがあるんですよ」

というか、私がマルゲと一緒《いっしょ》に焼いたクッキーなんだけど！

リリシスの花というのは、青い花弁に、中央部分はぼかしのように黄色が入っている水《すい》仙《せん》に似た花だ。別名、勇者の花とも呼ばれていて、細く真っ直《す》ぐな葉は剣《けん》を、花の部分は青空と太陽、もしくは光神アルスデウスの加護を受けている金髪碧眼《きんぱつへきがん》の勇者をあらわすとも言われている。アルスデウス王国では広く好まれているモチーフだ。

レイシェルト様が好んで装飾《そうしょく》に使われているため、今やリリシスの花といえばレイシェルト様を示すと言っても過言ではない。これはもう、推《お》し活に使うしかないでしょ！

もちろん、作っているのはクッキーだけじゃない。リリシスの花を刺繍《ししゅう》したハンカチとか、刺繍糸で編んだリリシスの花のモチーフとか……。ヒルデンさんにお店の端《はし》のテーブルをひとつ貸してもらって、そこで私が作ったものを販売《はんばい》してもらっている。もちろん、売り上げはすべて私の推し活資金だ。

「リリシスの花があらわすレイシェルト殿下《でんか》は、先日、無事に『澱《よど》みの獣《けもの》』の討伐《とうばつ》から戻《もど》られたそうですし、とっても縁起《えんぎ》がいいですよ！　奥さんも喜ばれると思います！」

ここぞとばかりにオススメする。推し様のグッズを作って幸せになって、その売り上げでもっと推し活ができて、もっとレイシェルト様を推せるなんて……っ！

何この至高の循環《じゅんかん》経済っ！　いやっ、循環経済ってそういう意味じゃないけどっ！

ヒルデンさんによると、グッズの売り上げはなかなか好調らしい。レストランに来る女性のお客さんが増えたと喜んでくれている。

「おお！　菓子《かし》か。そいつは土産にいいな。ありがとよ」

代金の銅貨五枚を置いたおじさんが立つ。心はすっかり奥さんへ向かっているようだ。

「こちらこそ、ありがとうございました」

ぺこりと頭を下げて銅貨を腰に下げた袋《ふくろ》にしまい、おじさんを見送ってから私も立ち上がる。今のお客さんで最後だ。毎週末ここでよろず相談処を開いてたら、いつの間にか「ここでまじなうと幸運が起こる」という噂《うわさ》が広まり、今ではすっかりまじない師として知られている。まあ、私としては、お金さえちゃんと稼げれば相談員でもまじない師でも、どっちでもいいんだけど。

最初はうまくいくかどきどきだったけれど、幸いにも正体がバレることもなく、今や週に一度のまじない師のエリになる日は、私の楽しみになっている。

まじない師のエリをしている間だけは、私は邪悪の娘でもなんでもない、その辺にいるただの女の子だ。最初は反対していたマルゲも、私が楽しそうに過ごしているのを見て、今では一緒にクッキーを焼いてくれるほどになった。

っていうか、念願の推し活に励めてるんだもの！　毎日が輝《かがや》いていると言っていい。

とはいえ、そろそろ帰らないとマルゲを心配させるだろう。王都は、主に貴族街と町人街に分かれている。町人街も警備隊が巡回《じゅんかい》しているので治安は悪くないけれど、とうに陽《ひ》が沈《しず》んでいる時間だ。あまり遅《おそ》くなりすぎると、マルゲに叱《しか》られてしまう。

厨房《ちゅうぼう》にいるヒルデンさんに軽く会釈《えしゃく》すると、私はお店を出ようとテーブルの間を進む。

ベルがついている扉《とびら》に手をかけ、引こうとした瞬間《しゅんかん》。

りんっ、とベルが鳴ったかと思うと、外側から勢いよくドアが押し開けられる。

「わっ⁉」

とっさに反応できず、下がろうとした足がもつれる。体勢を崩《くず》しかけた腕を、ぐいと力強い手に摑《つか》まれたかと思うと、次の瞬間、私は誰《だれ》かに抱《だ》きとめられていた。

「す、すまないっ！」

耳元で聞こえた美声に、びくりと身体《からだ》が震《ふる》える。思わずぶつかった相手を見上げかけ、フードがめくれそうになって、あわててうつむく。万が一にも結《ゆ》い上げている黒髪や黒い目を見られて、まじない師のエリが邪悪の娘《むすめ》だと知られるわけにはいかない。

で、でも今の声……っ！

『きみは何も悪いことなどしていないよ』

二年前、初めて聞いたレイシェルト様の美声が甦《よみがえ》る。

って、落ち着け私っ！　王太子でいらっしゃるレイシェルト様が、町人街の店を訪《おとず》れるわけなんてないんだから！

「こ、こちらこそ申し訳ありませんでした……っ！」

あわてて詫びて、青年から身を離《はな》す。でも、やっぱりレイシェルト様に似た声の持ち主がどんな人物なのか、気になって仕方がない。ヴェール越《ご》しにそっと上げた視線が捉《とら》えたのは、私と同じく、フードを目深《まぶか》にかぶった青年の口元と顎《あご》のラインだった。

うわっ、口元を見ただけでもわかる。絶対イケメンだわ、この人……っ！

服装だって、地味だけど仕立てのよいものだ。もしかしたら、お忍《しの》びで来た貴族のご令息かもしれない。私がまじまじと観察しているのにも気づかぬ様子で、青年が店内を見回す。と、ふたたび私に顔が向けられた。

「この店に、何でも悩《なや》みを晴らしてくれるまじない師がいると聞いたのだが……。きみは、知っているだろうか？」

「へっ？」

私がそのまじない師ですけど？　っていうか、なんか知らないうちに、すごい尾《お》ひれがついてるんですけど……。過大な期待はほんとご遠慮《えんりょ》したいんですが……。

「人づてに噂を聞いてね。何とかして会ってみたいと思って、来たんだが……」

テーブルについている人々の中に、まじない師らしい人物はいないと気づいたのだろう。

レイシェルト様似の美声が哀《かな》しげに沈む。

あぁ……っ！　推し様のお声に似たイケメンを放《ほう》っておくなんてできません～っ！

「あの……。お探しのまじない師でしたら、たぶん私のことだと思うんですが……？」

「きみが？」

「その、店じまいして帰ろうかと思っていたんですが……。せっかく来てくださったんです。お話をうかがいますよ？」

私は扉の近くの二人掛《が》けのテーブルに青年を案内する。離れて初めて、私は青年の両肩に濃《こ》い黒い靄《もや》がまとわりついているのに気がついた。どうやら、かなり鬱屈《うっくつ》した感情を抱《かか》え込んでいるらしい。

促《うなが》された青年が素直に椅子《いす》に腰《こし》かけるが、「その……」と呟いたきり、何も話さない。

こんなお客さんはたまにいる。ほとんどが男の人で、たとえまじない師が相手でも、自分の心の弱いところや情けないところを出すことができない性格の人だ。

いつもだったら、相手が話し出すまで根気よく待つけれど、今日はあんまりのんびりしていられない。だって、マルゲが怒ったらほんとに怖《こわ》いんだもんっ！

「あのぅ、ごめんなさい。今夜はあんまり時間がないんですけれど……」

おずおずと告げると、「すまない！」と、青年が弾《はじ》かれたように背筋を伸《の》ばす。が、すぐにフード付きのマントに覆《おお》われた広い肩《かた》が、しょぼんと落ちた。

「その、いざ目の前にすると、何をどう話せばいいかわからなくなってしまってね……」

うわ――っ！　やっぱりこの声、レイシェルト様のお声に超《ちょう》似てるっ！

いや、公爵令嬢《こうしゃくれいじょう》といえど、邪悪《じゃあく》の娘と蔑《さげす》まれてる私はレイシェルト様と直接お言葉を交《か》わしたことなんて、二年前に一度しかないから、妹のセレイアに話しかけているお声を遠くから拝聴《はいちょう》しただけだけど！

っていうか私は、遠くからレイシェルト様のお姿を拝見させていただければ、それだけでもう十分ですからっ！　推し様に認知《にんち》されるなんて、とんでもないっ！

うっかりトリップしてしまいそうになった私はあわてて自制する。今の私はまじない師のエリなんだから。ちゃんと目の前のお客さんに向き合わないと失礼だ。

「話したくなければ、無理に話す必要はないんですよ？　おまじないをするだけというのも、可能ですから」

無理やり聞き出すことで目の前の青年の心を傷つけたくない。穏《おだ》やかな声で話しかけると、「いや、大丈夫《だいじょうぶ》だ」と一度唇《くちびる》を引き結んだ青年が、ゆっくりと口を開いた。

「自分が、恵《めぐ》まれすぎているほどに恵まれているのは、ちゃんとわかっているんだ……」

苦悩《くのう》に満ちた声をこぼした青年が、テーブルの上に置いた右の拳《こぶし》をぐっと握《にぎ》りしめる。

「自分の責務を放り出したいわけじゃない。誰よりも立派にやり遂《と》げたいと励《はげ》んでいるつもりだ。けれど、そう思えば思うほど、うまく応《こた》えられない自分が情けなくて、苦しくて。不甲斐《ふがい》ない自分が許せなくて……っ」

とすっ、と。青年がこぼした言葉が矢のように胸を貫《つらぬ》く。穿《うが》たれた穴から、封《ふう》じる間もなく前世でお母さんに投げつけられた言葉の数々があふれ出してくる。

『お兄ちゃんみたいに満点を取って、学年一位になるの』

『いい高校へ行っていい大学へ行って、非の打ちどころのないだんな様と結婚《けっこん》して、お母さんを安心させてちょうだい。それがあなたの役目よ』

ずっとかけられていた期待。でも、前世の私は応えられるだけの能力が無くて。

『お兄ちゃんは満点なのに、どうしてあなたはいつもこんな点なの⁉』

『お母さんに恥《はじ》をかかせたいの⁉　この親不孝者！　まったく、学費の無駄遣《むだづか》いよ！』

小さい頃《ころ》は、お母さんに期待をかけられるのが嬉《うれ》しかった。テストでいい点を取ると褒《ほ》めてもらえて、お母さんも笑顔《えがお》で接してくれて……。

でも、お兄ちゃんみたいに頭がよくなかった私の成績は、私立の中学校に入るとどんどん落ちていった。周りはみんな教科書を一度読んだだけで暗記できるような人ばかりで、寝《ね》る時間も惜《お》しんで勉強しても、いい点が取れなくて……。

この人も、同じなんだろうか。努力を認めてもらえずに、苦しんでいるんだろうか。

そう考えた途端《とたん》、胸がぎゅっと痛くなる。前世の私はお母さんとわかりあえないまま死に別れてしまったけれど、目の前の青年にはそんな哀しい思いをしてほしくなくて。

「……望まない役目や期待を、押しつけられているんですか……？」

もしそうなら、言葉を尽《つ》くして話そう。周りを見回せば、きっとひとりくらい彼の努力を認めてくれる人がいるはずだから、と。

私の言葉に、青年が弾かれたようにかぶりを振《ふ》る。

「いやっ！　違《ちが》うんだ！　役目を果たすことが嫌《いや》なわけじゃない！　ただ……」

声と一緒《いっしょ》に、フードの奥で視線が揺《ゆ》れた気配がする。

「称賛《しょうさん》されても、それがわたしの身分を慮《おもんぱか》って言われた言葉ではないかと……。素直《すなお》に信じることができなくて……っ」

胸をつかれるような声に、私は反射的にテーブルの上で握りしめられた青年の拳に手を伸ばしていた。遠い昔、自分自身がそうしてほしかったように。

「大丈夫ですよ」

口が勝手に言葉を紡《つむ》ぐ。

「大丈夫です。周りの人はお世辞なんか言っていません。あなたはちゃんと、努力できている人です。でなかったら……」

私はそっと、固く握りしめられた拳をほどく。

「こんな風に、剣《けん》だこのある手にならないでしょう？」

「っ！」

びくり、とマントに包まれた肩が揺れる。

「……信じて、いいのだろうか……？」

道に迷った子どもみたいな頼《たよ》りない声。私はきゅっと手を握りしめて、大きく頷《うなず》く。

「もちろんです。私は剣術のことなんて全然知りませんけれど、それでも、この手が一朝《いっちょう》一夕《いっせき》でできるものじゃないというのはわかります」

きっぱりと断言して、いつものように「目をつむってください」とお願いする。

「目を……？」

「ええ。おまじないです」

私の言葉に、ぎこちなく青年が姿勢を正す。フードで見えないけれど、たぶんちゃんと目をつむってくれているんだろう。

「あなたの大切な人のことを心に思い描《えが》いてください」

告げると、まるで縋《すが》るように指先を握り返された。私は椅子から腰を浮《う》かせ、握られていないほうの手を青年へと伸ばす。

「あなたとあなたの大切な人達に幸せが来ますように……」

生真面目《きまじめ》すぎて思いつめてしまっているんだろうこの人の心が、少しでも晴れますようにと願いながら、両肩にまとわりついた黒い靄を祓《はら》う。私が軽く肩を撫《な》でるだけで、黒い靄が塵《ちり》と化してはらはらと消えていく。

「……どう、ですか……？」

いつも祓った直後は緊張《きんちょう》する。ふたたび靄が湧《わ》き出したりしていないから、大丈夫だと思うんだけど……。おずおずと問うと、凍《こお》ったように固まっていた青年が身じろぎした。

「……今ならわたしへ向けられた言葉も、素直に受け入れられそうな気がする……」

ぼんやりと寝起きみたいな声で呟《つぶや》いた青年が、やにわに両手でぎゅっと私の手を握る。

「すごいなきみは！　噂通《うわさどお》りだ！」

「ひゃっ⁉　あの……っ⁉」

そ、そういえば無意識に手を握っちゃってたんだった！

あわてて引き抜《ぬ》こうとすると、「すまない」とぱっと手を放してくれた。

「なんとお礼を言えばいいんだろうか！　あっ、そうか、お代を払《はら》わなくては……っ」

懐《ふところ》から青年が取り出し、ことりとテーブルに置いたのは、ぴかぴかの銀貨だ。

これいつもの代金の二十倍なんですけど！　こんな高価なお代、もらえるわけがない。

「あの、これ……」

「すまない。足りなかっただろうか？」

何の疑いもなく次の銀貨を取り出そうとする青年を必死で押しとどめる。

「違います！　逆です、逆！　いただきすぎです！　いつもは銅貨五枚なんですから！」

告げると、青年の声が困り果てたように沈《しず》んだ。

「銅貨……。すまない。銅貨は持ち合わせが……」

この人お坊《ぼっ》ちゃんだ！　貴族だとは思っていたけど、予想以上のお坊ちゃんだ！

「申し訳ないが、今日はこれで許してもらえないだろうか……？　というか、わたしの感謝の気持ちは銀貨一枚では足りないほどなんだ。きみさえよければ、受け取ってほしい」

真摯《しんし》な声で告げた青年が、強引《ごういん》に私の手に銀貨を握らせる。

ううっ、困ったなぁ……。私の手持ちじゃ、おつりを渡《わた》すにしても足りないし、でもヒルデンさんに両替《りょうがえ》を頼《たの》んでいたら手間をとらせる上に、時間もかかるだろうし……。

こうなったら仕方がない。

「では、ありがたくいただきます。でも、銀貨は多すぎです。だから……。もしまた次にお客さんが来られた時は、ただでおまじないをするということで、どうでしょうか？」

私のところへ来るってことは、何か悩《なや》みがあるということだから、本当はもう二度と会わないほうがいいんだけれど。でも、さすがに二十倍のお代じゃ申し訳なさすぎる。

私の提案に、青年はあっさりと「きみが望むならそれで」と言って優雅《ゆうが》に頷く。

フードから覗《のぞ》く口元に浮かんだ笑みに、抑《おさ》えきれない高貴さが漂《ただよ》ってる……っ！

「ありがとうございました。では、これで失礼しますね」

いい加減帰らないとマルゲに叱《しか》られる。席を立って青年にぺこりと頭を下げると、青年も立ち上がった。

「店じまいをしたのに、わたしのせいで申し訳なかったね。だが、きみに逢《あ》えて、本当によかった……っ！」

心から安堵《あんど》したような声に、私の気持ちもほぐれる心地《ここち》がする。

「悩みが晴れたようでよかったです。また、何かあった時はいらしてください」

一礼して背を向けようとすると、不意に手を掴《つか》まれた。

「店じまいということは、これから帰宅するのだろう？　送らせてもらえないだろうか？」

「あ、あの……？」

「……ほぇ？　えぇぇぇぇっ⁉」

いやいやいやっ！　結構です！　全力でご遠慮《えんりょ》申し上げますっ！

送ってもらったりしたら、私の素性《すじょう》がバレちゃうし！

「い、いいですっ！　結構です！　ひとりで帰れますからっ！」

激しく首を横に振って断る私に、けれど青年も引かない。

「だが、夜遅《よるおそ》くに、うら若い乙女《おとめ》をひとりで帰すわけにはいかないだろう？　……それとも、迷惑《めいわく》だろうか？」

「いえっ！　とんでもないですっ！」

問われた瞬間《しゅんかん》、反射的に即答《そくとう》する。

お、推《お》し様そっくりな声でこんな風に聞かれたら断れるわけがないです──っ！　でも、私の正体を知られるわけにはいかないんだから、ここははっきり断らないと！

私の返事に、フードの下の口元がほっとしたように柔《やわ》らかな笑《え》みを浮かべる。

「よかった……。では、行こうか」

「はい……っ！」

口が！　口が勝手にうーごーくぅ──っ！

無理ぃ――っ！　このお声に否《いな》を突《つ》きつけるなんて、私には絶対無理ぃ……っ！

つないだ手から、全身に熱が回る心地がする。放してくださいと言いたいのに、口を開けばどきどきと騒《さわ》ぐ心臓が飛び出してしまいそうで、声を出せない。

青年に手を引かれるままお店を出ると、途端《とたん》、春の夜風が吹《ふ》きつけてきた。青年に掴まれていないほうの手でフードを押さえる。黒い髪《かみ》を人目に晒《さら》すわけにはいかない。

「ところで、どこまできみを送らせてもらったらいいだろうか？」

「あの、貴族街の――」

美声に誘《さそ》われるまま、危《あや》うく真っ正直に答えかけ、はっと我《われ》に返る。

あっぶな――っ！　ふつーに今サランレッド公爵《こうしゃく》家の場所を言いそうになったよ！　この声で聞かれたら、住所でも本名でも、何でも答えちゃいそう！

「貴族街？」

青年の声がいぶかしげに低くなり、あわてて取り繕《つくろ》う。

「あっ、いえ！　方向がですよ、方向が！」

ううっ、どうしよう……。この人、どう見ても貴族のお坊ちゃんぽいし、家まで送ってもらったら、私が邪悪《じゃあく》の娘《むすめ》だって即バレしちゃうよね……。

私なんかに優《やさ》しく微笑《ほほえ》みかけてくれる面輪《おもわ》が、侮蔑《ぶべつ》と嫌悪《けんお》に歪《ゆが》むかと思うと、全身が凍《こご》えるような心地がする。

震《ふる》えが伝わってしまったのか、手を引きながら半歩前を歩いていた青年が振《ふ》り返る。

「どうかしたのかい？」

「その……」

何と言えばいいかわからない。困り果て、もぞ、とつないだ手を動かすと、

「すまない。会ったばかりのお嬢《じょう》さんの手を取るなんて、不躾《ぶしつけ》だったね。失礼した」

謝罪とともに、ぱっと手を放された。

「い、いえ……っ」

ふるふるとかぶりを振り、胸の前でぎゅっと両手を握《にぎ》りしめる。放してもらってほっとしているのか残念なのか、自分でもよくわからない。

いや、きっとこれは心臓が壊《こわ》れなくて済んで安心しただけに違《ちが》いない。レイシェルト様のお声似のイケメンなんて、私にとってはダイナマイト級の危険物だものっ！　レイシェルト様って、しっかりして私！　王太子であるレイシェルト様が天上の星よりも遠い御方《おかた》だからって、言葉を交《か》わせる推し様似のイケメンにふらつくなんて、ファン失格よ……っ！

レイシェルト様は私にとって夜道を照らす道標《みちしるべ》の星であり、生きる活力であり、喜びの源泉であり……っ！　そう！　推し活人生そのものなんだものっ！

心の中でレイシェルト様への想《おも》いを再確認《さいかくにん》しながら青年の後について歩いていると。

不意に、道の向こうに黒い靄《もや》が湧き上がり、反射的に身を強張《こわば》らせる。同時に、ろれつ

の怪《あや》しい男達の怒鳴《どな》り声が聞こえてきた。

「何だ、やる気か!?」

「おうっ、やってやらぁ！」

互《たが》いにお酒が入っているらしい荒《あ》れた声。摑み合う二人を取り囲んでいるのは、炎《ほのお》のようにうねる黒い靄だ。

誰《だれ》かを傷つけようとする怒《いか》りの感情は苦手だ。たとえそれが私に向けられたものじゃなくても。前世で私を突き飛ばしたお母さんの顔を、嫌《いや》でも思い出してしまうから。

身体《からだ》の震えが止まらない。

ここは、みっちゃんと待ち合わせしてた場所じゃない。近くに川だってない。頭ではわかっているのに、一度外れた記憶《きおく》の栓《せん》は閉まらない。だめだ。考えちゃだめだ。もっと楽しいことを考えなきゃ。そう、レイシェルト様のことを考えて――。

「最近、もめ事が多発しているという報告は聞いていたが、その通りだな」

硬《かた》く低い美声に、はっと現実に引き戻《もど》される。

視線を上げると、青年がフードをかぶっていても端整とわかる面輪を男達に向けていた。

私もヒルデンさんから、最近、酔《よ》っ払《ぱら》い同士の喧嘩《けんか》が多いから、帰り道は重々気をつけるようにと言われた覚えがある。でも、実際にその場に行きあたったら、どうしたらいいかわからない。摑み合っている二人の周りの人達も、止めるどころかはやし立てている。

ど、どうしよう。間に入るのは怖《こわ》いし……、警備隊を呼んで来たらいいのかな……。

おろおろとうろたえていると。

「大丈夫《だいじょうぶ》だ」

力強い声と同時に、肩《かた》を抱《だ》き寄せられる。

「きみを危ない目に遭《あ》わせはしない。仲裁《ちゅうさい》してくるから、少し待っていてくれないか？」

フード越《ご》しに、驚《おどろ》くほど近くで囁《ささや》かれた魅《み》惑《わく》の声。驚きに顔を上げるより早く、腕《うで》をほどいた青年が、もみ合っている酔っ払い達へマントの裾《すそ》を翻《ひるがえ》して駆《か》けていく。

その背中から、目が離《はな》せない。

何なの今の魅惑のイケボ――っ！　こ、腰《こし》が砕《くだ》けるかと思った……っ！

よろろ、とよろめきかけ、はたと気づく。逃《に》げるんだったら今が大チャンスじゃない!?

「待っていてくれ」って言われたのを裏切るのは申し訳ないけど、でも……っ！

ごめんなさいごめんなさい、と心の中で詫《わ》びながら、私は脇道《わきみち》へと駆けだした。


「お嬢様！　そろそろ起きてくださいませ！」

「うぅ、マルゲ～、もうちょっとぉ……」

マルゲの声に、私はもごもごと返して、布団《ふとん》を抱きしめて寝返《ねがえ》りを打った。

「起きられないのでしたら、夜遅くに帰ってこられるのはおやめください！」

「うぅん……」

マルゲのお説教を寝たふりでやり過ごそうとする。ゆうべ帰ってきた時も、離れの玄関《げんかん》で仁王立《におうだ》ちで待っていたマルゲにさんざん怒《おこ》られたし、朝一番からお説教は遠慮したい。

と、マルゲが仕方がないと言いたげに吐息《といき》した。

「……宮廷《きゅうてい》画家のロブセル様にご依頼《いらい》していたデッサンが届いておりますが」

「っ！　ほんとっ⁉」

がばっと即座《そくざ》に跳《は》ね起き、立ち上がる。

「どこどこどこ⁉　麗《うるわ》しのレイシェルト様のデッサンはっ！　ねぇマルゲ、どこに――」

「先に身支度《みじたく》を終えて、朝食を召《め》し上がってからです」

飛び起きた勢いのままに摑《つか》みかかった私に、マルゲが巌《いわお》のごとく厳然と告げる。

うっ。これ、素直《すなお》に指示に従わないと、絶対に渡《わた》してくれないヤツだ。さすがマルゲ。

二年間頑張《がんば》って貯《た》めたお金でようやく依頼できたデッサンだというのに、容赦《ようしゃ》がない。

残念ながら、この世界に印刷技術はない。もし『月刊アルスデウス王家の方々』なんて雑誌があったら、鑑賞用、保存用、布教用と迷わず三冊買っているだろう。もしレイシェルト様のブロマイドなんてあったら、何があっても手に入れるのに！

だが、ないものはどうしようもない。ということで、まじない師としてこつこつ貯めたお金の一部を使って、若手宮廷画家のロブセル氏にレイシェルト様のデッサンを内密に依頼したのだ。内密にした理由はもちろん、邪悪の娘なんかが推《お》していると知られたら、レイシェルト様にご迷惑《めいわく》をおかけしかねないからだ。

今か今かと待ちに待ったデッサンが届いたとなれば、私がすることはただひとつ！
ささっと着替《きが》え、流し込むように朝ごはんを食べて——。

「どう、マルゲ？　これでいいかしら⁉」

期待のまなざしでマルゲを見上げた私に、マルゲが「こちらでございます」と、丁寧《ていねい》に梱包《こんぽう》された手のひら二枚分ほどの大きさの板状のものを差し出す。

「こ、これが……っ！」

かすれた声で呟いたきり、動きを止めた私に、マルゲがいぶかしげに眉《まゆ》をひそめる。

「……お受け取りにならないのですか？」

「ちょ、ちょっと待って……っ」

私は轟《とどろ》く心臓が飛び出さないように、ぎゅっと両手で胸を押さえる。

「だ、だって……っ！　この中にレイシェルト様のデッサンが入っているのよ⁉　いきなりご対面だなんて、光栄すぎて意識が飛んじゃいそう……っ！　ねぇっ、マルゲ！　やっぱり失礼のないように正装したほうがいいかしら⁉」

「殿下《でんか》ご本人にお会いするのではなくて、デッサンを見るだけですよ？」

あわあわとうろたえる私に、真冬の清水のように冷静にマルゲが答えてくれる。一緒《いっしょ》にレイシェルト様を推してもらえないのは残念だけれど、マルゲの落ち着きが今は頼《たの》もしい。

「そ、そうよねっ！　ご本人じゃないものね……っ！」

マルゲから小包を受け取り、緊張《きんちょう》に震《ふる》える手で苦労して紐《ひも》をほどく。丁寧に取った布の下から現れたのは、簡素な額縁《がくぶち》に入れられたレイシェルト様のご尊顔のデッサンだった。

「ふぁあああ～っ！」

見た途端《とたん》、抑《おさ》えきれない叫《さけ》びが口をついて出る。

う、美しい……っ！　素晴《すば》らしすぎる……っ！

ペンで描《か》かれただけの彩色《さいしき》もされていない素描《そびょう》だけれども、さすが若手随一《ずいいち》と言われる宮廷画家、ロブセル氏の手によるもの。幼い頃からの学友だという彼が描くレイシェルト様は、特に素晴らしいと評判だ。わずかに斜《なな》めを向き、どこか遠くを見つめるレイシェルト様の端整なお顔は、まるで今にも呼吸が聞こえてきそうなほど。どこか憂《うれ》いを含《ふく》んだまなざしは遠くを見つめ、思わずその視線の先を追いたくなり――。

「尊い……っ！　尊すぎて気絶しちゃうぅ……っ！」

「お嬢様っ⁉　しっかりなさってくださいっ！　医師を呼びましょうか⁉」

額縁を抱きしめてテーブルに突《つ》っ伏《ぷ》した私に、マルゲがあわてふためいた声を上げる。

「だ、だいじょぶ、生きる……っ！　むしろ、生きる気力があふれてきちゃう……っ！」

胸に抱きしめたデッサンをちらっと見やる。途端、心臓がきゅぅっと締《し》まった。

「でもやっぱり無理ぃ～っ！」

「どっちなんですか⁉」

「どっちもなの～っ！　尊い！　素晴らしいっ！　存在してくださってありがとうございますっ！　この世に存在してくださるだけで世界が輝《かがや》いて見えます！　って思うと同時に、太陽の下に引き出された日陰《ひかげ》の泥《どろ》まじりの雪みたいに神々《こうごう》しさで融《と》けちゃうの～っ！」

「はあ……？」

マルゲが「理解不能」とでかでかと顔に書いて吐息する。

「ともあれ、お望みのデッサンは手に入りましたし、これでもう、兄さんのお店に働きに出るなんてことはしなくてすみますね」

「そんなわけないでしょう⁉」

マルゲの言葉を間髪《かんはつ》を容《い》れずに否定する。

「確かに、レイシェルト様のデッサンは手に入ったけれど、推し活に終わりなんてないんだからっ！　推し様に関《かか》わるグッズはあればあるほど欲しくなるのがオタクの常！　それに、稼《かせ》げなくなったら、救護院への寄付だってできなくなっちゃうじゃないっ！」

王家の福祉《ふくし》政策の一環《いっかん》として、数年前からレイシェルト様の名のもとに王都の郊外《こうがい》で救護院が運営されている。もちろん王家から運営資金は出ているけれども、寄付金も常に受け付けており、私はまじない師で稼いだお金の半分をいつも救護院に寄付しているのだ。

　身寄りのない子ども達が安心して暮らせて、教育を受けられるなんて、私は素晴らしい施策《しさく》だと思うけれど、残念ながら貴族達からの賛同はまだ少ないらしい。王太子とはいえ、生母を亡《な》くされているレイシェルト様は後ろ盾《だて》が弱いからかもしれないけれど……。

　私が寄付を始めたのも、少しでもレイシェルト様を応援《おうえん》したいからだ。たとえ微々《びび》たる金額とはいえ、私が寄付したことでレイシェルト様の名声が上がるとなれば、寄付しない理由がない。推し様のためにできることがあるって素晴らしい……っ！

「……お嬢様が稼がれたお金ですから、わたくしはつべこべ申しませんが……。ですが、昨日のように遅《おそ》くなるのはおやめくださいませ！　ご心配申し上げたんですよ！」

「はい、ごめんなさい……」

　素直に頭を下げた拍子《ひょうし》に気づく。

「あっ、朝のお祈《いの》り！　まだ間に合うかしら？　ちょっと行ってきます！」

　毎朝の大切な用事をすっかり忘れていた私は、胸に抱《だ》いていたデッサンをいったん布で丁寧にくるみ直すと、大慌《おおあわ》てで離れを飛び出した。

私がマルゲと二人きりで住んでいるのは、サランレッド公爵家《こうしゃくけ》の壮麗《そうれい》な本邸《ほんてい》ではなく、広い庭の端《はし》にあるこぢんまりとした離れだ。物心つく前から離れに住んでいる私は、本邸に入ることすら許されていない。

私が足早に向かった先は本邸のさらに向こうにある瀟洒《しょうしゃ》な石造りの神殿《しんでん》だ。

近づくにつれ、かすかな水音が聞こえてくる。神殿の中にはわざわざ水道から引かれた噴水《ふんすい》が設《しつら》えられているのだ。水音を聞くだけで無意識に身体《からだ》が強張《こわば》りそうになるが、毎日のことなので少し気持ちを強くもてば、ちゃんと動ける。

神殿にはまだ誰《だれ》も来ていないようだ。間に合ったとほっとしながら神殿の前へ進んだ私は、階段は上らず、その手前で芝生《しばふ》に両膝《りょうひざ》をついてひざまずいた。

光神アルスデウス様へ祈りを捧《ささ》げることは、私にはレイシェルト様へ祈りを捧げることと同じ。ああっ神様、レイシェルト様という至高の存在をこの世に生み出してくださって、本当にありがとうございます……っ！　どれほど感謝を捧げても足りませんっ！

毎日、レイシェルト様が今日も健《すこ》やかでありますようにと祈りを捧げているけれど、今日はひときわ感謝の気持ちがこもる。

なんといっても今日は、討伐《とうばつ》から帰られたレイシェルト様の凱旋《がいせん》のお祝いと、王妃《おうひ》様の誕生日のお祝いを兼《か》ねた舞踏《ぶとう》会が開かれるのだ。招待状はサランレッド公爵家宛《あて》で来ているので私も出席するつもりでいる。というか、レイシェルト様のお姿を拝見できる貴重な機会を逃《のが》すなんてできないっ！

離《はな》れに戻《もど》ったら、デッサンを眺《なが》めて尊さに浸《ひた》りきろう。光神アルスデウス様、レイシェルト様を無事に帰還《きかん》させてくださって、本当にありがとうございます……っ！

心の底からあふれ出す感謝の気持ちのままに祈りを捧げていると。

「まあ嫌《いや》だ。美しく心地《ここち》よい朝だったというのに……。誰かのせいで一気に台無しだわ」

不意に背後から投げつけられた冷ややかな声に、幸せな気持ちから一気に現実に引き戻される。振《ふ》り返った先にいたのは、水垢離《みずごり》のための白い質素なドレスを纏《まと》った二つ下の妹、聖女であるセレイアとお母様、そしてお付きの侍女《じじょ》達だった。

しまった……っ！　今日はいつもより遅かったから、さっさとお祈りして戻らなきゃいけなかったのに、つい感謝の気持ちが抑えきれなくて長居を……っ！

「お、おはようございます。お目汚《よご》しをして申し訳ございません……っ」

あわてて立ち上がり、深々と頭を下げる。途端、二人にまとわりついていた黒い靄《もや》が足元からぶわっと立ち上った。

「あなたの声で爽《さわ》やかな朝の空気を穢《けが》さないでちょうだい。穢らわしい邪悪の娘が！」

お母様の嫌悪《けんお》に満ちた鋭《するど》い声が、刃《やいば》のように心臓を貫《つらぬ》く。顔を上げなくても、お母様の顔が憎悪《ぞうお》と侮蔑《ぶべつ》に彩《いろど》られているのがわかる。

「あなたがいるだけで腐臭《ふしゅう》が漂《ただよ》ってくる気がするわ！　さっさと消え去りなさい！　わた

くしの大切なセレイアちゃんにまで穢れがうつったらどうする気なの!?」

「落ち着いてくださいませ、お母様」

嫌悪を隠《かく》そうともしないお母様を、セレイアが柔《やわ》らかな声で押し留める。まさかセレイアがお母様を止めてくれるとは思わなかった私は、驚《おどろ》きに思わず顔を上げた。

愛らしい面輪《おもわ》ににこやかな笑《え》みを浮《う》かべたセレイアが、自信に満ちた声を紡《つむ》ぐ。

「聖女であるわたくしが、みすぼらしい邪悪の娘に穢されるなんて、ありえませんわ」

「そうよね、セレイアちゃん！　あなたは当代唯一《ゆいいつ》の聖女なんですもの！　こんな穢れた娘なんて塵芥《ちりあくた》も同じ！　あなたが気にかける価値もないものね！」

大きく頷《うなず》いたお母様が、そわそわと心ここにあらずといった様子で続ける。

「こんな娘のことより、今夜の舞踏会の支度《したく》を考えなくてはね！　聖女であるあなたと言葉を交《か》わそうと、今宵《こよい》も大勢の貴族達に囲まれるに違《ちが》いないもの！」

セレイアと一緒《いっしょ》に聖女の崇拝《すうはい》者達に囲まれ、称賛《しょうさん》の言葉を受けている様を想像しているのだろう。お母様の顔は喜びに輝いている。

「そうですわね。そのために、早く水垢離を終えなくては……」

毎朝、水垢離で身を清めるのは、聖女や聖者が行う慣習のひとつだ。ちなみにこの神殿は、『サランレッド公爵家に特別な聖女が生まれるでしょう』と予言が下された際に、お父様が聖女である娘が労なく水垢離をできるようにと、わざわざ庭に建てさせたものだ。

にっこりとお母様に同意したセレイアが汚物《おぶつ》でも見るような視線を私へ向ける。

「いつまでいる気ですの？　さっさと消えてくださらない？　いくら祈ろうとも、邪悪の娘には光神アルスデウス様だって救いをくださらぬでしょうに。いい加減、自分の立場をわきまえたらいかが？　まさか、今夜の舞踏会にも出席するつもりではないでしょうね」

「いえ、その……っ」

とっさにうまい言い訳が出ない。かろうじてかぶりを振ると、二人から発される黒い靄が、蛇《へび》のように鎌首《かまくび》をもたげた。地面に引き倒《たお》そうとするかのように私の足元に絡《から》みつく。

「邪悪の娘が毎回毎回、王家の舞踏会に参加するなんて……っ！　あなたには羞恥心《しゅうちしん》というものがないの!?　あなたの存在のせいで、わたくしとセレイアちゃんがいつもどれほど肩身《かたみ》の狭《せま》い思いをしているか……っ！」

知っている。人目のある場所に行くたび、いつもどれほどの嫌悪と侮蔑のまなざしをそそがれるのか。見るのも嫌だと眉《まゆ》をひそめる貴族達。聞こえよがしに囁《ささや》かれる軽蔑の言葉。

「も、申し訳ございません……っ！」

声を発するのを禁じられているのも忘れて謝罪するが、それでも欠席するとは決して言わない私に、お母様とセレイアのまなざしが刃のように鋭くなった。

「物わかりの悪い人ね！　お母様はあなたに来られては迷惑《めいわく》だとおっしゃっているの！　もちろん、わたくしも！」

セレイアの言葉が矢のようにどすどすと心を貫く。

私自身は、お母様のこともセレイアのことも嫌《きら》いじゃない。むしろ、あちらさえ許してくれるなら、家族として仲良くしたいと思っている。お兄ちゃんしか兄弟がいなかった私は、前世では妹がいてくれたらなぁ、と何度も夢想したものだ。

でも、邪悪の娘と呼ばれる私が親しくすることがお母様やセレイアの迷惑になるというのなら、離れてひっそりと暮らすのが一番よいということもわかっている。幸か不幸か、お荷物扱《あつか》いされて家族の中で蔑《さげす》まれるのは、前世の頃《ころ》から慣れているし。それに、私をお嬢様《じょうさま》と呼んで世話を焼いてくれるマルゲがいてくれるというだけで、ここは天国だ。

今世でも、レイシェルト様という推《お》しを見つけられたし！

だから、お母様とセレイアには申し訳ないけれど、生レイシェルト様のご尊顔を拝見できる舞踏会だけは、何と言われようと逃すことはできないのだ。

だって推し様が同じ空間で呼吸して動いてるんだもの。私は会場の壁際《かべぎわ》で突《つ》っ立っているだけだけど、レイシェルト様と同じ屋根の下で同じ音楽を聴《き》けるなんて……っ！

その幸福に比べたら、貴族達から投げつけられる侮蔑の視線や悪口だって、何ほどのこともない。お上品な貴族様だから、実力行使に及《およ》ぶ人なんていない点も安心だ。

私が上の空であることに気づいたのか、お母様がいらいらと声を上げる。

「ちゃんと聞いているの⁉　あなたは出席しないでと言っているのよ！　確かに招待状は

サランレッド公爵家宛に来ていますけれど、わたくしは邪悪の娘などを公爵家の一員として認めるつもりなどありませんからね！」

怒《いか》りのまま踏《ふ》みにじるように一方的に言い捨てたお母様が、セレイアを促《うなが》して神殿へと進んでいく。これ以上、言葉を交わすことも嫌だと言わんばかりに。

二人には申し訳ないけれど、舞踏会に行かないなんて選択《せんたく》はありえない。久しぶりにレイシェルト様のお顔を見られるんだもの。せめてみすぼらしくないように準備しなくちゃ。

私の存在など消し去ったかのようにふるまうお母様達につきんと胸が痛むのを感じながら、私はマルゲが待つ離れへと踵《きびす》を返した。

大広間を照らす幾《いく》つものシャンデリア。まるでここだけ夜が訪《おとず》れていないような明るくきらびやかな空間を彩るのは、管弦《かんげん》楽団の美しい調べ。中央では盛装《せいそう》した男女が優雅《ゆうが》に舞《ま》い踊《おど》り、貴族達のひそやかなおしゃべりが鳥の羽のように漂う――。

王城の舞踏会場は昼かと錯覚《さっかく》するほどのまばゆさだった。

会場に入ってからずっと、私の視線が追いかけているのは、もちろんレイシェルト様だ。

高貴さと凛々《りり》しさがえも言われぬ調和をなした端整《たんせい》なお顔。太陽の光を融《と》かし込んだような豪奢《ごうしゃ》な金の御髪《おぐし》に、瞳《ひとみ》の色に合わせた濃《こ》い青の盛装がよく映《は》えて、凛《りん》とした立ち姿はまるで名匠《めいしょう》が手がけた大理石像のよう。けれども、柔らかな笑みをたたえた口元は人柄《ひとがら》の穏《おだ》やかさと高潔《こうごう》さを示していて……。

ああっ、神々しすぎて目がくらみそう。まぶしすぎて正視できないけれど、でもいつまでも見つめていたい……っ！　『澱《よど》みの獣《けもの》』の討伐《とうばつ》から凱旋されたと聞いたけれど、お怪《け》我《が》がなかったようで本当によかった……っ！

何百年も昔、勇者が邪神《じゃしん》ディアブルガを封印《ふういん》した際、邪神の身体《からだ》は数多《あまた》の欠片《かけら》となって、あちらこちらに飛び散ったのだという。

『邪神の欠片』はふだんは何の変哲《へんてつ》もない石ころのような物だけれど、近くで多くの血が流れたり、負の感情が高まったりすると、それを吸い込んで活性化して『澱み』を周囲に撒《ま》き散らすらしい。澱みは周囲の草木を枯《か》らしたり、それを吸い込んだ動物や人間を凶暴《きょうぼう》化させたりして、さらに多くの澱みを発生させようとする。

これが繰《く》り返され高濃度《こうのうど》の澱みが邪神の欠片に集まると、欠片が核《かく》となり『澱みの獣』と呼ばれる黒い靄を放つおぞましい獣の姿をとるのだ。

私の目には、人の負の感情が黒い靄として見えるけれど、澱みの獣ほどの高濃度になると、誰《だれ》の目にも見えるようになる。また、高濃度の澱みを身に受けた者は黒髪《くろかみ》や黒目に変じることもあるらしい。だから黒髪や黒目が忌《い》まれているのだ。

決して邪神が復活することがないように澱みの獣を討伐するのが、勇者の血を受け継《つ》ぐ王族と、澱みを散らす力を持つ聖女や聖者達の務めのひとつだ。

聖女や聖者が澱みを散らし、光神アルスデウス様の加護を宿す王族が欠片を破壊《はかい》することで、ようやく澱みの獣を滅《めっ》することができるのだ。今回の討伐には、セレイアではなく聖者がレイシェルト様に同行したそうだ。

というか、セレイアが討伐に同行したことは一度もないらしい。

『公爵《こうしゃく》令嬢であるわたくしがそのような危険な場所に行くなんて、ありえませんわ！』

と、本人が強硬《きょうこう》に拒否《きょひ》しているし、どんな危険があるかわからぬ場所に公爵令嬢を連れて行って何かあっては、と王家や騎士《きし》団も考えているのだろう。それに、聖女の務めは澱みの獣の討伐だけじゃない。二十日ほど後に行われる王家主催《しゅさい》の『祓いの儀式《ぎしき》』では、セレイアが重要な役目を果たすと聞いている。

祓いの儀式の直前に行われる神前試合では、今年もレイシェルト様の勇姿を拝見できるのよね……っ！

私はレイシェルト様に視線を向ける。今レイシェルト様がにこやかに談笑《だんしょう》されているお相手は、本日のもうひとりの主役である王妃《おうひ》のミシェレーヌ様だ。

レイシェルト様の実のお母様は十年前に病でご逝去《せいきょ》されており、ミシェレーヌ様は九年前に国王陛下の後添《のちぞ》えとなられたまだ二十代半ばのお若い王妃様だ。

レイシェルト様とミシェレーヌ様の間には、今年で五歳になられた腹違《はらちが》いの弟、第二王子のティアルト様がいらっしゃって、傍《はた》から見ると若い夫婦《ふうふ》に見えないこともない。

「大丈夫《だいじょうぶ》かい？　ティアルト。眠《ねむ》くなったのならそろそろ下がるかい？」

とティアルト様に向けられたレイシェルト様の微笑《ほほえ》みは、慈愛《じあい》に満ちている。

「まだ大丈夫だもん！　僕だってもう五歳なんだから！」

「あらあら、ティアルト。でも、無理をしてはだめよ？」

お互《たが》いに親愛に満ちた微笑みを交《か》わし合っている姿は、思わず五体投地して崇《あが》め奉《たてまつ》りたくなるほど尊い。

レイシェルト様のお声に聞き惚《ほ》れている私の耳に、不意に『きみを危ない目に遭《あ》わせはしない』と告げた昨日の青年の声が甦《よみがえ》る。

やっぱりあの声、レイシェルト様にほんと似てた……っ！　もしレイシェルト様にあんなことを言われたら、興奮のあまり脳みそが融けてしまいそうだ。

でも、今はレイシェルト様自身を堪能《たんのう》しなきゃ！

と、レイシェルト様達のそばに、美しく着飾《きかざ》ったお母様とセレイアが歩み寄る。

「レイシェルト殿下《でんか》！　このたびの凱旋《がいせん》、誠《まこと》におめでとうございます！　わたくし、殿下のご無事を毎日祈《いの》っておりましたのよ。王妃様もお誕生日、おめでとうございます」

公爵家という家格に加え、男性の聖者は何人かいるものの聖女としては現在唯一《ゆいいつ》の存在であるセレイアは、舞踏会《ぶとう》などの機会があるごとに、王家の方々と親しく歓談《かんだん》している。

ちなみに私は、レイシェルト様と直接お言葉を交わしたのは、二年前の成人の謁見《えっけん》の日、たった一度だけだ。でも、もし機会があったとしても、お言葉を交わすなんて畏《おそ》れ多いこと、できる気がしない。ただこうして遠くからレイシェルト様の麗《うるわ》しいお姿を拝見させていただければ、それだけで十分だ。

レース編みで自作したリリシスの花のモチーフをつけた扇子《せんす》の陰《かげ》から、セレイアと話すレイシェルト様のお姿を見つめていると、すぐ近くからひそひそと囁《ささや》く声が聞こえてきた。

「まあ、ご覧になって！　あんなにセレイア様を睨《にら》みつけて、なんて恐《おそ》ろしい……っ！」

「よく顔を出せるものね。わたくしでしたら、己《おのれ》の身を恥《は》じて、公《おおやけ》の場になんて出てこられませんわ。王妃様も邪悪の娘などに祝われたくないでしょうに……。ああ穢《けが》らわしい」

「セレイア様もお気の毒に。血を分けた姉が邪悪の娘だなんて……」

聞き慣れた侮蔑《ぶべつ》と嫌悪《けんお》の囁き。声の主は寄り集まった数人の令嬢《れいじょう》達だった。ちらちらとこちらを窺《うかが》いながら放たれる言葉は、私にも聞こえるように言っているのが明らかだ。

ずきりと針が刺《さ》さったように心臓が痛くなる。

公の場に出るたび、何百回と言われ続けている誹謗《ひぼう》。慣れているけれど、心が痛まないわけじゃない。けれど、言い返せばもっと悪いことが起こるのは、経験でわかっている。

大丈夫。今の私はちゃんと対処方法を知っている。レイシェルト様のお姿を見れば、心の痛みなんてあっという間に……。

いつの間にか下を向いていた視線を上げた私は、レイシェルト様とティアルト様のお姿が見えないことに気がついた。どうやら場を外されているらしい。

レイシェルト様がいらっしゃらないなら、ここにいる意味なんてない。外の空気を吸って、気分転換《てんかん》をしてこようと、令嬢達に背を向け、外廊《がいろう》へ通じる硝子扉《ガラスとびら》を押し開ける。

「まあっ、邪悪の娘が逃《に》げ出したわ」

「このまま戻《もど》って来なければいいのに」

くすくすと笑いながら追いかけてくる言葉を遮《さえぎ》るように後ろ手に扉を閉め、ふぅっと大きく溜息《ためいき》をつく。

大丈夫。蔑《さげす》まれるのは前世から慣れてるんだから、これくらい何ともない。それより、今宵《こよい》のレイシェルト様の素晴《すば》らしさよ！　いつだって凛々しくて素敵だけれど、今宵もまた格好よかった……っ！　脳裏《のうり》に思い描《えが》くだけで、ぎゅんぎゅん元気が湧《わ》いてくる。

外廊は無人だった。壁際《かべぎわ》に一定間隔《かんかく》で燭台《しょくだい》が灯《とも》されているのに加え、華《はな》やかなホールから洩《も》れる明かりのおかげで、幾何学《きかがく》模様に配置された大理石の素晴らしさも、外廊の手すりのさらに向こうに広がるよく手入れされた庭の見事さも不自由なく見える。

春の夜風は、広間の熱気で火照《ほて》った身体を冷やすにはちょうどいい。レイシェルト様がお戻りになったのが見えたら、私も中へ戻ろう。

中が見えやすい窓はどれだろうと、ちらちらと広間を窺《うかが》いながら歩いていると。

角にさしかかったところで、どんっと勢いよく誰かにぶつかった。

「ひゃっ⁉」

衝撃《しょうげき》をこらえきれず、ぺたんと尻《しり》もちをついてしまう。その拍子《ひょうし》に手に持っていた扇子がかつんと落ちた。ぶつかった勢いを殺しきれなかったのだろう。ふわりと広がった一張《いっちょう》羅《ら》のドレスの上にのしかかってきたのは。

柔《やわ》らかそうな金の髪《かみ》。熟《う》れた桃《もも》のようなぷっくりとしたほっぺ。背中に天使の羽が生えていないのが不思議なほど愛らしい顔立ちの――。

「ティアルト、殿下……？」

レイシェルト様の腹違いの弟であるティアルト様だった。

「ご、ごめんなさいっ！」

ティアルト様があわてふためいて身を起こそうとする。手をついてわたわたと顔を上げ、私の顔を見た途端《とたん》。

「わ――っ！　邪神の使いだ――っ！」

恐怖《きょうふ》に満ちた叫《さけ》びが夜気を切り裂《さ》く。あわてて逃げようとしたティアルト様が、たっぷりとドレープが取られたドレスの布地にすべって、また転びそうになる。

反射的に手を伸《の》ばそうとすると、ふたたび「わーっ！」と叫ばれた。

令嬢達の陰口なんて比じゃないくらいに、ざっくりと心が裂ける。

そうだよね。小さい子にとったら、邪悪《じゃあく》の娘《むすめ》なんて化け物も同じ。

思わず、唇《くちびる》を嚙《か》みしめた瞬間《しゅんかん》。

「ティアルト!?」

聞き間違《まちが》えようのない美声とともに、外廊の角からあわてた様子で姿を現したのは、レイシェルト様だった。

「うぁあんっ！　兄様〜っ！　邪神の使いが……っ！」

え、嘘《うそ》？　なにこれ現実？

突然《とつぜん》の推《お》し様の出現に固まった私をよそに、ようやく立ち上がったティアルト様が涙《なみだ》ぐみながら兄のもとへと駆《か》けて行く。しがみついてきた幼い弟をぎゅっと優《やさ》しく抱《だ》きしめたレイシェルト様が、ちらりと私を流し見て、形良い眉《まゆ》をきゅっとひそめた。

よりによってレイシェルト様と大切な弟様にご迷惑《めいわく》をおかけしてしまうなんて、叱責されたらどうしよう……っ！

襲《おそ》い来る痛みと衝撃に耐《た》えるべく、ぎゅっと固く目をつむり、唇を嚙みしめていると。

「……ティアルト。彼女は邪神の使いなどではないよ。れっきとしたご令嬢《れいじょう》のひとり、エリシア・サランレッド公爵令嬢だ」

優しくなだめる声が、さやかに夜気を揺《ゆ》らす。レイシェルト様に名前を呼ばれたと思うだけで、ぱくんと心臓が跳《は》ねる。

「エリシア嬢。ティアルトが大変な失礼をした。怪我《けが》はないだろうか？」

思いがけなく近くで聞こえた声に、驚《おどろ》いて目を開ける。ティアルト様を腰《こし》にしがみつかせたまま、レイシェルト様が気遣《きづか》うような微笑みを浮《う》かべ、身を屈《かが》めて私に手を差しのべてくださっていた。もう片方の手には、私が落とした扇子が握《にぎ》られている。

お兄様にしがみつくティアルト様と、守るようにぎゅっと抱きしめたレイシェルト様とのツーショットは思わず歓喜《かんき》の叫びを上げそうになるほど素晴らしい。じゃなくて！

「だ、だだだだだだいじょうぶですっ！」

なななな、なにこれナニコレ⁉

弾《はじ》かれたように自分で立ち上がって扇子を受け取り、深々と頭を下げる。

「わ、私こそ、ティアルト殿下を驚かせてしまい、大変申し訳ございませんでした！」

「いや、ティアルトが走っていたせいできみにぶつかってしまったのだろう？　非はこちらにある。どうか謝らないでほしい」

「いえっ！　私もよそ見をしていたので悪いのは私です！　本当に申し訳ございません！　怪我などしておりませんので、どうぞ、お気になさらないでくださいませ……っ！」

緊張《きんちょう》のあまり、自分でもちゃんと話せているのかわからない。とにかく、ティアルト様には何ひとつ非はないのだとお伝えしたくて、必死で言葉を紡《つむ》ぐと。

「エリシア嬢は優しいのだね」

と穏《おだ》やかな声が降ってきた。

レイシェルト様に名前を呼んでいただいていると思うだけで、感激のあまり涙があふれてしまいそうで顔を上げられない。

しかも、私を邪悪の娘と罵《ののし》らず、気遣ってくださるなんて……っ！　あなたが神かっ！　そうですっ、私の神《おし》でしたっ！

「だが、兄として非礼を見逃《みのが》すわけにはいかないからね。ティアルト。お前もちゃんと謝りなさい」

レイシェルト様が促《うなが》した途端、伏《ふ》せた視界の端《はし》に黒い靄《もや》が揺蕩《たゆた》い、思わず顔を上げる。

黒い靄を発しているのは、ぎゅっとレイシェルト様の服を摑《つか》み、半分以上、身体《からだ》を隠《かく》しているティアルト様だった。

か、かわいい〜っ！　この愛らしいお顔を憂《うれ》いに沈《しず》ませたまま放《ほう》っておくなんて無理！

「レ、レイシェルト殿下《でんか》、よいのです。どうぞ、私のことなどお気遣いなく……っ！　邪悪の娘と嫌悪されることなど慣れておりますし……」

「だが、エリシア嬢は実際に邪神を崇拝《すうはい》しているわけでも、人々に害を与《あた》えているわけでもないだろう？」

「え……っ？」

驚きに、まじまじとレイシェルト様の顔を見る。

そんなことを言ってくれた人なんて、マルゲを除けば今までひとりもいなかった。黒い髪と黒い瞳《ひとみ》を見るだけで、家族でさえも私を邪悪の娘だと信じきっていたのに……。

「国を導く者として、自分の目で確かめたわけでもない中傷を信じて、人を傷つけていいはずがない。さあ、ティアルト。エリシア嬢に謝罪を」

レイシェルト様が前へ引き出そうとするが、ティアルト様はいやいやと首を横に振《ふ》って、逆にぎゅうっと服を摑んでレイシェルト様の背中へ顔を押しつける。大好きなお兄様に叱《しか》られて哀しいのか、それとも邪悪の娘が怖《こわ》いのか、ティアルト様の小さな身体からは、黒い靄がどんどんあふれ出している。こんな状態を放っておけるわけがない。

私は一歩踏《ふ》み出すと、ティアルト様と顔の高さを合わせるように屈む。

「ティアルト殿下は、邪神を封《ふう》じられた勇者の血を受け継《つ》いでらっしゃるのでしょう？」

「そ、そうだよ……っ！」

急に話しかけられたティアルト様の肩《かた》がびくりと震《ふる》える。だが、王家の一員である誇《ほこ》りが沈黙《ちんもく》を許さなかったのだろう。まだ顔を背中に押しつけたままだが、きっぱりとした声が返ってくる。

「私は邪悪の娘と呼ばれておりますが……。どうでしょう？　立派な牙《きば》が生えていたり、鋭《するど》い鉤爪《かぎづめ》を備えていたりしていますか？」

おずおずと顔を覗《のぞ》かせたティアルト様は、私と目が合った瞬間、ぴゃっと巣穴に引っ込む子うさぎみたいにレイシェルト様にしがみつく。

「う、ううん……。何もついていない……」

「おっしゃる通り、私は髪と目が黒いだけで、あとは他《ほか》の方と特に変わりません。勇者の血を引かれるティアルト殿下は、ふつうの女性が恐《おそ》ろしいのですか？」

「こ、怖くなんかないよっ！」

あえて挑発《ちょうはつ》的な声で問うと、打てば響《ひび》くような答えが返ってきた。レイシェルト様の陰《かげ》から顔を出したティアルト様が、勝ち気そうに私を睨《にら》みつけている。

「さすが勇者の血を受け継ぐ王子様でいらっしゃいますね！」

褒《ほ》めちぎると、だが、へにょんとティアルト様の眉が下がった。

「……本当に、何も怖いことしたりしない……？」

「いたしませんよ。ですが……。ティアルト殿下におまじないをかけることはできます」

優しく微笑《ほほえ》んで告げると、ティアルト様がこてん、と愛らしく小首をかしげた。

「おまじない……？」

「はい。ティアルト殿下に悪いことが起こらないようにと。勇気がおありでしたら、試《ため》されてみますか？」

そっと右手を差し出すと、

「こ、怖がったりなんてしないよ！　僕はいつか勇者になるんだから！」

ふんすっ、と勢いよく鼻を鳴らしたティアルト様が、小さな手を私の手のひらに重ねた。

「では、少し失礼いたしますね。目を閉じて、大切な方のことを思い浮かべてください」

促されたティアルト様が素直《すなお》に、でも少し不安なのだろう。もう片方の手でしっかりとレイシェルト様の服を摑んで目を閉じる。その愛らしさに心がほぐされていくのを感じながら、ティアルト様の頭をそっと撫《な》でて、いつものおまじないの時のように黒い靄を祓《はら》う。

「ティアルト殿下と殿下の大切な方々に幸せが来ますように……」

「っ⁉　きみは……っ⁉」

瞬間《しゅんかん》、レイシェルト様が鋭く息を吞《の》んだ音が夜気を震わせ、はっとする。

し、しまった！　あまりにティアルト様がお可愛《かわい》らしくて、つい頭をなでなでしたけど、王子様を撫でるなんて不敬すぎてレイシェルト様に呆《あき》れられてしまったかも……っ！

「あ、あの！　これは……っ」

うまい言い訳が見つからず、おろおろと視線をさまよわせると、嬉《うれ》しそうな声が目の前で上がった。

「わぁっ！　怖いのが飛んでった気がする……っ！　あっ！　こ、怖くなんかなかったんだからねっ！」

あせあせと首を横に振ったティアルト様が摑んでいた服を放し、ぴょこりとおじぎする。

「その……。ぶつかって、大きな声を出してごめんなさい……」

「とんでもないことです。私もよそ見していたので、お互《たが》い様ですね」

可愛い……っ！　天使がここにいる……っ！　脳内で天上の鐘《かね》がりんごーん♪　と鳴り響くのを感じながら、視線を合わせてにっこりと微笑み合う。

「ちゃんと言えたね、ティアルト。さすが、勇者の血を引く強く正しい子だ。他人の言に惑《まど》わされず、ちゃんと自分の目で偏見《へんけん》なく見ることは、とても大切なことだよ」

「えへへぇ～」

よしよしとお兄様に撫でられたティアルト様が、とろけるような笑《え》みを浮《う》かべる。

と、尊い……っ！　兄弟愛がまぶしすぎて、目が潰《つぶ》れそう……っ！

今にも昇天《しょうてん》しそうな心を引き留め、至高の光景を目に焼きつけていると、ティアルト様がレイシェルト様を見上げた。

「僕、ちゃんとエリシア嬢《じょう》にお詫《わ》びしたいな！　でも、どうしたらいいかな……？」

ティアルト様の問いかけに、ちらりとレイシェルト様が私を流し見る。

「そうだね。なら、今日のお詫びも兼《か》ねて、後日、エリシア嬢をお茶会に誘《さそ》うというのはどうだろう？　もちろん、義母上《ははうえ》にもご出席いただいてね」

…………はい？

いま何とおっしゃいました……？　信じがたい言葉が聞こえてきたんですが……っ⁉

「わあっ、素敵！　僕が主催《しゅさい》してもいいいっ⁉　僕、まだ主催したことないんだもん！」

「ああ。個人的な小さなお茶会だからね。ティアルトにとってもよい練習になるだろう」

「やったあ！　あのね、僕食べたいお菓子《かし》がいっぱいあるんだ……っ！」

お二人の笑顔がまばゆすぎて、話してる内容がひとつも耳に入ってこない。

「というわけで、エリシア嬢。きみをお茶会に招待したいんだが……」

「い、いえ、私なんてそんな……っ！　どうぞお気遣《きづか》いなく……っ」

お茶会なんて畏《おそ》れ多すぎる。今でさえ推《お》し様と会話しているという奇跡《きせき》に心臓が壊《こわ》れそうなのに、お茶会なんて出席できる気がしない。何より、邪悪《じゃあく》の娘《むすめ》である私なんかが、王《おう》妃《ひ》様やティアルト様と一緒《いっしょ》にお茶をいただくなんて、とんでもないことだ。

「エリシア嬢」

失礼のない断りの言葉をなんとかひねり出そうとする私の心を、レイシェルト様の微笑みが撃《う》ち抜《ぬ》く。レイシェルト様が私だけに微笑みかけてくださるなんて……っ！

「きみが来てくれたら嬉しいのだけれど、受けてくれるかい？」

「は、はいっ！　喜んで……っ！」

私の意思とは裏腹に、口が勝手に了承《りょうしょう》の言葉を告げる。

無理ぃ～っ！　レイシェルト様にこんな風に問われて否《いな》と答えるなんて、天地がひっくり返っても不可能だよ～っ！

「では、近日中に招待状を送らせてもらおう。……お茶会を、楽しみにしているよ」

端整《たんせい》な面輪《おもわ》に笑みを浮かべたレイシェルト様が、ティアルト様を促して踵《きびす》を返す。私は、気を失わないように必死でこらえながら、頭を下げて見送ることしかできなかった。そのまま、呆然《ぼうぜん》と立ち尽《つ》くす。

え……？　今のって、夢……？

未《いま》だにばくばくと鼓動《こどう》が治まらない胸を手で押さえ、深呼吸する。

邪悪の娘である私なんかの名前をレイシェルト様が覚えてくれていただけでも衝撃《しょうげき》なのに、お茶会なんてありえない。第一、蔑《さげす》まれている邪悪の娘を招いたとなれば、お二人の評判に傷がつく可能性もある。推し様にご迷惑《めいわく》をかけるなんてファン失格なのに、こんな夢を見るとは私の馬鹿《ばか》――っ！

はっ！　きっとあれね。レイシェルト様が澱《よど》みの獣《けもの》の討伐《とうばつ》に行かれていた間、心配で仕方がなかったから、無事なお姿を拝見した安堵《あんど》のあまり、思考が変な方向にいってしまったに違《ちが》いない。そうに決まってる！　となったら、しっかりレイシェルト様のお姿を目に焼きつけて、変な妄想《もうそう》なんて湧《わ》かないようにしておかなくっちゃ。

うんうん、と頷《うなず》き、廊下《ろうか》の窓越《ご》しにそっと広間の中をうかがう。入れ代わり立ち代わり凱旋《がいせん》のお祝いに来る大勢の貴族達に麗《うるわ》しい笑顔で対応するレイシェルト様を見つめていると、舞踏《ぶとう》会が終わるまではあっという間だった。

あまりぐずぐずしていては、また貴族達に侮蔑《ぶべつ》の言葉を吐《は》き捨てられる。名残惜《なごりお》しいけど、さっさと貸し馬車で帰ろうと踵《きびす》を返した私は、不意に声をかけられた。

「エリシア嬢！　こんなところにいたのか」

「あ、ジェイスさ……、ジェイス様」

聞き覚えのある声に驚《おどろ》いて振《ふ》り返った私は、反射的に口から出そうになった呼び方を修正する。

足早にこちらへ歩み寄ってきたのは、町人街の警備隊長を務めているエランド伯爵《はくしゃく》家の嫡男《ちゃくなん》であるジェイスさんだった。

貴族街は騎士《きし》団のひとつが、町人街は隊長格の数人の騎士と警備兵の町人達とで組織された警備隊が治安維持《いじ》を担《にな》っている。ジェイスさんは二十一歳の若さで警備隊長を務めている実力派の騎士だ。頼《たよ》りがいがあって面倒見《めんどうみ》がいいだけでなく、濃《こ》い茶色の髪《かみ》と同じ色の瞳《ひとみ》の野性的なイケメンなので、ジェイスさんに想《おも》いを寄せている女性は多いらしい。

なぜ私がジェイスさんのことを知っているかといえば、まじない師のエリとしてヒルデンさんのお店に顔を出しているうちに、知り合いになったからだ。

が、今の私はまじない師のエリじゃなく、エリシア・サランレッドだ。公爵令嬢のエリシアとは、たまに挨拶《あいさつ》を交《か》わす程度で、ほとんど面識がないはずなのに……。それに、王城の舞踏会なんて出るのが面倒だっていつも言っているのに、今夜はどうしたんだろう？

疑問に思い、そういえば澱みの獣の討伐にジェイスさんも参加していたのだと思い出す。凱旋を祝う舞踏会となれば、さすがに欠席できなかったに違いない。

「ジェイス様。このたびは澱みの獣の討伐の凱旋、誠《まこと》におめでとうございます」

いつもの警備隊長の制服と違い、舞踏会らしいきらびやかな衣装《いしょう》に身を包んだジェイスさんに、スカートをつまんで深々と頭《こうべ》を垂れる。今日のジェイスさんを町人街の女性達が見たら、あちらこちらで黄色い悲鳴が上がるんだろうなぁ……。いや、町人街の女性達だけじゃない。貴族のご令嬢達だって、憧《あこが》れのまなざしでジェイスさんを見つめている。

「エリシア嬢からお祝いの言葉をもらえるなんて、格別だな」

ジェイスさんのはずんだ声に、別の声が重なる。

「お兄様っ！　わたくしを放っていくなんて、どういった了見ですの⁉　今日はわたくしをエスコートしてくださるお約束でしょう⁉」

ジェイスさんに並んだのは、ジェイスさんとよく似たはっきりした顔立ちの美少女だ。ジェイスさんの妹であるマリエンヌ嬢の登場に、私はあわてでもう一度頭を下げる。さすがに知り合いの身内に嫌悪《けんお》の目で見られるのは遠慮《えんりょ》したい。

「申し訳ございません。これにて失礼させていただきます」

ジェイスさんが私に声をかけた理由はわからないけれど、邪悪の娘と話しているところを他《ほか》の貴族に見られたら、ジェイスさんまで悪く言われかねない。そんなのは絶対に嫌《いや》だ。

そそくさと去ろうとすると。

「待ってくれ！　エリシア嬢《じょう》！」

「お待ちになって！」

ジェイスさんとマリエンヌ嬢に同時に引きとめられた。

「エリシア嬢の扇子《せんす》についているそのレース編みの花飾《かざ》り……」

ジェイスさんを押しのけるように前へ出たマリエンヌ嬢が私の手元を覗《のぞ》き込む。そのマリエンヌ嬢が手に持った扇子に揺《ゆ》れているのは……。

私が編んだリリシスの花飾りだ――っ！

えっ、どうしてヒルデンさんのお店でしか売っていない花飾りをマリエンヌ嬢が持ってるの……っ!?　っていうか、リリシスの花を扇子に飾ってらっしゃるなんて、もしやマリエンヌ嬢もレイシェルト様推しっ!?　ううん待って。まだそうと決まったわけじゃないもの。落ち着いて私……っ。

めまぐるしく思考を巡《めぐ》らせる私にマリエンヌ嬢がさらに身を乗り出す。

「もしかして、お兄様から贈《おく》られましたのっ!?」

「えぇっ!?　い、いえ、これは自分で……っ！」

思いがけない問いかけに驚いて答えると、途端《とたん》にマリエンヌ嬢の顔に落胆《らくたん》が広がった。

「そうなんですの……。もしかして、お兄様が贈ったのではと期待しましたのに……」

　ということは、マリエンヌ嬢の花飾りはジェイスさんの贈りものなんだろう。私が作ったものを妹さんへのプレゼントにしてもらえるなんて、光栄だ。もしマリエンヌ嬢がレイシェルト様推しだったら、この世界で初めての推し友ができるかもって期待したけど、身に着けてもらえるだけでも素直《すなお》に嬉《うれ》しい。

　私とマリエンヌ嬢の間に焦《あせ》った様子でジェイスさんが割って入る。

「おいっ、マリエンヌ！　お前ちょっと口閉じてろっ！　エリシア嬢になんてことを聞くんだっ！　馬鹿なことを言ってると、もう二度と買ってこないぞ！」

　おほん、と取り繕《つくろ》うように咳払《せきばら》いしたジェイスさんが私に微笑《ほほえ》みかける。

「エリシア嬢。もうお帰りですか？」

　マリエンヌ嬢より一歩前に出たジェイスさんが、私に問いかける。

「はい。そうですけれど……？」

　頷くと、ジェイスさんが緊張した面持ちでごくりと唾《つば》を飲み込んだ。

「だったら、その――」

「まあっ！　いけませんわ！　大罪人である邪悪《じやあく》の娘《むすめ》などと言葉を交わしては、ジェイス様まで穢《けが》れてしまわれます！　そうなっては、エランド伯爵様に顔向けできませんわ！」

　ジェイスさんの声を遮《さえぎ》って、お母様の金切り声が響《ひび》く。「あ……」とかすれた声を洩《も》らして身を強張《こわば》らせた私より早く、お母様とその後ろに立ってこちらに侮蔑の視線を向けるセレイアに向き直ったのはジェイスさんだった。

「サランレッド公爵夫人。大罪人とはどういう意味ですか？　エリシア嬢は罪など犯《おか》していませんが」

ジェイスさんがお母様の視線から私を庇《かば》うように前に立つ。が、お母様は引かない。

「先ほど、ご親切な方がわたくしにお教えくださったのですわ！　邪悪の娘がティアルト殿下にお怪《け》我《が》を負わせそうになったと……っ！　尊き王家の方を傷つけようとするなんて、なんという大罪を……っ！」

お母様の言葉に血の気が引く。私とティアルト様がぶつかったところを見た誰《だれ》かが、お母様にご注進したのだろう。

「この娘は邪悪の娘どころか、破滅《はめつ》の娘よ！　お前なんかのせいで、輝《かがや》かしいサランレッド公爵家の名に傷が……っ！」

怒《いか》りに震《ふる》えるお母様が両手で握《にぎ》りしめた扇子が、みしりと軋《きし》む。人目のあるところでこれほど激昂《げっこう》するなんて、お母様の逆鱗《げきりん》にふれてしまったに違いない。

「も、申し訳……っ」

謝っても許してもらえないに決まっている。それでも謝ることしかできなくて、震えながら頭を下げようとした瞬間《しゅんかん》。

「いったい、これは何の騒《さわ》ぎかな？」

涼《すず》やかな美声が割って入る。お母様や私に集まりつつあった人々の視線を一身に受けて歩み寄ってきたのは、レイシェルト様だ。レイシェルト様のお姿を見た途端、お母様が駆《か》け寄って頭を下げる。

「レイシェルト殿下《でんか》！　いくらお詫《わ》びを申し上げても足りませんっ！　邪悪の娘がティアルト殿下にとんでもないことを……っ！　この娘を牢《ろう》に入れてお気が済むのでしたら、どうぞ投獄《とうごく》してくださいませ！」

「投獄？」

いぶかしげな声と、「投獄」という不穏《ふおん》な言葉に、お母様に倣《なら》って頭を下げた身体《からだ》がびくりと震える。そのまま顔を上げられないでいると、レイシェルト様の美声が降ってきた。

「公爵夫人。何か誤解があるようだが、エリシア嬢はティアルトに何もしていない。むしろ、ティアルトがエリシア嬢に迷惑《めいわく》をかけたほどだ。謝罪など不要だ。それより――」

レイシェルト様の声が低く沈《しず》む。

「己《おのれ》の娘を邪悪の娘呼ばわりするばかりか、『投獄してよい』と言い放つとは……。感心しないな」

「っ！」

冷ややかな圧を込めた声に息を呑《の》んだのは、私か、それともお母様達か。と、かつりと靴音《くつおと》が響いたかと思うと、大きくあたたかな手に右手を取られる。

「エリシア嬢。どうか顔を上げてほしい。きみが詫びる必要などないのだから」

おずおずと顔を上げた瞬間、レイシェルト様の柔《やわ》らかな笑《え》みが視界に飛び込んできて、気を失いそうになる。

麗《うるわ》しの笑顔がこんな近くに……っ⁉　ときめきすぎて、目を開けたまま昇天《しょうてん》しそうっ！

「先ほどはティアルトが失礼をしたね。お茶会の時にお詫びをさせてもらえると嬉しいのだけれど」

「い、いえ……っ」

あわてかぶりを振《ふ》ろうとすると、私の声を遮るようにお母様が金切り声を上げる。

「殿下っ⁉　邪悪の娘を栄《は》えあるお茶会に招待なさるとおっしゃるのですか⁉」

「ああ、わたしではなくティアルトが、だけれどね」

レイシェルト様の言葉に、周りの貴族達までがざわめく。いいことを思いついたとばかりに声を上げたのは、黙《だま》って様子をうかがっていたセレイアだ。

「レイシェルト殿下、お願いがございます。これまでお茶会に出た経験などない姉は、礼《れい》儀《ぎ》作法が心許《こころもと》ないのです。ましてやお招きいただいているのはティアルト殿下のお茶会。きっと心の中では粗相《そそう》をするのではないかと不安に思っていることでしょう。妹として、ぜひとも姉についてあげたいのです。わたくしも一緒《いっしょ》に行かせていただけませんか？」

「セレイアちゃんの言う通りだわ！　ここはセレイアちゃんとわたくしが出席して、ティアルト殿下に重々お詫び申し上げなくては……っ」

セレイアの言葉に、お母様が光明を見出《みいだ》したかのようにはずんだ声を上げる。けれど。

「姉を思うセレイア嬢の気持ちはわかるが、今回のお茶会の主催《しゅさい》はあくまでもティアルトでね。わたしが勝手に招待客を増やしては、ティアルトに拗《す》ねられてしまう」

くすり、とレイシェルト様が端整《たんせい》な面輪《おもわ》に見惚《みほ》れずにはいられない笑みを浮《う》かべる。

「というわけで、今回は遠慮願いたい。その代わり、エリシア嬢はわたしが責任をもって見守ろう。それとも、わたしでは大切な姉上を任せるのに不足かな？」

「い、いえっ！　決してそんなことは……っ！」

ふるふると弾《はじ》かれたようにセレイアがかぶりを振る。

「では、決まりだね。エリシア嬢、お茶会への招待を受けてもらえるかな？」

「は、はい、もちろんです！　万難《ばんなん》を排《はい》して出席させていただきます！」

レイシェルト様が改めて誘《さそ》ってくださったのは、お母様達を引き下がらせるためだろう。

さっきのは夢じゃなかったんだと、うろたえると同時に、レイシェルト様の意図を察して丁寧《ていねい》におじぎする。

「ありがとう、嬉しいよ。では、馬車のところまで送ろうか？」

「い、いえ、大丈夫《だいじょうぶ》です！　レイシェルト殿下にお手間をおかけするわけには……っ！」

これ以上一緒にいたら尊さで気絶しちゃいますからっ！

「では、侍女《じじょ》に案内させよう」

レイシェルト様の言葉に、すぐさま王城のお仕着せを着た侍女が歩み寄ってくる。侍女に引き渡《わた》される寸前、不意にレイシェルト様が一歩踏《ふ》み出した。端整な面輪が近づき。

「今日は、きみを泣かせることにならなくてよかったよ」

安堵《あんど》に満ちた美声が耳朶《じだ》を撫《な》でる。驚《おどろ》き、振り向いた時にはもう、レイシェルト様は身を離《はな》していた。

とっさに脳裏《のうり》をよぎったのは、二年前のほんのわずかな時間のやりとり。もしかして、さっき割って入ってくださったのも、その時のことを覚えていてくださったから……？

ちらりと振り返ると、レイシェルト様の柔らかな笑みと視線が合う。それだけで、ぱくりと心臓が跳《は》ね、私はあわてて前に向き直った。ここにはお母様達だけでなく、ジェイスさんやマリエンヌ嬢、他《ほか》の貴族達だっている。そんな中、レイシェルト様につまらない問いかけなんてできない。

っていうか、今日は推《お》し様成分が供給過多すぎて、これ以上は尊さに爆発《ばくはつ》しちゃうっ！

今夜のことは一生の想《おも》い出として、脳内に刻み込もう。

ともすれば、思い出して「尊い……っ！」と五体投地したくなる衝動《しょうどう》をこらえながら、私は案内の侍女の後を追いかけた。

「推し様の言葉につい頷《うなず》いちゃったけど、本当に行っていいのかしら……？」

「おい、百面相してるけど、大丈夫か？　何か悩《なや》みでもあるんなら俺が聞くぞ？」

舞踏会《ぶとう》の六日後。ヒルデンさんのお店のテーブルではぁっと大きな溜息《ためいき》をついた私は、不意にかけられたジェイスさんの言葉に、「ほえ？」と間の抜《ぬ》けた声を上げた。

悩んでいたのはティアルト様のお茶会についてだ。舞踏会から日が経《た》つにつれ、やっぱりあれは私の妄想《もうそう》だったんじゃ……？　と思い始めたところに昨日招待状が届いて、現実だと突《つ》きつけられたのだ。その場では勢いに呑まれて約束してしまったけれど、邪悪の娘がお茶会に出席したら、貴族達がいい顔をしないに決まっている。

理性は断るべきだと言っている。けれど、レイシェルト様やティアルト様の笑顔を思い浮かべると、どうしても断りの手紙を書く手が止まって……。ぐるぐると思考が同じところを巡《めぐ》ってしまうのだ。

でも、フードとヴェールがあるから、鼻から下くらいしか見えないはずなのに、どうしてジェイスさんは私の表情がわかったんだろう？

不思議に思っている間に、テーブルの対面の空いている椅子《いす》に座ったジェイスさんが身を乗り出す。今日のジェイスさんはいつもの警備隊長の制服だ。腰《こし》に佩《は》いた剣《けん》が動きに合わせてかちゃりと鳴った。

「どうした？　悩みがあるんなら聞くぞ？」

きっとこういう面倒見《めんどうみ》のいいところもジェイスさんがモテる理由なんだろうなぁ……。

「ジェイスさんったら。悩みを聞くのは私の仕事ですよ！　仕事を取られちゃ困ります」

マルゲ以外に心配されたのが新鮮《しんせん》で、ふふっと笑みがこぼれてしまう。同時に、正体を隠《かく》している罪悪感に、胸の奥がつきりと痛んだ。

ヒルデンさんもお客さんもみんないい人で、推し活の資金稼《かせ》ぎのためだけじゃなく、まじない師のエリとしての時間は、今やかけがえのないものになっている。けれど、それは私が邪悪《じゃあく》の娘《むすめ》だと知らないからだ。知ればきっと、距離《きょり》を取られるに違《ちが》いない。

私の言葉にくすりと笑みを覗《のぞ》かせたジェイスさんが、すぐに真面目《まじめ》な顔になる。

「大丈夫っていう奴《やつ》ほど、陰《かげ》で無理してたりするんだよ。さっきだって、何か思い悩んでる風だったし……。ほんとに何か困りごとがあるんじゃないのか？」

「い、いえっ、さっきのは……」

素性《すじょう》を隠している以上、悩みを素直《すなお》に話せるわけがない。私はあわてて話題を変える。

「そ、それよりジェイスさんこそどうしたんですか？　今日はいつもより顔を出してくれるのが遅《おそ》かったですし、こんな風に座ってのんびりおしゃべりしてるなんて……。何か相談事があるんじゃないですか？」

職業柄《しょくぎょうがら》、ジェイスさんはこの辺りのお店を巡回《じゅんかい》している。こんな風に親しく話すようになったのも、何度も会っているうちに顔見知りになったからだ。

「私でよければ聞きますよ？　お役に立てるかどうかはわかりませんけれど……」

ジェイスさんからは黒い靄《もや》は見えないけれど、靄となるほど負の感情がたまっていなくても、鬱屈《うっくつ》が散り積もっているという可能性もある。

祓《はら》えるものがなかったら私なんて役立たずだけど、でも愚痴《ぐち》を聞くくらいならできる。

「もちろんタダでいいですからね！　ジェイスさんにはお世話になってますし……」

警備隊の皆《みな》さんがちゃんと治安を守ってくれてるから、こんな風に夜でもひとりで出歩けるんだもんね。

「もし頼《たの》む時は、ちゃんと払《はら》うさ。っていうか、悩みなんて別に……」

ジェイスさんがふいと顔を背《そむ》ける。

「俺が顔を見せる時間はたいてい客でにぎわってるだろ？　今日はたまたま誰《だれ》もいなかったからゆっくり話せると思ってさ……」

「店じまいが近いこの時間は、いつもお客さんが少ないからこんな感じですよ？　そういえば、今日はいつもより遅い時間に来られましたけど……。何か、あったんですか？」

「いやその、最近、酔《よ》っ払《ぱら》いのもめ事が多くてな……」

ジェイスさんが言葉を濁《にご》した時、りん、とドアベルが鳴る。ちらりと扉《とびら》を振《ふ》り返ったジェイスさんが、次の瞬間《しゅんかん》、椅子を蹴倒《けたお》しそうな勢いで立ち上がった。

「おいっ⁉　マリエンヌ⁉　お前……っ！」

ジェイスさんの声に、私も扉を振り向く。そこには、侍女らしき女性と青年従者の二人を従えたマリエンヌ嬢《じょう》が、悪戯《いたずら》が見つかった子どもみたいな顔で立っていた。マリエンヌ嬢がヒルデンさんのお店に来たのは初めてなのでびっくりする。

「ばれてしまいましたわ。お兄様をこっそり観察して、応援《おうえん》するつもりでしたのに……」

マリエンヌ嬢が残念そうにこぼす。六日前の舞踏会と異なり、地味な色合いの服を着ているが、華《はな》やかな雰囲気《ふんいき》は変わらぬままなので、どこからどう見てもお忍《しの》びのお嬢様だ。

「いったい何しに来た⁉　こんな時間に⁉」

ジェイスさんが血相を変えてマリエンヌ嬢に詰《つ》め寄る。こんなにあわてふためいているジェイスさんは珍《めずら》しい。貴族の令嬢が供二人だけで夜に町人街へお忍びで来ているのだから、兄としては当然の反応だろう。ジェイスさんとは別の理由で、私もマリエンヌ嬢の登場に動揺《どうよう》していた。

マリエンヌ嬢はエリシアのことを知っている。まさか、邪悪の娘が町人街でまじない師をしているなんて夢にも思わないだろうけれど……。フードとヴェールで顔を隠しているとはいえ、背中に冷や汗《あせ》がにじんでくる。

ジェイスさんの詰問《きつもん》に、だがマリエンヌ嬢の反応は毅然《きぜん》としたものだった。

「だって、お兄様ったらレイシェルト殿下《でんか》を象徴するリリシスの花はしばらく見たくないっておっしゃるんですもの！　横暴ですわ！　わたくし、まだまだ花飾《かざ》りが欲しいんですもの！　お兄様が買ってきてくれないとなれば、自分で買いに来るしかありませんでしょう？　それに、お兄様がよく話してらっしゃるまじない師も気になってましたし……」

ちらりと私を見たマリエンヌ嬢に華やかな笑《え》みを向けられ、どきっとする。ジェイスさん！　いったいマリエンヌ嬢にどんな話をしてるんですか!?　というか、それより……！　もしかしたらと思っていたけど、マリエンヌ嬢もレイシェルト様推し……っ!?　私の地道な推し活が、ついに実を結んだ……っ!?

「だからと言って、陽《ひ》も暮れたこんな時間に自分の足で買いに来る奴がいるか！　侍女に買いに来させればいいだろう!?」

ジェイスさんの声にはっと我《われ》に返る。マリエンヌ嬢が花飾りを気に入ってくださったのはこの上なく嬉《うれ》しいけれど、私のせいで兄妹《きょうだい》げんかをさせるわけにはいかない。

「あ、あの……」

ジェイスさん達に歩み寄り、おずおずと後ろから声をかけると、いち早くマリエンヌ嬢が反応した。

「あなたがまじない師のエリね!?　わたくし、ジェイスお兄様の妹のマリエンヌと申します。このたびは素敵な花飾りを作ってくださって感謝しますわっ！」

「い、いえっ。こちらこそ、お買い上げいただきありがとうございます……っ！」

マリエンヌ嬢も確実にレイシェルト様を推してらっしゃるのか、確かめたい……っ！

けど、どうやって話しかけたらいいんだろう……？

私の戸惑《とまど》いを吹《ふ》き飛ばすように、ジェイスさんを押しのけマリエンヌ嬢が身を乗り出す。

「わたくし、こんな品が欲しいと思ってましたの！　レイシェルト殿下の髪《かみ》と瞳《ひとみ》の色と同じリリシスの花……っ！　さりげなくそれを身につけられるなんて、素敵な発案ね！」

「っ!?　で、ではマリエンヌ様もレイシェルト殿下を推し……いえあの、憧《あこが》れてらっしゃるのですかっ!?」

思わず食いつくように尋《たず》ねてしまう。反射的に差し出した手を、マリエンヌ嬢がしっかと握《にぎ》りしめてくれた。

「そうですわ！　もしかしてあなたも!?　レイシェルト殿下は本当に格好よくて素敵ですわよね……っ！」

「は、はいっ！　レイシェルト殿下は凛々《りり》しいお姿だけでなく、お心も高潔で……っ！まさに光神アルスデウス様の加護を受けるにふさわしい御方《おかた》だと思いますっ！」

礼儀《れいぎ》作法も忘れてマリエンヌ嬢の手を握り返し、力強く頷く。

「私、憧れの気持ちを少しでもあらわしたくてリリシスの花の刺繍《ししゅう》や花飾りを作っているんです！　だから……っ、同じ気持ちの方に届いて、本当に嬉しいです……っ！」

「まあっ、あなたったらけなげで可愛《かわい》い方なのね……っ！　ねぇエリ。よかったら、わたくしとお友達になってくださらない？」

「嬉しいですっ！　私などでよろしければ……っ！」

きゃ——っ！　地道に推《お》し活をしてきてよかった……っ！　友達どころか、まさか推し友ができるなんて……っ！

「おいっ、マリエンヌ！　ちょっと待て！」

ヴェール越《ご》しに見つめあう私とマリエンヌ嬢の間にあわてて割って入ったのはジェイスさんだ。

「会ったばかりだっていうのに、急にそんな……っ！　俺だってここまで親しくなるのに、二年もかかったってのに……」

何やらぶつぶつ呟《つぶや》き始めたジェイスさんに、マリエンヌ嬢があっさり告げる。

「あら。親しくなるのに時間は関係ないでしょう？　それに、わたくしがエリとお友達になったとしても、お兄様に悪いことなんてないと思うのですけれど？」

「いやっ、それは……っ⁉」

何やら焦《あせ》った声を上げたジェイスさんが、気にするように私に視線を向ける。

あっ、そうか……。マリエンヌ嬢は伯爵《はくしゃく》令嬢だ。いくらマリエンヌ嬢のほうから望んでくれたとはいえ、平民のエリなんかと友人だなんて、兄としてはあまり賛成したくないだろう。ジェイスさんは気さくで身分にこだわるような人ではないけれど、大切な妹のことに関しては、別ということもありうる。

それに私だって、せっかくできた推し友に迷惑《めいわく》なんてかけたくない。エリの正体が邪悪《じやあく》の娘《むすめ》だと知れば、平民であること以上に嫌悪《けんお》されるだろう。そんなのは絶対に嫌《いや》だ。

「とにかく、お前は今夜はもう帰るんだ。エリも何か思い悩《なや》んでいるみたいだし……。エリの花飾りが欲しかったら、俺が買って帰ってやるから」

「悩み……？　何かありましたの？」

ジェイスさんの言葉に、マリエンヌ嬢が心配そうに私を見る。

言い淀《よど》んだ私の脳裏《のうり》に、ふとマリエンヌ嬢に相談してみてはどうだろうという天啓《てんけい》が閃《ひらめ》く。公爵令嬢といえど、私は貴族としてのおつきあいなんて経験がない。何より、レイシェルト様推しのマリエンヌ嬢に反対されたら、揺《ゆ》らぐ気持ちを納得《なつとく》させられる気がする。

「その……っ」

「あの、たとえ話なんですけれど……。もし、もしもですよ？　前に立つのも畏《おそ》れ多いくらい憧れている人にお茶会に誘《さそ》われたとしたら、やっぱり、ご遠慮《えんりよ》させていただきますよね……？」

「いえ、行きますわ！」

「ですよ……えぇっ⁉」

予想とは真逆の返事にすっとんきょうな声が飛び出す。マリエンヌ嬢がぐっと両の拳《こぶし》を握りしめた。

「憧れの御方のお誘いでしょう⁉　そんな貴重な機会を逃《のが》すなんて、ありえませんわ！」

きっぱりと断言するマリエンヌ嬢を見て、己《おのれ》の過《あやま》ちに気づく。そうか！　陰《いん》の者である私と違《ちが》って、華やかなマリエンヌ嬢はどう考えても陽の者だ。

マリエンヌ嬢なら、レイシェルト様のお隣《となり》に立っても、誰《だれ》も文句なんて言わないだろう。

「い、いえでもっ、誘われた相手は評判が悪い人物でですね……っ！　もしそのせいで憧れの御方の評判まで下がったりしたら、絶対許せませんよねっ⁉」

そうだ。レイシェルト様の名声に傷をつけるなんて、万死《ばんし》に値《あたい》する大罪だ。

レイシェルト様は誰がどう見ても非の打ちどころがない王太子殿下だけれど、腹違いの弟・ティアルト殿下がいらっしゃる。ミシェレーヌ王妃《おうひ》の実家に連なる貴族達の中には、母君が没《ぼっ》して後ろ盾《だて》の弱いレイシェルト様ではなく、ティアルト様を次代の王にしては、と言う者もいるらしい。当のお二人自身の仲がよいので、私もちらりと噂《うわさ》で聞いただけで、大きな動きにはなっていないようだけれど……。

「たとえ短い間でもそんな相手と過ごすなんて、もし耳にしたらご不快でしょう？」

もし、私がマリエンヌ嬢《じょう》のような華《はな》やかで堂々とした美人だったら……。

詮無《せんな》いことを考えてしまい、ずきんと胸が痛む。いくら憧れても、自分以外の誰かになんて、なれるわけがないのに。

やっぱり、お茶会のお誘いは断るべきだ。あの時は勢いでお受けしてしまったけれど、邪悪の娘がレイシェルト様やティアルト様とお茶会だなんて、していいはずがない。私はただ、日陰《ひかげ》からそっと推させていただくだけで十分に満足なんだから。

「わたくしは、その相手の人柄《ひとがら》次第《しだい》だと思いますけれど……？　たとえ噂では評判の悪い人物だとしても、実際に会ってみないことにはわかりませんもの」

「マリエンヌの言う通りだ。人の噂ほど当てにならないものはないからな」

決意を固める私の耳に、妙《みょう》に実感のこもったマリエンヌ嬢とジェイスさんの声が届く。

「エリが話題にしている方がどなたなのかわかりませんけれど……。わたくしはせっかくの機会なら、ちゃんと摑《つか》むことをおすすめしますわ。だって、そんな素敵《すてき》な機会、次もあるかわからないでしょう？　それに」

マリエンヌ嬢が私をはげますように、にこりと微笑《ほほえ》む。

「もしかしたら、評判を知っていて、それでも一緒《いっしょ》に過ごしてみたいと思われたのかもしれませんわ。そうだとしたら、ご厚意《こうい》を無下にしてしまったことをずっと後悔《こうかい》することにならないかしら？」

マリエンヌ嬢の言葉が矢のように心を貫《つらぬ》く。

邪悪の娘である私とレイシェルト様とのお茶会なんて、本来ならありうるはずがない。この機会を逃せば、未来永劫《みらいえいごう》ありえない。たった一度だけの奇跡《きせき》だというなら……。

「……行っても、よいのでしょうか……？」

「結局は、その方のお気持ち次第ですわ。お兄様もそう思われるでしょう？」

「その、俺は……」

何やら言いかけたジェイスさんが、諦《あきら》めたように吐息《といき》する。

「いや、確かにそうだな。周りの目を気にして、本当に望んでいることができないなんて、馬鹿《ばか》らしい。自分の望む通りにするのが、いいと思うぜ」

こちらを見下ろすジェイスさんのまなざしは包み込むように優《やさ》しくて、背中を押してもらった気持ちになる。

「ジェイスさん……。マリエンヌ様も、相談に乗ってくださりありがとうございます！」

笑顔《えがお》でぺこりと頭を下げると、突然《とつぜん》、マリエンヌ嬢に抱《だ》きつかれた。

「きゃ——っ！　エリったら可愛すぎますわ！　お兄様から話を聞いていて、どんな方かとずっと気になってましたけれど……っ！　こんな可愛い方だったなんて！」

「マ、マリエンヌ様⁉」

抱きつかれた勢いでフードがずれそうになり、あわてて押さえる。マリエンヌ嬢を引きはがしたのはジェイスさんだ。

「おいっ!? 余計なことを口にするな！　お前、もう帰れ！」

なぜか急に怒《おこ》った声を上げたジェイスさんが、私とマリエンヌ嬢の間に立つ。

「もうっ、お兄様ったら、心の狭《せま》い男は嫌《きら》われますわよ？」

「口が軽い妹が叱《しか》られるほうが先だろうけどな。ほら、もういいだろう？　お忍《しの》びで出かけたのがばれないうちに屋敷《やしき》へ戻《もど》れ」

「もう、仕方のないお兄様ね。わかりました。ひとまず欲しいものを買ったら帰ります」

あれとこれとそれも、とマリエンヌ嬢が買い占《し》めるんじゃないかと思うくらいたくさんの花飾《かざ》りを買い上げてくれる。

「この花飾り、本当に素敵ですわ！　わたくしもお友達にすすめてよいかしら？」

「もちろんですっ！　ありがとうございます！」

レイシェルト様グッズが広まるなんて、喜び以外の何物でもない。しかもこんなに買ってくれるなんて、新しい材料を買うだけじゃなく、寄付にだって回せます！

たくさんの花飾りを買ってご満悦《まんえつ》なマリエンヌ嬢と従者をジェイスさんと一緒に店の外まで見送る。マリエンヌ嬢を乗せた貸し馬車が通りの向こうへ曲がって行くのを見てから、ふう、と大きく息をつくと、同時に隣から溜息《ためいき》が降ってきた。

「ほんと急に悪かったな。うちの愚妹《ぐまい》が。まじないの邪魔《じゃま》をしたんじゃないか？」

「とんでもないです！　今日はお客さんも来てなかったですし、気にしないでください。

それより、華やかでお優しくて、本当に素敵ですねっ、マリエンヌ様は！　さすがジェイスさんの妹さんですっ！」

ぶんぶんとかぶりを振《ふ》り、勢い込んで告げると、ジェイスさんが息を呑《の》む音が聞こえた。かと思うと、「ったく、これだからエリは……っ！」と、急に大きな手でフードの上から頭をわしわしと撫《な》でられる。

「ジェ、ジェイスさんっ⁉　ちょっ！　フードがずれ――」

「やめないか。嫌がっているだろう？」

あわててフードを押さえると同時に、鋭《するど》い声が割って入る。忘れようもない美声に驚《おどろ》いて振り向くと、通りの向こうからフードをかぶった青年が真っ直《す》ぐこちらへ駆《か》けてきていた。顔は相変わらず鼻から下しか見えないけど、一瞬《いっしゅん》、レイシェルト様かと錯覚《さっかく》するほどの美声は間違《まちが》いようがない。一週間前に黒い靄《もや》を祓《はら》った青年だ。

「誰だお前は？」

ジェイスさんがいぶかしげに眉《まゆ》を吊《つ》り上げる。

「彼女に以前、相談に乗ってもらった者だ。それより、彼女から手を離《はな》せ」

息も乱さず駆けてきた青年が、私の頭の上にのったジェイスさんの手首を掴む。

「はぁ？　別に嫌がることなんざしてねぇよ。っていうか、客じゃないなら邪魔するな」

「なぜ客ではないとわかる？」

青年の低い声に、はんっ、と小馬鹿にしたようにジェイスさんが鼻を鳴らす。

「決まってるだろ？　こいつは腕《うで》がいい。たいていの客は、一回相談するだけで解決するんだよ。それも知らないとはにわかだな、お前」

ぐっと青年が悔《くや》しげに奥歯を噛《か》みしめる。っていうか！

「あの、二人とも私の頭の上から手をどけてくれませんか⁉　重いんですけれど！」

私の声に、弾《はじ》かれたように二人が手をのける。重くて首を痛めるかと思った。

「あの、どうかなさったんですか？　また悩《なや》み事が……？」

青年の肩《かた》にはうっすらと黒い靄が見える。たった一週間なのに、また靄が見えるなんて、よほどストレスフルな生活を送っているとしか思えない。

「いや、悩みというより、きみが無事に帰れたのかと、心配で仕方がなかったんだ。先週は、結局送ることができなかったからね。あの後、何事もなく帰れたかい？」

言葉と同時に、剣《けん》だこのある手が私の手を包む。ジェイスさんが眉を吊り上げた。

「おいっ⁉　お前こそ何してやがる⁉」

ジェイスさんが青年の手を引きはがそうと摑みかかる。

「エリに手を出すんじゃねぇよっ！」

「エリ……。きみの名前はエリというのかい？」

引きはがそうとするジェイスさんを涼《すず》しい顔でスルーしながら、こちらへ顔を向けた青年が甘やかに微笑む。

「可愛《かわい》らしい名前だね、エリ」

「あ、ありがとうございます……っ」

瞬間、顔がぼんっと熱くなる。

レイシェルト様そっくりの美声で、前世の名前を呼ばれるなんて……。み、耳と脳が融《と》けるぅ～っ！

「あ、あの、私もお名前をうかがっても……？」

今だ！　チャンスは今しかないっ！　おずおずと問うた私の質問に、青年が一瞬、ためらうように口を引き結ぶ。と。

「レイと……。そう呼んでくれると嬉《うれ》しいな、エリ」

レイだなんて……っ！　前世の推しの玲《れい》様と同じ音の名前だなんて、運命としか思えない。どうかレイ様とお呼びさせてください……っ！

「おいレイ！　いい加減、エリから手を離せ！」

レイ様の腕を握《にぎ》り潰《つぶ》しそうな勢いのジェイスさんが苛立《いらだ》ったように叫《さけ》ぶ。ジェイスさんと力で張り合えるなんて、レイ様もかなり鍛《きた》えているのだろう。というか、そろそろ放してくれないと、私の心臓が壊《こわ》れそうだ。「あの……」と身じろぎすると、レイ様が仕方なさそうにようやく手を放してくれた。

「というか、きみにまで名を呼ぶことを許してはいないが。警備隊の見回り中なんだろう？　最近、もめ事が頻発《ひんぱつ》していると聞いている。しっかり見回ってきたらどうだい？」

ジェイスさんに顔を向けたレイ様が、冷ややかな声音《こわね》で告げる。

「何でそんなことを知っている？　というか、顔を隠《かく》した不審《ふしん》者をエリと二人にできるか！　おいエリ、よからぬことをする前に、こいつをしょっぴいてやろうか？」

「不審者とは失礼極《きわ》まりないな。エリによからぬことをするはずがないだろう？」

「いきなり手を握《にぎ》っておいてどの口がほざく！」

額に青筋を立てそうな勢いでジェイスさんが叫ぶ。その肩にはさっきまでなかった黒い靄が漂《ただよ》っていた。レイ様とジェイスさんが険悪な顔で睨《にら》み合う。ジェイスさんにつられたように、レイ様から漂っていた黒い靄がさらに濃《こ》くなる。

「や、やめてください、二人とも！　会ったばかりなのに、喧嘩《けんか》するなんて……っ」

知っている人達が目の前で喧嘩をするところなんて見たくない。なんとか止めないと、と声を震《ふる》わせながら訴《うった》えると、二人が弾かれたように姿勢を正した。

「す、すまない」

「す、すまねぇ」

しゅん、と二人そろって肩を落とす様子は、叱られた大型犬みたいだ。二人が落ち着いてくれてほっとする。

「きっと二人とも疲《つか》れがたまってるんですよ。おまじないをしてあげますね」

ジェイスさんに向き直る。

「目を閉じて、ジェイスさんの大切な人のことを心に思い描《えが》いてくださいね」

手を伸《の》ばし、神妙《しんみよう》な様子で目をつむったジェイスさんのたくましい肩にふれる。

「あなたとあなたの大切な人達に幸せが来ますように……」

いつもお仕事お疲れ様です、という気持ちを込めて黒い靄を祓う。

「どう、ですか……？」

目を開けたジェイスさんにおずおずと問うと、ジェイスさんがなぜかうっすらと頬《ほお》を赤らめて視線を逸《そ》らした。

「お、おう……。おまじないをしてるのは何度も見たことがあったが……。実際にやってもらうのは格別だな」

「エリ。わたしにもしてもらえるかい？」

レイ様が身を乗り出すようにして片手を差し出す。

「あ、はい。でも手は……」

「前にしてくれた時は手を握ってくれただろう？　そのほうが、よく効く気がするんだ」

「じゃあ……」

別に手を握っても握らなくても、祓うのに変わりはないけれど、レイ様が効く気がするというのなら、かまわない。

差し出された手にそっと指先を重ねると、包み込むようにぎゅっと握られた。

「目を閉じて、大切な方のことを思い描いてくださいね」

ジェイスさんと同じように、レイ様の肩の黒い靄も祓う。

「どうでしょうか……？」

「ありがとう。とてもいい気分だ」

にこやかに微笑《ほほえ》んだレイ様が、不意につないでいた手を持ち上げ、ちゅ、と手の甲《こう》にくちづける。

「っ⁉」

「おま……っ！　てめぇっ！　いい度胸だなっ！　成敗してやる！」

ジェイスさんが腰《こし》に佩《は》いた剣の柄《つか》に手をかける。肩からは再び黒い靄が吹《ふ》き出していた。

「ジェイスさん⁉　どうしたんですか⁉」

さっき、確かに靄を祓ったはずなのに！

レイ様の手をほどいてジェイスさんへ一歩踏《ふ》み出そうとすると、ぐいっと手を引かれた。

「ひゃっ⁉」

よろめいた身体《からだ》をジェイスさんのたくましい胸板《むないた》に抱《だ》きとめられる。

「何の真似《まね》だ？　彼女を放せ」

　ジェイスさんと私の間に腕を差し入れたレイ様が、私を引きはがそうと後ろから抱きしめる。

　えっ⁉　ちょっと何これ⁉　私いつの間にサンドウィッチの具になったの⁉

「は？　お前こそ放せよ。割って入ってくるんじゃねぇ」

「というか、二人とも放してくださいよっ！　いったいどうしちゃったんですか⁉」

　私の声に二人ともやけにゆっくりと腕《うで》をほどく。ジェイスさんの靄《もや》は、離《はな》れる前にそっと手で祓《はら》っておいた。

「二人とも、お店の前で喧嘩だなんて、ご迷惑《めいわく》になるんだからしないでくださいっ！」

「きみが、そう言うのなら……」

「おう……。努力は、する」

　二人ともやけに不満そうだ。まあ、年下の小娘《こむすめ》に注意されたら仕方がないだろうけど。

「じゃあ、私はそろそろ帰るので……」

「「送っていこう！」」

　二人の声が見事にハモる。

「ジェイス、きみはいい加減、職務に戻《もど》りたまえ。エリはわたしが送っていく」

「はぁっ⁉　身元も知れねぇお前に送らせられるワケがないだろ⁉　見回りなら送りながらでもできる。エリだって、俺のほうが安心だろ？」

「えっ、いえ……。私はひとりで帰るので……」

素性《すじょう》がバレるから送ってもらうなんて結構です！

「「ひとりでなんて駄目《だめ》に決まってるだろう！」」

またもや二人の声がハモる。

何この一体感。さっきは相性が悪そうって思ったけど……。実はこの二人、滅茶苦茶《めちゃくちゃ》相性がいいとか……？

「駄目だよ、エリ。先週も言っただろう？　可憐《かれん》な乙女《おとめ》を夜分にひとりで帰らせるなんて、そんなことはできないよ」

「見ず知らずの男と二人きりにできるか。これも治安を守るための立派な防犯活動だ」

歩き出した私を両側から挟《はさ》んで、レイ様とジェイスさんが口々に告げる。ジェイスさんの言葉に、レイ様の声が不愉快《ふゆかい》そうに低くなった。

「いい加減、わたしを不審者扱《あつか》いするのはやめてくれないか？」

「フードを目深《まぶか》にかぶって顔も見せねぇ奴《やつ》は、不審者以外の何者でもないだろ？」

「う……っ」

ジェイスさんの言葉に、私も言葉に詰《つ》まる。ジェイスさんがあわてたように手を振《ふ》った。

「いや、エリは別だぞ!?　その格好はまじない師の制服みたいなもんだろうし……」

「きみはもう少し考えてから口を開いたほうがいいのではないかい？　こんな迂闊《うかつ》な人物

が町人街の警備隊長とは……。不安極まりないな」

「何だと!?」

食ってかかろうとしたジェイスさんに、レイ様がぴしゃりと告げる。

「最近、もめ事が頻発《ひんぱつ》している原因も、まだ突《つ》き止められていないのだろう？」

今度はジェイスさんが言葉に詰まる番だった。もやり、とジェイスさんの肩《かた》から黒い靄が湧《わ》き上がる。思わず私は口を開いていた。

「あ、あのっ。私なんかじゃお役に立てないかもしれませんけど……。私にもできることは何かないですか？　あ、そうだ！　もめていた人の相談に乗ったりとか……」

「駄目だ！」

鋭《するど》い声に、ジェイスさんに伸ばしかけていた手をびくりと止める。

「すまん……」

しまったと言いたげに顔をしかめたジェイスさんが、頭の後ろに手をやってがしがしと濃《こ》い茶色の短髪《たんぱつ》をかきむしった。

「……ここだけの内密の話だけどな。最近、もめ事が多いのは、どうやら邪教徒《じゃきょうと》が絡《から》んでるらしいんだ」

「邪教徒が……!?」

思わず驚《おどろ》きの声が飛び出す。

邪教徒とは、かつて人の世に争いと混乱を巻き起こした邪神ディアブルガを信奉《しんぽう》する者達だ。現状に不満を持つ不穏分子《ふおんぶんし》達が入信するらしい。

「邪教徒が関《かか》わっているということは、邪神復活のために、人々を争わせて澱《よど》みを集めているのか……？」

独り言のようにレイ様がこぼす。

「邪神復活、ですか……？」

不穏なものを感じずにはいられない単語に、フードで隠《かく》れた面輪《おもわ》を見上げると、レイ様がこくりと頷《うなず》いた。

「邪神の力の源となるのは、怒《いか》りや絶望といった負の感情だ。邪教徒達は邪神の欠片《かけら》に澱みを集めて、邪神復活の儀式《ぎしき》に備えているらしい」

澱みとは、私の目には黒い靄として見える負の感情に違いない。あんなものを集めて、邪神を復活させようと企《たくら》んでいるなんて……。考えるだけで恐《おそ》ろしい。

と、心を読んだかのように、フード越《ご》しにジェイスさんに頭を撫《な》でられる。

「そんなに怯《おび》えんなよ。これ以上、被害《ひがい》を広げないために、俺達、警備隊がいるんだから。さっきはきつく言っちまって悪かったな。ただ、相手が相手だ。間違《まちが》っても、首を突っ込もうなんて思うんじゃねぇぞ？」

「そうだよ、エリ。きみの優《やさ》しさは素晴《すば》らしい美点だが……。もし、きみの身に何かあったらと思うと、いても立ってもいられなくなる」

さっとジェイスさんの手を頭の上からどけたレイ様が、私の片手を握《にぎ》る。形良い唇《くちびる》に甘やかな笑《え》みが浮《う》かんだ。

「もちろん、もし何かあったとしても、きみのことはわたしが守るけれどね」

「っ！」

心臓がぱくんと跳《は》ねる。

お願いだからレイシェルト様そっくりの美声で、そんなことを不意打ちで言うのはやめてほしい。いくらレイシェルト様とはほとんどお言葉を交《か》わしたことがないからって、似たお声のレイ様にときめいてしまうなんて……っ！

そんなの、レイシェルト様にもレイ様にも失礼よ。心頭滅却《めっきゃく》、心頭滅却……っ！

「エリ？　どうしたんだい？」

「お前が不躾《ぶしつけ》に手を握ってるからだろ！　放しやがれ！」

ジェイスさんがレイ様が握っていた私の手をもぎ取る。

いえあの、二人とも身を寄せ合ってくると、間の私は狭《せま》いんですけれど……。

と、道の先から何やら騒《さわ》がしい声が聞こえてくる。

「くそっ、またもめ事か……」

ジェイスさんが私の手を握ったまま舌打ちする。

「ほら。警備隊長、仕事だ。エリのことはわたしに任せて、職務に励《はげ》んでくるといい」

ジェイスさんが目を吊《つ》り上げてレイ様を睨《にら》みつける。かと思うと、もう片方の手で、ぐいっと肩を摑《つか》まれた。

「いいか!? 俺は行かなきゃなんねぇが、不安なら待っててくれていいんだぞ?」

「待つ必要なんてないよ。エリはわたしが責任を持って送り届けよう」

私が答えるより早く、レイ様が力強い声で請《う》け合う。

いえあの、流れで一緒《いっしょ》にヒルデンさんのお店を出たけど、公爵《こうしゃく》家まで送ってもらうわけにはいかないので……。

「お前には言ってねぇ！ むしろ、お前が一番危険人物なんだよ！ いいか、絶対に油断するなよ？ もし何かあったら大声で叫《さけ》べ。すぐに警備隊員が駆《か》けつけるからな！」

心配そうなジェイスさんの不安を少しでも取り除こうと、こくりと頷く。

「私なら大丈夫《だいじょうぶ》ですよ。それより、ジェイスさんこそ気をつけてくださいね」

道の向こうから聞こえてくる声はどんどん大きくなってきている。

「おう、大丈夫だ。いいか!? ほんと気をつけろよ！」

フード越しに頭をひと撫でしたジェイスさんが、身を翻《ひるがえ》して騒いでいる人々のほうへと駆けていく。広い背中を見つめていると、「大丈夫だよ」と穏《おだ》やかな声が降ってきた。

「彼は強い。毎年行われる神前試合でも、優勝候補のひとりだからね。そうそう怪我《けが》なんて負わないよ」

王家が勇者の子孫であり、尚武《しょうぶ》の気風が強いアルスデウス王国では、建国神話に謳《うた》われるリーシェンデル湖のほとりにある神殿《しんでん》の前で、毎年、王家主催《しゅさい》の神前試合が開催される。

由緒《ゆいしょ》ある神殿に眠《ねむ》るのは、勇者とともに邪神ディアブルガを封印《ふういん》した『大聖女』だ。

伝説によると、最後の戦いで大聖女は命と引き換《か》えに邪神の魂《たましい》を自分の身体《からだ》の中に封印し、魂を失った邪神の心臓を勇者が剣《けん》で貫《つらぬ》いたことにより、戦いが終結したのだという。

なお、邪神の魂を封じた大聖女の遺体は、何百年も経《た》った今でも、少しずつ澱みを生み出し続けており、毎年、王族と聖者や聖女、そして神前試合の優勝者によって、澱みの獣《けもの》を浄化《じょうか》する祓《はら》いの儀式が行われている。

神前試合は大勢の貴族達が観戦するので、私もレイシェルト様やジェイスさんの勇姿は何度も見たことがある。去年は準々決勝で二人が戦うことになって、会場中の貴婦人達や令嬢《れいじょう》達が天まで届かんばかりに黄色い声を上げていたっけ。

結果は、ジェイスさんが接戦を制して勝利を収めたんだけど……。

戦いの後、兜《かぶと》を脱《ぬ》いで汗《あせ》に濡《ぬ》れた髪《かみ》を悔しげにかき上げていたレイシェルト様の表情も素敵でした……っ！　真剣さが伝わってきて、私の胸まで痛くなるほどだった。

「エリ？　どうかしたのかい？」

レイ様にいぶかしげに問われ、はっと我《われ》に返る。

「そ、そうですか。でしたら安心ですね」

神前試合の観客はほとんどが貴族で、一般人《いっぱん》は裕福《ゆうふく》な商人や下級官吏《かんり》など、さほど多くはない。あくまで一介《いっかい》のまじない師である私は、ごまかすように笑みを浮かべた。

「まあ、次は負ける気はないけれどね」

低い声で何やら呟いたレイ様が、不意に私の手を取る。

「さあ、ジェイスに心配をかけないように、わたしに送らせてくれるかい？　というか、いつもこんなに遅い時間に帰っているのかい？　心配だよ」

騒ぎを迂回《うかい》するべく、レイ様が私の手を引いて脇道《わきみち》へと歩いていく。

「あ、ありがとうございます。けど、いつもは警備隊の皆さんが巡回してくれていますし、騒ぎに遭うこともありませんでしたから……」

公爵家まで送ってもらうわけにはいかない。うまく断らないといけない、のに。

「やっと二人きりになれたね。きみと、もっと話したいと思っていたんだ」

嬉《うれ》しくてたまらないと言いたげな声を耳にしただけで、何も言えなくなる。

お、落ち着け私……っ！　レイ様はレイシェルト様じゃないんだから！　ちょっとお声がそっくりで、フードをかぶっていてさえイケメンオーラがあふれてて、つないだ手があたたかくて頼《たの》もしくて、心臓がばくばくして喉《のど》から飛び出しそうだからって……っ！

レイシェルト様以外にときめくなんて、オタク失格——。

「エリは……」

「はわっ⁉」

どきどきが止まらない己《おのれ》を叱咤《しった》していた私は、突然《とつぜん》の呼びかけにすっとんきょうな声を上げる。手を引かれて歩くうち、いつの間にか人通りのない道へと入り込んでいた。

「な、なんですか……？」

「その……。逢《あ》って間もないのにこんなことを尋《たず》ねて、呆《あき》れないでほしいんだが……。エリは、誰《だれ》か心に決めた人はいるのかい？」

「っ⁉」

ためらいがちに問われた瞬間《しゅんかん》、息を呑《の》む。心臓がぱくんと跳ね、鏡を見なくても、一瞬で顔が真っ赤になったのがわかった。

考えるまでもなく脳裏《のうり》に浮かんだ人物は。

やっぱり私にとって、心に決めた推《お》し様は、レイシェルト様ただおひとりです……っ！

「誰だい⁉　幸運極《きわ》まりないその男は⁉　もしかして、すでに婚約者《こんやく》が……っ⁉」

飛び出しそうな心臓をマントの上から押さえると、レイ様に両肩《りょうかた》を掴まれた。私の前に回り込んだレイ様が、身を屈《かが》める。

ち、近いっ！　お互《たが》いフードをかぶっているとはいえ、近いですっ！

「こ、婚約者っ⁉　そんな方いませんよっ！」

邪悪《じゃあく》の娘《むすめ》である私に、婚約を申し込む貴族なんているはずがない。

ぶんぶんとかぶりを振《ふ》った私に、レイ様がほっと息をつく。が、肩の手はまだ離《はな》れない。

「だが、先ほどの反応……。誰か、きみの心に棲《す》んでいる者がいるのだろう？　……もしや、先ほどのジェイスではないだろうね？」

だとすれば許さないと言いたげにレイ様の手に力がこもる。

「へ？　どうしてジェイスさんの名前が出てくるんです？　そ、その、推……えっと、憧《あこが》れている方がいて……」

きょとんと首をかしげ、視線を伏《ふ》せる。

あの、やっぱりこの距離《きょり》、ちょっと近すぎると思うんですけど……。

「憧れの人？　その者の名前を聞いても……。いや、ぜひとも誰か教えてくれないか？」

懇願《こんがん》するような声に、突《つ》き動かされるように言葉が口をついて出る。

「レ、レイシェルト殿下《でんか》です……っ！」

憧れっていうより、正確には推し様なんですがっ！

「レイ、シェルト……？」

レイ様が呆然《ぼうぜん》と呟く。

「そんな、まさか……。信じられない……」

驚愕《きょうがく》に満ちた声に、反射的に言い返す。

「嘘《うそ》じゃありませんっ！　そ、そりゃあ私なんかがレイシェルト殿下のお姿を拝見できる機会なんて限られてますけど……っ！　レイシェルト殿下は、一目見ただけで私の心を撃《う》ち抜《ぬ》いた素晴《すば》らしい方なんですっ！　凛々《りり》しく端整《たんせい》なご尊顔の麗《うるわ》しさは言わずもがなですけれど、素晴らしいのは外見だけじゃなくて、気品あふれる佇《たたず》まいや、耳どころか理性まで融《と》けちゃいそうな美声や、ティアルト殿下に向けられる慈愛《じあい》の笑《え》みとか公明正大なお人柄《ひとがら》とか……っ！　とにかく、本当に素晴らしい御方《おかた》なんですっ！」

勢いのまま言い切ってから、はっと我に返る。

し、しまったぁ……っ！　推し様への想《おも》いを疑われた反動で、つい我を忘れて熱く語っちゃった……っ！

鼻息も荒《あら》く熱弁を振るうなんて、絶対呆れられたに違《ちが》いないと不安になった途端《とたん》。

「ありがとう……っ」

不意に、ぎゅっと抱《だ》き寄せられる。

「きみにそう言ってもらえるなんて……！　嬉しくてたまらないよ」

「えっ？　えぇっ!?　あ、あのっ、放し──」

びゅうっ、と強い夜風が吹《ふ》く。

「あ……っ」

あわててフードを押さえようとするも、抱きしめられていてかなわない。

それは、私を抱きしめるレイ様も同じで――。

ぱさり、と風にあおられたフードがめくれる。路地に差し込む淡《あわ》い月明かりに露《あら》わになったその顔は、まぎれもなくレイシェルト様の麗しきご尊顔で。

……え？　なんでレイシェルト様が私の目の前にいらっしゃるの……？

「ありがとう、エリ。嬉しいよ」

レイシェルト様がとろけるような笑みを浮《う》かべる。

待って。この笑顔、尊すぎる。今すぐ心のカメラのシャッターを一万回くらいきって永久保存したい……っ！

っていうか、ほんとにレイシェルト様が目の前にいらっしゃる？　私、あろうことか推し様ご本人を前に、そうと知らずに熱く推し語りしちゃった……っ⁉

無理。待って。ちょっと無理……っ！

「エリ？」

ぎゅっと抱きしめられたまま、砂糖菓子《がし》よりも甘やかに名前を呼ばれた瞬間。

私は、負荷《ふか》に耐《た》えきれず気絶した。

第三章 ◆ こんなに世界が輝いているのは推し様のおかげです！

『推しなんて、何くだらないことに現を抜かしてるの!?』

暗闇の中でお母さんが吐き捨てる。私は必死にかぶりを振った。

違うよお母さん！　くだらなくなんてないっ！　私にとって推し活はなくてはならないものだもの！

お母さんやお兄ちゃんにいつも呆れられている私だけど、推し様の応援をしている間だけは、自分にも少しだけ存在価値があるように思えるの。太陽の光が地上のあらゆるものを照らすように、光り輝く推し様の存在が、応援する私のことも少しだけ照らしてくれる気がして……。だから、くだらなくなんかない。推し活は私が私として息をするために不可欠な元気の源で、だから……っ！

『だから、本人の前で推しへの語りを？　淑女としての慎みが足りないのでは？』

お母さんの姿が消え、代わりにレイシェルト様のお姿が闇の中に浮かび上がる。

『しかも、邪悪な娘などに推されるなど……。わたしが喜ぶとでも？』

『も、申し訳ございませんっ！　お許しくださいっ！　どうか――っ！』

レイシェルト様にご迷惑《めいわく》をかけようだなんて、これっぽっちも考えてませんっ！　ただ、遠くから推させていただくだけでいいんですっ！　ですから、どうか今後も――。


「推させ――、っ!?」

自分の叫《さけ》び声で、はっと意識を取り戻《もど》す。途端。

「エリ！」

目の前にレイシェルト様の光り輝くご尊顔が現れ、私はふたたび気を失いかけた。

え？　何これ!?　私、目覚めたと思ったけど、まだ夢の中にいる……っ？

「よかった……っ！　急に気を失ったから何が起こったのかと……！　大丈夫《だいじょうぶ》かい？　気分は悪くないかい？」

レイシェルト様が私の顔を覗《のぞ》き込む。

「え……？」

見慣れた公爵家《こうしやく》の離れの天井《てんじょう》。いつもの掛布《かけふ》。

なのに、どうしてレイシェルト様がここにいらっしゃるの……？

「すまない。路地にずっといるわけにいかず、勝手に連れ帰ってしまったんだが……」

ベッドのそばに置かれた椅子《いす》に座り直したレイシェルト様の声に、はっと気づく。

私……。フードをかぶってないっ！

「も、申し訳ございません……っ！」

掛布をはねのけ、がばりとベッドの上で土下座する。

ど、どうしよう……っ!?　まじない師のエリが、邪悪《じゃあく》の娘《むすめ》であるサランレッド公爵家のエリシアだと知られてしまった……っ！

しかも、ご本人に推《お》し語りを聞かれてしまうなんて……っ！

夢の中のレイシェルト様の嫌悪《けんお》に満ちたまなざしを思い出し、震《ふる》えが止まらなくなる。

邪悪の娘である私にさえ、お優《やさ》しい言葉をかけてくださったレイシェルト様だけど……。さすがにこれは、呆《あき》れ果てたに違《ちが》いない。

終わった……。推し様に軽蔑《けいべつ》されるなんて、地獄《じごく》以外の何物でもない。路傍《ろぼう》の石にも劣《おと》る無価値な私がレイシェルト様を推すなんてことをしたから、罰《ばち》が当たったんだ……。

「エリ……。いや、エリシア嬢《じょう》」

ベッドの敷布《しきふ》に額を押しつける私の肩《かた》に大きな手のひらが乗り、びくりと大きく身体《からだ》が震える。一瞬《いっしゅん》、ためらうようにレイシェルト様の手が動きを止めたかと思うと——次の瞬間、両肩を摑《つか》まれ、強引《ごういん》に身を起こされていた。

「何を謝ることがあるんだい？　謝らなければならないのは、わたしのほうだ。本当にすまなかった。まさか、気を失うほど驚《おどろ》かせてしまうなんて……」

レイシェルト様の苦い声に、必死で首を横に振《ふ》る。

「ち、違います！　いえっ、驚きましたが、正体を偽《いつわ》っていたのは私も同じで……っ！」

「そのことだけどね」

レイシェルト様が柔《やわ》らかく微笑《ほほえ》む。

「エリシア嬢がまじない師のエリだというのは、舞踏《ぶとう》会の時に気づいていたんだ。ほら、ティアルトにわたしと同じおまじないをしてくれただろう？」

「あ……っ」

レイシェルト様がおっしゃる通り、確かにヒルデンさんのお店と同じおまじないをした。

「だが、きみが正体を隠《かく》したいようだったから、それなら話してくれるまで待とうと……。だから、謝らないでほしい」

「で、ですが……っ」

穏《おだ》やかなレイシェルト様の声に、私はうなだれたまま、ふるふるとかぶりを振る。不安で、顔が上げられない。

「あ、呆れられたでしょう……？　殿下《でんか》ご本人とは露知《つゆし》らず、あのように――」

「とんでもない！」

力強い声が言葉を遮《さえぎ》る。次いで、大きな手が頰《ほお》をそっと包んだかと思うと、壊《こわ》れ物を扱《あつか》うように顔を上げさせられた。

「呆れたりなど、するものか。きみにあんな風に思ってもらえていたなんて……。光栄で、嬉《うれ》しいよ」

とろけるような甘やかな笑《え》みに、心臓が止まりそうになる。夢とは真逆の包み込むような柔らかなまなざし。真摯《しんし》な声音《こわね》が悪夢の残滓《ざんし》を打ち払《はら》い、安堵《あんど》に涙《なみだ》がにじみそうになる。

つ、つまりこれって……。推し様公認《こうにん》ファンになれたってこと……っ!?　いやでも邪悪の娘である私が推し様から認知されるなんて、そんなの畏《おそ》れ多すぎますっ！

私はただ、陰《かげ》からレイシェルト様を推させていただければそれで満足なのに、どうしてこんなことに……っ!?

「どうしたんだい？」

うろたえる私に、レイシェルト様が不思議そうに問う。

「あ、あまりに光栄すぎて、夢じゃないかと信じられなくて……」

おろおろとこぼすと、レイシェルト様がくすりと甘く微笑んだ。

「夢などではないよ」

頬を包んでいたあたたかな手が離《はな》れ、次いで優しく頭を撫《な》でられる。

「よかった。きみに隠しごとをしているのは心苦しかったんだ。きみを驚かせてしまったのは申し訳なかったが、打ち明けられてほっとしたよ」

安堵の笑みを見せるレイシェルト様は、いつも王城で見る凛々《りり》しい表情とは異なり、柔らかでどこか親しげにも見えて……。

初めて見る推し様の表情に、目を奪《うば》われて何も考えられなくなる。と、すぐそばからマルゲのびっくりするほど静かで低い声が飛んできた。

「王太子殿下。お嬢様もお目覚めになりましたし、もうよろしいでしょう？　夜も更《ふ》けております。恐《おそ》れ入りますが、お引き取りくださいませ」

頭を撫でる手を止めたレイシェルト様が身を離し、苦笑《くしょう》を浮《う》かべてマルゲを振り返る。

「確かに、エリシア嬢が目覚めたら、すぐに帰るという約束だったね。さすが、公爵家の侍女《じじょ》だけあって職務熱心だ」

「当然でございます。このような夜更けに王太子殿下が離れにいらっしゃったと余人に知られれば、すこぶる困った事態になりますでしょう。——お互《たが》いに」

レイシェルト様の柔らかな笑みとは対照的に、口調こそ恭《うやうや》しいものの、マルゲはにこりともしない。

私が気絶したせいで、王太子殿下にご迷惑をおかけしてしまったから、内心で滅茶苦茶《めちゃくちゃ》怒《おこ》ってるんだろうなぁ……。マルゲって、怒《おこ》りすぎるとかえって無表情になるもん。

「わたしは望むところだが。しかし……」

私を振り返ったレイシェルト様が、甘やかに微笑む。

「エリシア嬢の名誉《めいよ》を傷つけるのは本意ではないからね。今夜のところは、彼女のためにきみの忠告に従って帰ろう」

「ええ。わたくしが箒《ほうき》を取り出してこないうちに、ぜひそうなさってください」

「どうやらきみは、エリシア嬢に心から仕えてくれているらしい。安心したよ」

包み込むように微笑んだレイシェルト様が、椅子から立ち上がる。

「あ、あのっ、お礼を申し上げるのが遅《おそ》くなって申し訳ございませんでした！　とんでもないご迷惑をおかけしたというのに、わざわざ連れ帰ってくださるなんて……っ。本当に、ありがとうございます」

ベッドに正座したまま、深々と頭を下げる。この世界に土下座はないとはいえ、私の気持ちとして、これくらいやらないと気が済まない。

「とんでもない。エリシア嬢、どうか顔を上げてほしい」

私の肩に手をかけたレイシェルト様が、そっと私の身体を起こす。

と、レイシェルト様が、「ところで」と視線をベッドのそばにある小さなテーブルに向けた。

「ここにあるリリシスの花飾《かざ》りは……。きみが作ったのかい？　ずいぶんたくさんあるようだが……」

し、しまった〜っ！　まさか、レイシェルト様がお部屋に来られるなんて、欠片《かけら》たりとも想像してなかったから、お店に行く前に作業したままだった……っ！

　幸い、レイシェルト様のデッサンには埃《ほこり》よけの布をかけていたから気づかれていないようだけど……。いくら憧《あこが》れているからって、いきなり「あなたのグッズを作ってるんです」なんて言われたら、引かれるに違いない。

「こ、これは……っ。その、花飾りを売ったお金を救護院に寄付していて……」

　うんっ、嘘《うそ》じゃない。ただ、その目的が推し活のためだと言っていないだけで！

　私の言葉に、レイシェルト様が驚いたように目を瞬《しばたた》く。

「手ずから作ったものを売って救護院に寄付を……っ⁉　どうしてそこまで……」

　確かに、ふつうの令嬢なら、そんなまどろっこしいことなどせず、直接お金を寄付するだろう。けれど、家族に疎《うと》まれている私には、自由にできるお金なんてまったくない。

「わ、私にできるのはその程度なので……。少しでも、助けになればと……」

　サランレッド家の内情を正直に伝えるわけにもいかず、戸惑《とまど》いながらごまかすと、レイシェルト様が驚いたように碧《あお》い目を瞠《みは》った。

「きみは、本当に心が清らかなんだね」

　どこか嬉しげな甘やかな笑みに、一瞬で思考が沸騰《ふっとう》してしまう。

「い、いえっ、違うんです！　その……っ」

　単なる推《お》し活の一環《いっかん》なのに、レイシェルト様に勘違《かんちが》いさせては申し訳ない。あわてて説明しようとするが、その前にマルゲが口を開いた。

「王太子殿下。エリシア様にゆっくりお休みいただきたいので、そろそろ」

私が困っていると思ったのか、マルゲが促《うなが》す。

「仕方がない。ではね、エリシア嬢《じょう》。お茶会で会えるのを楽しみにしているよ」

身を屈《かが》めて私の手を持ち上げたレイシェルト様が、手の甲《こう》にくちづけを落とす。

「ゆっくり休むんだよ。おやすみ」

耳を融《と》かす美声で告げたレイシェルト様が、身を起こして踵《きびす》を返す。

「見送りは無要だ。ちゃんと人目につかぬよう、裏口から出ていくから」

フードをかぶり直したレイシェルト様が歩きながらマルゲに告げて部屋を出ていく。

ぱたりと扉《とびら》が閉まるまで、姿勢のよい後ろ姿を惚《ほう》けたように眺《なが》め。

「……マ、ママママルゲ……っ！」

「お嬢様！　どれほど驚《おどろ》いたことか！　気を失われたお嬢様がフードをかぶった男に背負われて帰って来られたのを見た時は、わたくし、心臓が止まるかと――っ！　お嬢様？」

私を振《ふ》り返り、憤然《ふんぜん》とお説教をし始めたマルゲが、途中《とちゅう》でいぶかしげに眉《まゆ》をひそめる。

「どうなさったのですか？　もしや、気を失った時に頭を打ったりなんて……っ⁉　もしそうだとしたら、王太子殿下といえど、容赦《ようしゃ》いたしません！　そもそも、わたくしの大切なお嬢様に手を出そうなど……っ！　珍《めずら》しく見る目がある点は評価してさしあげないこともございませんが……っ！」

マルゲが鬼《おに》のような形相で何やら叫《さけ》んでいるが、ろくに耳に入らない。

「マルゲ……。ねぇ、これ現実……？」

レイ様が本当はレイシェルト様で、ついさっきまで私のベッドのそばにいらっしゃって。

まじない師のエリが邪悪《じゃあく》の娘《むすめ》であるエリシアとわかっても、蔑《さげす》むどころか、手の甲に……。

ひゃあぁぁぁっ！　だ、だめだ……っ！　思い出すだけで心臓が爆発《ばくはつ》しそう……っ！

「はなはだ不本意ですが、現実でございますね」

心臓が飛び出すんじゃないかと、ぎゅっと胸元《むなもと》を押さえる私とは対照的に、すこぶる冷静な声音でマルゲが告げる。

「現、実……」

確かめるように呟いた瞬間《しゅんかん》、ひときわ大きく鼓動《こどう》が跳《は》ねた。

「あ、でも……」

おそらく、レイ様の姿の時にお逢《あ》いする機会は二度とないに違いない。レイ様がヒルデンさんのお店に来たのは、腕《うで》のいいまじない師がいるという噂《うわさ》を聞いたからだし、今日は、先週うやむやに別れてしまったのを気になさっていたからだろうし……。

身分がバレる危険を冒《おか》してまで、ヒルデンさんのお店に来る必要は、まったくない。

そう考えた途端《とたん》、つきんと胸が痛くなる。同時に、己《おのれ》の愚《おろ》かさを呪《のろ》いたくなった。

ああっ、レイシェルト様の超《ちょう》レアなお忍《しの》び姿をもっとしっかり目に焼きつけておけばよかった……っ！　己の愚かさが恨《うら》めしい……っ！

「マルゲ……。私って、ほんと馬鹿《ばか》ね……」

がっくりと肩《かた》を落としてうなだれると、マルゲがあわてふためいた声を出した。

「お嬢様!?　そこまで落ち込まれるなんて……！　もう、それでは叱《しか》るに叱れないではありませんか……」

後悔《こうかい》にさいなまれる私の脳裏《のうり》に甦《よみがえ》ったのは、『次にこんな機会があるかなんてわからないでしょう？』と諭《さと》したマリエンヌ嬢の言葉だ。その言葉の重さが、今ならよくわかる。

きっとお茶会がレイシェルト様と直接お言葉を交《か》わせる最後の機会だろう。なら、そのチャンスをふいにするわけにはいかない。

「お嬢様？　どうなさったのです!?」

急に寝台《しんだい》から起き出した私にマルゲがあわてた声を上げる。

「ティアルト殿下《でんか》のお茶会に出席するお返事を書くわ。書いたら、すぐに寝《ね》るから」

鉄は熱いうちに打てって言うもの。この気持ちを忘れないうちに、お返事を書こう。

意志をくつがえしそうにない私の様子に、マルゲも諦《あきら》めたらしい。

「約束ですよ？　お返事だけ書いたらすぐに着替《きが》えて休んでくださいまし！」

と言いながら、すぐに便箋《びんせん》やペンの用意をしてくれた。

レイシェルト様がレイ様だと知った四日後。私は薔薇《ばら》が咲《さ》き乱れる王城の庭園の片隅《かたすみ》に立つ四阿《あずまや》にいた。高貴な薔薇の薫《かお》りに混じるのは、心を落ち着かせるようなすっきりとした紅茶の香りだ。

が、今の私は何杯《なんばい》流しこもうと、決して落ち着けそうにない。

「ねぇ、どうかなエリシア嬢？　おいしい？」

「は、はい。とてもおいしいです……っ」

わくわくと期待に満ちた目で尋《たず》ねる左隣《ひだりどなり》に座るティアルト様に、私はぎこちなく頷《うなず》いた。笑《え》みを浮《う》かべないといけないと頭ではわかっているのに、緊張《きんちょう》に身体《からだ》が強張《こわば》っている。

「だが、あまり食が進んでいないようだね。エリシア嬢の好みの菓子《かし》はどれだい？　教えてもらえると嬉《うれ》しいな」

円卓《えんたく》の右隣に座るレイシェルト様が、太陽よりもまぶしい笑みを私に向ける。

はぅっ！　レイシェルト様に後光が差して見えます……っ！

今日はティアルト様にご招待いただいたお茶会の日だ。内々のため本日のレイシェルト様は舞踏《ぶとう》会の時よりは飾らない、それでも一目で仕立てのよさがわかる衣装《いしょう》だ。王城にいらっしゃる時はこんなお姿なのかと思うだけで、胸のどきどきが止まらない。

本当なら見ることのかなわないふだんのお姿を盗《ぬす》み見ているような特別感があって……。

あっ、だめ。考えるだけで鼻血を吹《ふ》き出しそう……っ！

「そ、その……。私などをお招きくださるなんて本当にこれが現実とは思えなくて……っ。それに、どのお菓子もとてもおいしくて、まるで夢を見ているようです」

「あら、そんなにかしこまらなくてもよいのよ？」

見る者の心をほぐすような慈愛《じあい》の笑顔とともに優《やさ》しい言葉をかけてくださったのは、向かいに座るミシェレーヌ王妃《おうひ》様だ。

さほど大きくない円卓に座るのはこの四人だけ。三方を王家の皆様《みなさま》、しかもおひとりは推《お》しのレイシェルト様に囲まれてのお茶会だなんて……。

いや無理。ほんと無理。私が邪悪の娘じゃなくても、神々《こうごう》しさに塵《ちり》と化しそうだ。

用意されたお茶もお菓子も最高級品なのに、緊張しすぎてほとんど味がわからない。

っていうか私ちゃんと受け答えできてる⁉　一瞬でも気を抜《ぬ》くと、ひれ伏《ふ》したくなる衝《しょう》動《どう》と戦ってるから、脳みそが一割くらいしか動いてないんですけど⁉

「今日はティアルトのわがままにつきあってくれて嬉しいわ。ありがとう」

優雅《ゆうが》に微笑《ほほえ》む王妃様のまなざしに、邪悪の娘に対する嫌悪《けんお》の感情は見えない。

もしかしたら、内心ではご不快に思われているかもしれないけれど、外から見る限り黒い靄《もや》も見えないし、さすがアルスデウス王国第一位の女性であらせられると思う。

「ひどいよお母様！　僕、わがままなんて言ってないもん！」

王妃様の言葉に、ティアルト様が愛らしいほっぺをぷぅっとふくらませる。

「はいっ、ティアルト殿下のおっしゃる通りです！　殿下はわがままなんて何ひとつ口にされておりません！」

反射的に口を開いてから、王妃様のお言葉を否定するなんて不敬と罰《ばっ》せられるんじゃないかと、背中に冷や汗《あせ》が浮かぶ。

「では、エリシア嬢も楽しんでくれていると思っていいのかな？」

甘やかな笑みを浮かべ、助け舟《ぶね》を出してくださったのはレイシェルト様だ。

「もちろんです！　お茶もお菓子も素晴《すば》らしいお品ですし、薔薇が咲き誇《ほこ》る庭園も本当に見事で……！」

一番輝《かがや》いてらっしゃるのはレイシェルト様に他《ほか》なりませんけど！

「よかったら庭園を案内させてもらえるかい？　四阿から見えないところでも、それは見事に咲いているんだよ。義母上《ははうえ》、少しエリシア嬢《じょう》を案内してきてもよろしいですか？」

「ええ、いってらっしゃい」

「僕も行く～っ！」

笑顔で首肯《しゅこう》した王妃様に続き、ティアルト様が元気いっぱい手を挙げて椅子《いす》から降りる。

ティアルト様付きの従者のひとりだろうか、後ろに控《ひか》えていた青年侍従《じじゅう》がひとり、一礼して付き従ってくる。

「お客様を楽しませるのは主催者《しゅさい》の役目だもんね！　エリシア嬢、お手をどうぞ！」

ふんすっ、と鼻息が聞こえそうな勢いでティアルト様が手を差し伸《の》べてくださる。

「ありがとうございます」

愛らしさに頬《ほお》をゆるめながら、立ち上がり小さな手に指先を重ねると、

「では、もう片方はわたしが」

続いて立ち上がったレイシェルト様がごく自然な様子でもう片方の私の手を取った。

……え？　えぇぇぇぇっ⁉

「だめだよ、兄様！　僕が案内するんだから！」

「だが、お前では急に走ってエリシア嬢を驚《おどろ》かせてしまうだろう？」

「しないもんっ、そんなこと！」

ティアルト様がぷくーっと頬をふくらませる。

「あ、あの。レイシェルト殿下。お気遣《きづか》いいただき、ありがとうございます。ですが、大丈夫《だいじょうぶ》ですから……」

ティアルト様なら耐《た》えられても、レイシェルト様に手を取ってエスコートしていただくなんて……っ！　私の心臓が持ちませんから！

「きみにまでそう言われては、仕方がないね。エスコートはティアルトに任せよう」

しぶしぶといった様子で手を放したレイシェルト様と対照的に、ぱぁっと顔を輝かせたティアルト様が、

「うんっ、任せて！　こっちだよ！　僕、エリシア嬢に見せたい場所があるんだ！」

にぱっと輝くような笑みをこぼして、私の手を引いて薔薇園の中を進んでいく。三人が並んで歩いても狭《せま》さを感じない通路の両側には、薔薇が咲き誇る生け垣《いがき》が並び、ゆるやかなカーブを描《えが》きながら、奥へ奥へと見る者を誘《いざな》う。

品種が違《ちが》うのか、赤、白、淡《あわ》いピンク、濃《こ》いピンク、黄色やオレンジ、はたまた花弁の先だけ色が異なるもの……。などなど、進むたびに色が移り変わってゆくのも楽しい。

「ほら！　あそこだよ！」

ティアルト様がはずんだ声で指さした先に見えるのは、支柱につる薔薇を這《は》わせたアーチだ。

「わぁ……っ！」

実際にアーチのところまで来ると、思わず歓声《かんせい》が洩《も》れる。

アーチに使われているつる薔薇は大きさこそ小ぶりながら、花の数が多く、薫りも豊かだ。高貴で豊潤《ほうじゅん》な薫りに、空気までもが色づいて見える気がする。

「花の美しさだけでなく、薫りまで素晴らしいですね。どうすれば、こんな風に隙間《すきま》なく

アーチに絡《から》められるんでしょう……？」

美しさに魅《み》せられ、ティアルト様とつないでいないほうの手を薔薇の一輪に伸ばすと。

「危ないよ」

柔《やわ》らかな美声とともに、レイシェルト様に指先を摑《つか》まれた。

「美しくても、薔薇には鋭《するど》い棘《とげ》があるからね。怪我《けが》をしては大変だ」

至近距離《きょり》に迫《せま》った麗《うるわ》しのお顔に、ぱくんと心臓が跳《は》ね、思わず見惚《みほ》れてしまう。

「も、申し訳ありません。これほど見事な薔薇をこんなに近くで見たことがなかったものですから、つい……」

はっと我《われ》に返り、詫《わ》びながら手を引き抜こうとするが、放してくださらない。と。

「どうしたんだい？　ティアルト」

レイシェルト様の声に振《ふ》り向けば、ティアルト様が愛らしい顔を赤くして、困ったようにもじもじと身体を揺《ゆ》らしていた。

「ごめんなさい。まだ案内の途中《とちゅう》なのに、僕、お手水《ちょうず》……」

そういえば、ティアルト様は砂糖とミルクをたっぷり入れた紅茶を何杯《なんばい》も飲んでいた。

「では行っておいで。エリシア嬢の案内の続きはわたしが引き受けるから。先に義母上《ははうえ》のところへ戻《もど》っておくといい」

レイシェルト様の優しい声音《こわね》に続いて、私も頷く。

「ティアルト殿下《でんか》。ご案内いただき、ありがとうございました。また後ほど四阿でお会いいたしましょう」

「ごめんなさい。行ってきます！」

ティアルト様が従者と一緒《いっしょ》に小走りに駆《か》けていく。その小さな後ろ姿が生け垣の向こうへ消えたところで。

「やっと二人きりになれたね。もう一度、きみと話したいと思っていたから嬉《うれ》しいよ」

私の手を握《にぎ》ったまま、レイシェルト様がにこやかに微笑む。

「あ、あの……っ」

レイシェルト様と手をつないでいると思うだけで、心臓が早鐘《はやがね》のように鳴る。一歩下がりながら、さりげなく手を引き抜こうとした私は、けれど緊張《きんちょう》のあまり後ろに足を引いた拍子《ひょうし》にふらついた。

「エリシア嬢！」

よろめいた身体《からだ》を力強い腕《うで》に抱《だ》き寄せられる。ぽすり、とたくましい胸板《むないた》にふれた拍子に、レイシェルト様の香水《こうすい》の華《はな》やかな薫りがふわりと揺蕩《たゆた》った。

わ、私、今レイシェルト様の腕の中に……っ!?

畏《おそ》れ多さに意識が飛びそうになる。

「も、申し訳ございませんっ、殿下！　失礼いたしました！」

あわてて身を離《はな》そうとした私の耳に、レイシェルト様がくすりとこぼした声が届く。

「そんなに警戒《けいかい》しないでほしいな。レイの時は手をつないで歩いてくれただろう？　同じように接してくれたら嬉しい。レイシェルトもレイも、どちらもわたしなんだから」

耳元で囁《ささや》かれた声に、膝《ひざ》からくずおれそうになる。レイシェルト様に抱き寄せられていなかったら、地面にへたり込んでいただろう。

真っ赤に染まっているだろう顔を上げられず、口を開けば高鳴る心臓が飛び出しそうでうつむいていると、不意にレイシェルト様の片手が耳朶《じだ》にふれた。

「薔薇《ばら》よりも紅《あか》く染まっているね。……よかった。警戒ではなくて緊張だと思っていいのかな？」

「え……？」

言葉の意図が読めずに反射的に顔を上げると、安堵《あんど》したような甘やかな笑《え》みにぶつかった。至近距離の麗しの笑みに、ふたたび気が遠のきそうになる。

「大丈夫かい？　気を失いそうなら、抱き上げようか？」

とからかうように微笑《ほほえ》まれ、弾《はじ》かれたようにかぶりを振る。

「だ、だだ大丈夫ですっ！　申し訳ございませんっ、ふらついてしまいまして……っ！

そ、そう！　四阿《あずまや》に戻らないとですよね……っ！」

お、推《お》し様のファンサが手厚すぎます……っ！

ようやく身を離し、よろよろと歩き出そうとすると、「それほどあわてる必要はないよ」と、ふたたび手を優しく握られた。

「こんなにゆっくりと庭園を散策するのは久しぶりなんだ。ひとりでは寂《さび》しいし、きみがつきあってくれれば嬉しいのだけれど。……だめかな？」

「わ、私などでよろしければ……っ！」

脳が判断を下すより早く、口が勝手に言葉を紡《つむ》ぐ。レイシェルト様のお願いごとを断るなんて、できるはずがありませんっ！　地の果てまでもお供させていただきます！

「では、行こうか」

にこやかに微笑んだレイシェルト様が、ゆっくりと歩を進める。

足元がふわふわして、雲の上を歩いている心地《ここち》がする。これ、ほんとに現実？　っていうか大丈夫？　地上を歩いてる？　いつの間にか、天国に来てるんじゃない？

不安に駆られて隣《となり》に視線を向けると、

「どうかしたかい？　歩くのが早すぎたかな？」

と高貴な微笑みが返ってきた。

「いえっ、大丈夫ですっ！　その……っ」

何か気の利《き》いたことを言わなくちゃ！　えっと、もっと薔薇を褒《ほ》めたらいいかな？　でも薔薇よりもレイシェルト様のほうが高貴で薫り高いし……。それとも無難に天気の話？

あぁでも、レイシェルト様のほうが太陽よりもまばゆい……っ！

一瞬《いっしゅん》にして知恵熱《ちえ》が出そうなほど高速回転した脳内に、天啓《てんけい》が閃《ひらめ》く。

そうだ！　共通の知り合いの話なら……っ！

「そ、そういえば、前に送っていただいた時、途中でジェイスさんと別れてしまいましたけど……。ジェイスさん、無事に騒動《そうどう》を収められたでしょうか……？」

うんっ！　ジェイスさんなら共通の知り合いだし、ナイスチョイスだよねっ！

「ジェイス……？」

口にした瞬間、レイシェルト様が不快げに形のよい眉《まゆ》を寄せる。

あっ！　そばには誰《だれ》もいないとはいえ、王城で町人街のことを話すのはよくなかったのかも……っ。私の馬鹿《ばか》――っ！

別の話題がよかっただろうかとおろおろしていると、レイシェルト様が仕方なさそうに吐息《といき》した。

「誰に対しても優《やさ》しいところは、きみの美点のひとつだからね。……実は、翌日にも町人街に行って、ちゃんと身分を明かした上でジェイスに話を聞いたんだ。邪教徒《じゃきょうと》が関《かか》わっているのだとしたら、王太子として放《ほう》っておくわけにはいかないからね」

レイシェルト様の話によると、騒《さわ》ぎを起こした者達の全員が、酒場で見知らぬ男から酒をおごられていたらしい。その酒の中に何か仕込まれていたのだろうというのが、警備隊の見解なのだそうだ。

「酒を振《ふ》る舞《ま》った男の人相も聞き出したそうだが、証言がばらばらでね。どうやら、ひとりではなく何人もが関わっているらしい。幸い、邪教徒達が根城にしているとおぼしき場所が見つかってね。二日後、警備隊と一緒に突入《とつにゅう》することになっている」

「えっ⁉　レイシェルト殿下も突入なさるのですか⁉」

驚《おどろ》きに思わず声を上げた私に、レイシェルト様が苦笑《くしょう》する。

「ジェイスを説得するのは大変だったけれどね」

「その……。危険ではないのですか？」

レイシェルト様が危険な目に遭《あ》うかもしれないなんて、考えるだけで恐怖《きょうふ》に震《ふる》えが走る。

と、私とつないだレイシェルト様の手に力がこもった。

「エリシア嬢《じょう》の目には、そんなにもわたしが頼《たよ》りなく見えるのかい？」

「え？　とんでもないことですっ！　去年の神前試合で、準々決勝まで進まれていたと存じております し……っ！」

「結局、そこでジェイスに敗退したけれどね」

レイシェルト様の声に、かすかな苛立《いらだ》ちが混じる。レイシェルト様も敗退がかなり悔《くや》しかったのだろう。

「で、ですが、優勝候補のお二人の戦いは、素人《しろうと》の私が見ても、見惚れずにはいられないほど熾烈《しれつ》で接戦でした！　そ、それに……」

畏れ多さに心臓が破裂《はれつ》しそうになりながら、レイシェルト様の手をきゅっと握り返す。

「初めてお逢《あ》いした日に、申し上げましたでしょう？　あの時は、レイシェルト殿下だと存じ上げませんでしたが……。こんな立派な剣《けん》だこができるくらい鍛錬《たんれん》なさっているのですもの。その努力は、決して裏切らないと思います！　ただ……。レイシェルト殿下にお怪我《けが》がないようにと、私が勝手に願っているだけなのです……っ！」

「エリシア嬢……っ！」

「ひゃっ⁉」

告げた瞬間、前ぶれもなく腕を引かれる。よろめいた身体が、薔薇よりも華やかな薫《かお》りとあたたかさに抱《だ》きとめられた。

「きみは……。わたしがレイの時もレイシェルトの時も、変わらず同じように思いやってくれるんだね。嬉しいよ。きみの応援《おうえん》があれば、今年の神前試合は優勝できる気がする」

耳元で聞こえる熱を宿した声。耳朶にふれる呼気に、炙《あぶ》られた飴《あめ》のように身体から力が抜《ぬ》ける。

わ、わたっ、いまレイシェルト様に……っ⁉　ええぇぇぇ〜っ⁉　応援に対するファンサだとしても……っ！　刺激《しげき》が強すぎて、心臓が爆発《ばくはつ》四散しちゃいますっ！

頭がくらくらして、身体に力が入らない。

くにゃり、と今度こそへたりこみかけた私を、レイシェルト様がぎゅっと抱きしめる。

「エリシア嬢⁉」

「も、ももも申し訳ございません……っ！」

私ちゃんと話せてる⁉　っていうか息してる⁉

しっかり立たなければと思うのに、身体が言うことを聞かない。

嬉《うれ》しさと恥《は》ずかしさで真っ赤になっているだろう顔を見られたくなくてうつむくと。

「どうして謝る必要があるんだい？」

美声が耳元で聞こえたかと思うと、次の瞬間、横抱きに抱き上げられていた。

「っ⁉」

驚愕《きょうがく》に思わず顔を上げると、視界に飛び込んできたのは、驚くほど間近にあるレイシェルト様のご尊顔――。

あ、だめだ。いま心臓止まった。尊すぎてこのまま昇天《しょうてん》する。

「すまない。無理やり連れ回し過ぎたかな？」

脱魂《だっこん》して真っ白になった私の耳に、気遣《きづか》わしげな声が届いてあわてて魂《たましい》を引き戻《もど》す。

「ち、違《ちが》うんですっ！　その……っ」

これはレイシェルト様が麗《うるわ》しすぎて、夢見心地になっているせいなんです……っ！

レイシェルト様は淀《よど》みない足取りで歩いていく。

薔薇園に人気《ひとけ》はないが、四阿へ近づけば王妃様《おうひ》や侍女《じじょ》達の目にふれるかもしれない。

そう考えた途端《とたん》、全身が総毛立つ。

間違っても、推し様に不名誉《ふめいよ》な噂《うわさ》が立つようなことをするわけには……っ！

「お、下ろしてくださいっ！　王太子殿下《でんか》にご迷惑《めいわく》をおかけしてはいけませんので！」

あえて堅苦《かたくる》しく「王太子殿下」とお呼びすると、しぶしぶといった様子で下ろしてくださった。

「わたしは迷惑だとまったく思っていないけれど、きみがそこまで言うのなら仕方がないね。今は引くけれど……。またレイとして店へ行った時には、親しくしてくれるかい？」

エスコートのために右手を差し出しながら問われた言葉に、驚いて端整な面輪《おもわ》をまじまじと見上げる。

「またお越《こ》しくださるのですか……？　いえあのっ、光栄極《きわ》まりないことですけれど！」

一瞬、寂《さび》しげに曇《くも》った瞳《ひとみ》にあわてて言い足すと、輝《かがや》くような笑顔《えがお》が返ってきた。

「もちろんだよ。この身分を厭《いと》ったことなどないが……。窮屈《きゅうくつ》に感じることはあるからね。時には、王太子としてではなく、ただのレイとして羽を伸《の》ばしたいんだ」

初めて来店した日、レイシェルト様の肩《かた》に黒い靄《もや》が揺蕩《たゆた》っていたのを思い出す。きっと私などでは想像もつかない重責を双肩《そうけん》に担《にな》ってらっしゃるのだろう。

「あの、私などでレイシェルト殿下のお役に立てることがあれば、いくらでも……っ！」

心の底からの真摯《しんし》な想《おも》いを乗せて告げると、四阿《あずまや》に向かって歩き出していたレイシェルト様が不意に立ち止まった。

「レイシェルト殿下？」

「いや……。きみは本当に、もう……」

顔を背《そむ》けて洩《も》らされた呟《つぶや》きは、くぐもっていてよく聞こえない。と、

「兄様！　エリシア嬢！」

こちらに駆《か》けてくるティアルト様の姿が見えた。金の髪《かみ》をきらめかせて駆けるティアルト様の向こうには、王妃様が待つ四阿も見える。いつの間にか戻ってきていたらしい。

「エリシア嬢。案内すると言ったのにごめんなさい！」

私の前まで来たティアルト様が、ぺこりと頭を下げる。

「いえ、気になさらないでくださいませ。代わりにレイシェルト殿下が案内してくださいましたから」

ティアルト様が気に病《や》まれないよう、できるだけ柔《やわ》らかな声で告げる。が、ティアルト様の愛らしい顔は曇ったままだ。

「お母様に、ちゃんとエスコートできるところを見せたかった……」

「では、ここから王妃様のところまで、私をエスコートしていただけますか？」

身を屈《かが》め、ティアルト様に視線を合わせて告げると、愛らしい面輪がぱあっと輝いた。

「うんっ！」

と、レイシェルト様に代わって、小さな手でぎゅっと私と手をつないでくださる。

はーっ！　ティアルト様ってほんっとお可愛《かわい》らしい……っ！　癒《い》やされるぅ～っ！

「ティアルト殿下は王妃様が大好きなのですね」

「うんっ！」

歩きながら尋《たず》ねると、元気いっぱいの声が返ってきた。

「あっ！　もちろん兄様も大好きだよ！」

あわてたように言い足したティアルト様に、レイシェルト様が、

「わたしも大好きだよ、ティアルト」

と慈愛《じあい》の笑みを浮《う》かべる。

はぅわっ！　ようやく治まりつつあった心臓がまた……っ！『大好きだよ』の破壊力《はかい》が凄《すさ》まじすぎます……っ！

ティアルト様のエスコートで四阿に戻った私は、王妃様に恭《うやうや》しく一礼する。

「素晴《すば》らしい薔薇《ばら》園を拝見させていただき、ありがとうございました」

椅子《いす》に座り直したティアルト様が、甘えるようにレイシェルト様に身を乗り出した。

「ねえ、兄様。お茶会の後で剣の稽古《けいこ》をつけてくれる？」

「ティアルト殿下、もう剣のお稽古をなさってらっしゃるのですか？」

私の問いにティアルト様が大きく頷《うなず》く。

「そうだよ！　僕だって勇者の血を受け継《つ》いでいるんだもん！　大きくなったら、兄様みたいに神前試合に出場するんだ！」

憧《あこが》れに碧《あお》い瞳をきらきらと輝かせて、ティアルト様がふんす！　と勢いよく鼻息を吐《は》く。

「だから、そのために兄様に稽古をつけてもらうんだ！　でも、兄様はお忙《いそが》しいから、なかなか機会がなくて……」

「レイシェルト様。お茶会の後はすぐに公務が入ってらっしゃるの？」

しょぼんと肩を落としたティアルト様に続いて、王妃様がレイシェルト様に尋ねる。

「いえ、少し時間はありますが……」

「あっ、では私はそろそろ失礼いたしましょう」

そうすればお茶会が早く終わった分、ティアルト様にお稽古をつけてあげる時間がとれるかもしれない。申し出ると、

「いや、それは……っ」

レイシェルト様が焦《あせ》った声を上げた。その様子に、私だけでなく王妃様やティアルト様までが驚《おどろ》いて目を瞠《みは》る。レイシェルト様が気まずげに言を継いだ。

「その、こちらから招待しておきながら、途中《とちゅう》で帰らせるなんて失礼だろう？」

「では、こうしませんこと？」

王妃様がぽんと両手を打ち合わせる。

「レイシェルト様にティアルトの稽古をつけていただいて、わたくしとエリシア嬢《じょう》が見学させていただくというのは。わたくしも、エリシア嬢ともう少しお話ししてみたいと思っていましたの。エリシア嬢さえよければですけれど……。どうかしら？」

「よろしければ、ぜひとも見学させていただきたいです！」

王妃様の提案に考えるより早く頷く。レイシェルト様とティアルト様の稽古姿なんて、今しか見られない超《ちょう》レアなお姿だものっ！　見られるなんて嬉しすぎます！

「では、エリシア嬢の許しも得たし、少し稽古をつけよう」

「わぁい！　兄様ありがとう！」

ティアルト様が嬉しそうに声をはずませる。

「そうだわ。稽古をつけるのなら、ロブセルを呼んであげたらどうかしら？　確か、祓《はら》いの儀式《ぎしき》でのレイシェルト様を描《えが》くにあたって、剣《けん》を持つお姿をスケッチしたいと言っていたでしょう？」

「も、もしかして、宮廷《きゅうてい》画家のロブセル様でしょうか!?」

王妃様の言葉に、思わず身を乗り出して反応してしまう。レイシェルト様のデッサンを手がけた神絵師様とお会いできるなら、ぜひともお会いしてみたい。

「エリシア嬢は絵に興味があるのかい？」

「その、私自身は描けないので、見るだけですが……」

レイシェルト様の問いかけに、ぎこちなく頷く。叶《かな》うことなら、いつかロブセルさんが描かれたレイシェルト様の肖像画《しょうぞうが》の数々を拝見したいです……っ！

控《ひか》えていた従者が練習用の木剣を用意し、別の従者がロブセルさんを呼びに離《はな》れる。

「兄様、こっちこっち！」

レイシェルト様の手を握《にぎ》って従者のところへ歩いていくティアルト様が、まばゆい笑顔でこちらを振《ふ》り返る。手をつなぐ二人は本当に仲睦《なかむつ》まじい様子だ。

従者から木剣を受け取った二人が稽古を始める。ティアルト様が元気よく振り下ろした木剣を難なく受け止めたレイシェルト様が助言をしたり、「その調子だ」と褒《ほ》めたり、お手本を見せてあげたり……。

時に厳しく指導しつつも、慈愛のまなざしでティアルト様のお相手をなさっている姿は、尊さにあふれていて、目がくらみそうになる。

「お母様～っ！　エリシア嬢も、ちゃんと見てくれてる～!?」

ぶんぶんと木剣を振るティアルト様に王妃《おうひ》様が手を振り返す。つられて私も思わず手を振ると、乱れた髪をかき上げていたレイシェルト様が、こちらへ手を振り返してくれた。

午後のまばゆい陽射《ひざ》しを浴び、甘やかな微笑《ほほえ》みを浮かべるレイシェルト様と嬉《うれ》しそうなティアルト様のお姿に、思わず感嘆《かんたん》の声がこぼれる。

「お二人は、本当に仲がよろしいのですね」

「そう言ってもらえると嬉しいわ。レイシェルト様は、腹違《はらちが》いの弟だというのにとても可愛がってくださって……。ティアルトが憧れて懐《なつ》いているの。でも、澱《よど》みの獣《けもの》の討伐《とうばつ》でしばらく王城を留守にされていたでしょう？　ティアルトがとても寂しがっていたから、お茶会の途中だというのに、つい無理を言ってしまって……。ごめんなさいね」

申し訳なさそうに詫《わ》びる王妃様に、ふるふるとかぶりを振る。

「とんでもないことでございます！　どうかお気になさらないでください。仲のよいお二人を拝見していると、私まで嬉しい気持ちになりますので」

「ふふっ。二人があなたを気に入った理由がわかる気がするわ」

「？」

王妃様が柔らかな笑みを浮かべる。

「さっき稽古の話が出た時、あなたは嫌《いや》な顔ひとつしなかったでしょう？　他《ほか》の令嬢達と違って、レイシェルト様やティアルトの気持ちをごく自然に慮《おもんぱか》ってくれるのね。それに、レイシェルト様があんな様子を見せるなんて……。エリシア嬢、今日は招待を受けてくれてありがとう」

「もったいないお言葉でございます……っ！　感謝をするのは私のほうです！　こんな素晴らしい時間を過ごさせていただき、まるで夢のようです」

かぶりを振って告げたところで、茂《しげ》みの向こうから、茶色の髪に線の細い整った顔立ちをした青年がやってきたのに気がついた。足を止めた青年が、片手に持った紙の束の一枚に、真剣《しんけん》な面持《おも》ちで木炭を走らせている。レイシェルト様を見るまなざしは鬼気迫《ききせま》るほどだ。きっと彼が宮廷画家のロブセルさんに違いない。

しばらく稽古を続けていたレイシェルト様だが、ティアルト様の息が上がったらしい。ティアルト様とそばにいたロブセルさんを促《うなが》し、四阿《あずまや》へ戻《もど》ってくる。

テーブルのそばまで来たところで、私に気づいたらしいロブセルさんが目を瞠って息を呑《の》む。私はあわてて立ち上がると一礼した。

「お初にお目にかかります。サランレッド公爵《こうしやく》家のエリシアと申します……」

「あなたが……っ⁉」

かすれた声を上げたロブセルさんの目に浮かぶだろう嫌悪《けんお》のまなざしを予想して、胸がつきりと痛くなる。レイシェルト様も王妃様も、お人柄《ひとがら》が高潔ゆえに、邪悪《じやあく》の娘《むすめ》である私にもふつうに接してくださるけれど、そんな方は稀有《けう》だ。今、同じテーブルにいられることと自体が奇跡《きせき》なのだと、忘れてはいけない。と、青年があわてた様子で恭しく頭を下げる。

「申し遅《おく》れました。わたしは宮廷画家のロブセルと申します。どうぞお見知りおきを」

「ねぇ、ロブセルも一緒《いつしよ》にお茶会をしようよ！」

ティアルト様の微笑ましいお誘《さそ》いに、ロブセルさんも交えて改めて席に着く。芸術家ら

しい繊細《せんさい》で整った面輪のロブセルさんが、私を見つめて申し訳なさそうに視線を伏《ふ》せた。

「先ほどは失礼いたしました。まさか、エリシア様にお会いできる幸運に恵《めぐ》まれるとは夢にも思っておらず……。噂《うわさ》には聞いておりましたが、本当に見事な黒髪《くろかみ》と黒い瞳《ひとみ》でいらっしゃるのですね……」

「も、申し訳ございません。ご不快でしょう?」

「そんなことはないっ!」

「いえっ、とんでもないです!」

詫びた私の声に、レイシェルト様の美声とロブセルさんの声が重なる。レイシェルト様が、膝《ひざ》の上に揃《そろ》えていた私の手を握りしめた。

「きみのつややかな髪も澄《す》んだ瞳も、とても綺麗《きれい》だ。確かに黒は珍《めずら》しい色だが……。わたしは不快に思ったことなどないよ」

真摯《しんし》なレイシェルト様の美声に次いで、ロブセルさんも大きく頷《うなず》く。

「わたしも、エリシア様の黒髪は希少でとてもお美しいと思います!」

緑色の瞳に強い光を宿して声を上げるさまは、レイシェルト様に追随《ついずい》したお世辞ではないと私でもわかる。と、頰《ほお》を紅潮させ、ロブセルさんがずいと身を乗り出した。

「あの……っ!　わたしにエリシア様の肖像画を描かせていただけませんか!?」

「えっ!?」

思いがけない申し出に思わず固まる。ロブセルさんが熱心に言い募《つの》った。

「わたしはもっと己《おのれ》の腕《うで》を磨《みが》きたいのです！　わたしを宮廷画家として取り立ててくださったレイシェルト殿下に報《むく》いるためにも……っ！」

ほんの一瞬《いっしゅん》、ロブセルさんの目の奥に複雑そうな感情がよぎる。けれども瞬《またた》く間に消え、ロブセルさんが真剣な表情で言を継《つ》いだ。

「レイシェルト殿下をさらに輝《かがや》かしく描くためには、光だけでなく、陰影《いんえい》をあざやかに描く技術も学ばねばなりませんっ！　ですが、残念ながら練習しようにも黒髪のモデルは皆《かい》無《む》でして……。お願いです！　どうか、エリシア様を描かせていただけませんか⁉」

ロブセルさんが額がテーブルにつきそうなほど深く頭を下げる。

最初の印象では、芸術家肌《はだ》で繊細そうな方だと思ったけれど……。中身はかなり情熱的らしい。言葉からも声からも、並々ならぬ熱意が伝わってくる。

急な申し出には驚《おどろ》いたけれど、レイシェルト様の素晴《すば》らしい肖像画を描くための練習台になれるというのなら、これほど光栄なことはない。邪悪の娘と蔑《さげす》まれてきた私の黒髪が役に立つというのなら、協力は惜《お》しみませんっ！　何より……っ！

「あの、ひとつ確認《かくにん》させていただきたいのですが……。モデルになるということは、ロブセル様のアトリエにお招きいただけるということでしょうか……？」

「はい。エリシア様にご足労をおかけしては申し訳ございませんので、わたしが公爵家へ参るつもりでしたが……。お越《こ》しくださるのでしたら、願ってもないことです！」

ロブセルさんが喜びに目を輝かせて勢いよく頷く。

私は叫《さけ》び出したい歓喜《かんき》の衝動《しょうどう》を抑《おさ》えて、できるだけしとやかに微笑んだ。

「ええ、私がロブセル様のアトリエへ伺《うかが》ったほうがよろしいでしょう？　きっと、そちらのほうが道具などもそろってらっしゃるでしょうし……」

ロブセルさんのアトリエにお邪魔《じゃま》できるってコトは、つまり、描きかけのレイシェルト様の肖像画とか下書きとかをあわよくば見せていただけるかもしれないってコトよねっ⁉

脳裏《のうり》に浮《う》かぶのは、先日ようやく届いたレイシェルト様のデッサンだ。デッサンでもあれほど素晴らしかったんだもの！　ロブセルさんのアトリエは、つまり宝の山……っ！

「宮廷《きゅうてい》画家様のアトリエを拝見できる機会なんて、滅多《めった》にありませんもの！　ぜひこの目で見て……。叶《かな》うなら、ロブセル様からいろいろなお話をうかがいたいですっ！」

胸の前で両手を握りしめ、はずんだ声を上げると――。

「駄目《だめ》だ！」

思いがけないところから、鋭《するど》い声が上がった。

「あ、いや……」

全員の視線が集中したレイシェルト様が、気まずげに視線を揺《ゆ》らす。

「ロブセルがエリシア嬢《じょう》を描《えが》くのはもちろん賛成だが……。いくら宮廷画家とはいえ、年《とし》頃《ごろ》の令嬢が独身男性のアトリエに出入りするというのはよろしくないだろう？　エリシア嬢を描きたいというのなら、王城の一室を貸すので、そこで描けばいい。ロブセルも毎日登城しているのだし」

「お気遣《きづか》いいただき、ありがとうございます」

さすがレイシェルト様！　邪悪の娘の外聞にまで気を遣ってくださるなんて、なんとお優《やさ》しい……っ！　そのお気持ちは天に昇《のぼ》るほど嬉しいですけど……っ！

私がロブセルさんのアトリエで、レイシェルト様を描いた作品を見たいんです――っ！

正直に伝えるわけにもいかず口ごもっていると、レイシェルト様が生真面目《きまじめ》な顔で口を開いた。

「では、わたしも一緒にアトリエへ行こう。もともと、わたしの肖像画《しょうぞうが》を描くためなのだ。エリシア嬢だけに手間をとらせては申し訳ない。わたしもともに行けば、そちらのほうが好都合だろう？」

「レ、レイシェルト殿下も一緒にでございますか……っ⁉」

ロブセルさんが驚愕《きょうがく》の表情を浮かべ、緑の目を瞠《みは》る。「まあまあ、これは……」と、なぜか王妃《おうひ》様おひとりだけが、すこぶる楽しげにうふふふ、と笑《え》みをこぼしていた。が、私はそれどころではない。

「いいえ、レイシェルト殿下《でんか》の貴重なお時間をいただいては申し訳ございません！　近々行われる神前試合のための鍛錬《たんれん》もおありでしょうし、ご公務もお忙《いそが》しいのでしょう？」

「大丈夫だよ。公務も鍛錬も、どちらもしっかり行っている」

安心させるようなレイシェルト様の笑みに、ときめきと混乱で頭がくらくらする。もともと今日のお茶会は、レイシェルト様と過ごせる最後の機会だと思ってお受けしたのだ。

なのに、またレイシェルト様と一緒に過ごせるチャンスをいただけるなんて……。

嬉《うれ》しいと同時に、暗雲のように不安が湧《わ》いてくる。邪悪の娘である私が二度も行動をともにしたら、レイシェルト様によくない噂が立つかもしれない。

私の不安をよそに、王妃様が華《はな》やいだ声を上げる。

「祓いの儀式まであと半月ね！　今年の神前試合は誰《だれ》が優勝するのかしら？」

「もちろん兄様に決まってるよ！　僕、力いっぱい応援《おうえん》するからね！」

王妃様の言葉に、ティアルト様がぐっと拳《こぶし》を握《にぎ》りしめてレイシェルト様を見上げる。

「ありがとう、ティアルト。今年こそ優勝してみせるよ」

「神前試合の優勝者には、指名した乙女《おとめ》から祝福のくちづけが贈《おく》られるものね！　なんてロマンティックなのかしら！　わたくしも心から応援いたしましてよ！」

王妃様が胸の前で手を合わせ、にこりと微笑《ほほえ》む。先ほど見学させていただいた稽古《けいこ》をつけるレイシェルト様の姿が脳裏に甦《よみがえ》り、私は不安も忘れてこくこくと同意の頷きを返した。

私も優勝を目指されるレイシェルト様をぜひ応援させていただきたいです！　けど……。

もやり、と心の奥底に昏《くら》く淀《よど》んだ感情が湧き出る。

この感情には覚えがある。そう！　推《お》し様がドラマでラブシーンを演じるとわかった時と同じ……っ！　単なる一ファンにどうこう言う権利なんてない。でも……っ！

どこかのお美しいご令嬢がレイシェルト様の頰にくちづけるかと思うだけで、どうしようもなくもやもやしてしまうのがオタクの性《さが》……っ！　うんっ、自分でも面倒《めんどう》くさいオタクだって自覚はあるけど！

でも、レイシェルト様に今現在、婚約《こんやく》者はいらっしゃらないし、王妃様の今の反応を見るに、きっとレイシェルト様が優勝されたら、祝福を授《さず》けてほしいと指名される相手は王妃様なんだろうなぁ……。

うんっ、王妃様なら、私も心の底から祝福の拍手《はくしゅ》を送れる！　大丈夫《だいじょうぶ》！　問題なしっ！

「私も、レイシェルト殿下の優勝を心からご祈念《きねん》申し上げます」

真摯な想《おも》いとともに告げると、レイシェルト様が破顔した。

「きみにそう言ってもらえるなんて、誰に応援されるより嬉しいよ。きみに応援してもらえたら百人力だ」

ま、まぶしい……っ！　輝くような笑顔に目がくらんじゃいます……っ！

「ですが、だからこそレイシェルト殿下にご無理をしていただきたくありません。お気遣いは嬉しいですが、もし何かあったらと思うと、心が千々に乱れてしまいます……」

どうか、推し様は毎日を心安らかにお幸せにお過ごしくださいませ……っ！

祈《いの》るようにレイシェルト様を見つめると、レイシェルト様が小さく息を呑《の》んだ。端整《たんせい》な面輪《おもわ》がなぜかうっすらと紅《あか》く染まる。

「きみは本当に……」

低い声で何やら呟《つぶや》いたレイシェルト様が、不意に甘やかな笑みを浮かべる。

「きみにそんなに心配してもらえるなんて、嬉しいよ。でも、きみをひとりでアトリエに行かせては申し訳ない。だから……。わたしも一緒《いっしょ》に行ってよいね？」

「は、はい……っ」

レイシェルト様の魅力《みりょく》に操《あやつ》られたように、反射的にこくりと頷《うなず》く。

無理！　目の前でこんな風に微笑まれて断るなんて無理ぃ～っ！

「ではロブセル、日取りはいつがいい？」

レイシェルト様とロブセルさんがてきぱきと予定を調整していく。

おかしい。断らないとって思ってたはずなのに……。私はただただ、遠くから推させていただけたら十分だったはずなのに……。どうしてこんなことになってるの……っ!?

お茶会の四日後。レイシェルトは王城の一室で、円卓《えんたく》につき、近衛騎士《このえきし》団の団長と貴族街の警護にあたる騎士団の団長、そして町人街の警備隊長であるジェイスの四人で祓いの儀式と神前試合の警護についての打ち合わせを行っていた。

「まずはエランド隊長の報告を聞いてもらいたい」

レイシェルトは先日、『レイ』の正体が自分であると打ち明けたジェイスへ視線を向ける。レイのことを知っているのはエリシアとジェイスの二人だけだ。

町人街でのやりとりで、ジェイスが『レイ』を目障《めざわ》りに思っていることは知っている。一瞬《いっしゅん》、ジェイスの面輪に反発したそうな表情が浮かんだが、今は職務を優先することにしたらしい。二日前、警備隊やレイシェルトとともに邪教徒《じゃきょうと》の根城のひとつに突入《とつにゅう》した顛末《てんまつ》や、捕《と》らえた邪教徒から聞き出した話を簡潔に報告する。

ジェイスの話を聞いた壮齢《そうれい》の近衛団長が怒《いか》りをこらえるように拳を握り込んだ。

「では、邪教徒どもは懲《こ》りもせずに邪神ディアブルガの復活を企《たくら》んでいるということか！　神聖なる王家の方々を手にかけようとは、なんと不遜《ふそん》な……っ！」

邪教徒や王族に近しい地位の者など、限られた者しか知らぬ言い伝えだが、邪神ディアブルガの復活には、『邪神の依代《よりしろ》になる特別な力を持った聖女』と、勇者の剣《けん》に貫《つらぬ》かれ王城地下に封印《ふういん》された邪神の心臓を解き放つための鍵《かぎ》として、『勇者の血を引く王族の絶望に染まった心臓』の二つが必要だと言われている。

それが単なる言い伝えではないことは、リーシェンデル湖の神殿《しんでん》に眠《ねむ》る邪神の魂《たましい》を封じた大聖女の遺体が、未《いま》だに年に一度、祓いの儀式をしなければならないほどの澱《よど》みを放っていることからも明らかだ。

近衛団長に続いて口を開いたのは、貴族街の警護にあたっている騎士団長だった。

「最近、邪教徒どもの動きが活発化しているという噂《うわさ》はわたしも耳にしています。おそらく、セレイア嬢が今年初めて祓いの儀式に参加するためでしょう。守りを固めているためか、幸いにも今のところセレイア嬢が狙《ねら》われたことはありませんが……」

「だが、『サランレッド公爵《こうしゃく》家に特別な聖女が生まれる』という予言のもと生まれたのはセレイア嬢《じょう》だ。引き続き、気を抜《ぬ》かぬようにしてくれ」

レイシェルトの言葉に、「かしこまりました」と近衛団長が恭《うやうや》しく応じる。

お茶会の時、エリシアがひとりでロブセルのアトリエに行くのを反対したのは、モデルになるとはいえ、エリシアを独身男性と二人きりにするわけにはいかなかったからだが、もうひとつ、突入した邪教徒の根城が貴族街の端《はし》にあるロブセルの屋敷《やしき》から比較的《ひかくてき》近い町人街の一角にあったためだ。セレイアの姉という理由で万が一エリシアに危険が及《およ》ぶようなことがあったら、悔《く》やんでも悔やみきれない。邪教徒の根城のひとつは潰《つぶ》せたが、邪教徒すべてを捕らえられたわけではない。引き続き警戒《けいかい》が必要だ。

「だが……。果たしてセレイア嬢が、邪教徒達が探している特別な聖女なのだろうか？」

「確かに、他《ほか》の聖者様より抜きん出た御力《おちから》をお持ちのようには見えませんが……。今年の神前試合の後の祓いの儀式で、御力を見られるやもしれません」

レイシェルトの疑問に、騎士団長が困ったように眉《まゆ》を寄せる。

本人や公爵夫妻が反対しているため、セレイアはレイシェルトや騎士団とともに瘴みの獣《けもの》の討伐《とうばつ》に出たことは一度もない。少なくともレイシェルトの目から見て、セレイアが特別な力を持っているようには見えない。が、現在唯一《ゆいいつ》の聖女ということで、まるでレイシェルトの婚約者のように振《ふ》る舞《ま》うさまには、正直、辟易《へきえき》している。

レイシェルトが隣《となり》に立ってほしいと願っているのはセレイアではなく――。

ごく自然に脳裏《のうり》に浮《う》かんだ黒髪《くろかみ》の少女の姿に、レイシェルトは息を呑む。同時に、なぜエリシアを前にすると、ふだんの自分からはありえない言動をとってしまうのか理解した。

どうしてエリと親しげにするジェイスに張り合ってしまうのか。エリシアに婚約者がいるかもしれないと思っただけで動揺《どうよう》してしまったのか。ロブセルと二人きりにできないと思ったのか。それはすべて――。

『あなたはちゃんと、努力できている人です』

『こんな立派な剣だこができるくらい鍛錬《たんれん》なさっているのですもの。その努力は、決して裏切らないと思います！』

エリシアの澄《す》んだ声が耳の奥で甦る。レイシェルトが陰《かげ》で積んできた努力を認めてくれた真摯《しんし》な声。

勇者の血を引く王太子ならできて当たり前。できなければ貴族達に軽《かろ》んじられる。

ずっとそう考え、己《おのれ》を律してきたことに不満はない。それが王太子の務めだというのなら、王家に生まれた者として励《はげ》むのは当然のことだ。

けれど、心のどこかでは、『王太子である自分』ではなく、努力していること自体を誰《だれ》かに認めてほしいと願う気持ちが確かにあって。

王妃やティアルトが神前試合での優勝を応援してくれていることも、国王である父が言葉には出さずとも自分を見守ってくれていることも知っている。

大切な人達の期待に応えたいと願っているのに、しばらく前のレイシェルトは、どうにも疲《つか》れが抜けずに身体《からだ》が重くて苛立《いらだ》ちが募《つの》り、鍛錬で年齢の変わらぬ騎士達にも後《おく》れを取る日々が続いて、心の中で不甲斐《ふがい》ない自分への怒りが降り積もってゆくばかりだった。

こんなことでは後ろ盾の弱い自分を追い落とそうと企《たくら》む貴族の一派に抗しきれない。幼いティアルトを政争に巻き込まぬよう守らねばならないのに、と自分を情けなく思っていた時に、偶然、騎士達が話している噂を耳にしたのだ。

町人街に、どんな悩みでも晴らしてくれるというまじない師がいると。

期待など、まったくしていなかった。ただ、王太子としてではない姿で町人街へ出てみれば、少しは気分転換《てんかん》になるのではないかと、そう思っていただけだったのに。

エリシアの言葉を聞いた時、自分の心にどれほどの喜びが湧《わ》き上がったのか、彼女自身は知らぬだろう。

身分にかかわらず他者を思いやる心を持つエリシアが、邪悪の娘《むすめ》であるわけがない。貴族達に心無い扱《あつか》いを受けていいはずがないというのに……。

「邪教徒の目的を阻《はば》むためならば、王太子殿下《でんか》の警護ももっと厳重にするべきでは？」

ジェイスの声にレイシェルトは我《われ》に返る。ジェイスが挑《ちょう》戦《せん》的なまなざしでレイシェルトを睨《にら》むように見つめていた。

「もし王太子殿下に何かあれば、邪教徒達が勢いづくだけではありません。アルスデウス王国の屋台骨自体が揺《ゆ》らぎかねません」

『レイ』としてエリシアに逢《あ》いに行っていることへの牽制《けんせい》だろう。ジェイスがエリの正体に気づいているかどうかは知らないが、おとなしく引き下がる気はない。

「エランド隊長の言にも一理あるが、頷くことはできないな」

ジェイスに同調しようとする近衛団長を片手を上げて制し、きっぱりと告げる。

「最も守らねばならぬのは国王陛下と、まだ幼いティアルトだ。わたしまで警護を厳重にすれば、祓《はら》いの儀《ぎ》式《しき》に参加するわたしが邪教徒を恐《おそ》れていると受け取られかねない。もしそんな噂が広まれば、貴族や民《たみ》が動揺し、邪教徒達がさらに勢いづくだろう。そんな事態は看過できん。何より、わたしならば、もし邪教徒の襲撃《しゅうげき》があろうとも後れは取らぬ」

「確かに、殿下は神前試合の優勝候補のおひとりでいらっしゃいますが……」

「ですが、邪教徒達がどのような手を使うかわかりません。先日捕らえた者は下っ端《したっぱ》ばかりで、企みの全容は未だ闇《やみ》の中です。今は大切な時期。何卒《なにとぞ》自重していただきたい！」

近衛団長の言葉を遮《さえぎ》るようにジェイスが声を上げる。卓《たく》を挟《はさ》んで睨み合うレイシェルトとジェイスに、大柄《おおがら》な騎士団長が肩《かた》をすくめて苦笑《くしょう》した。

「お二人が優勝を競《きそ》う仲だということは承知していますが、今は争う時ではないでしょう？　殿下がそのように感情を露《あら》わになさるのは珍《めずら》しいですな」

「……失礼した。忠言、感謝する」

レイシェルトは吐息《といき》して胸中の苛立《いらだ》ちを吐《は》き出す。次代の国王にふさわしい非の打ちどころのない王太子であらねばならぬのに、ジェイス相手にはつい感情的になってしまう。

ジェイスも、互《たが》いが何を真に争っているのかわかっているだろう。

神前試合の優勝も、エリシアも、どちらも譲《ゆず》るつもりなどない。そのために――。

「邪教徒達が何を企んでいようとも、好きにさせる気はない。後れを取らぬよう、当日の警備は例年以上に厳重な態勢で臨《のぞ》みたい」

決然と告げたレイシェルトに、三人がそろって頷いた。

離《はな》れにいる私のところへ、すぐに本邸《ほんてい》へ来るようにというお母様の命令を伝えに侍女《じじょ》が訪《おとず》れたのは、お茶会から五日後のロブセルさんのアトリエに行く日だった。早々に準備を終えた私は、後はロブセルさんの迎《むか》えの馬車を待つばかりになっている。

「わかったわ。すぐに本邸に向かいます」

「よろしいのですか？　まもなく、お迎えの時間が……」

侍女に頷《うなず》いた私に、マルゲが気遣《きづか》わしげに眉を寄せる。けれど、ここでお母様の呼び出しを無視すれば、後で何を言われるかわからない。

「マルゲ。もし私が戻《もど》ってくるより早くロブセル様がいらっしゃったら、お詫《わ》びを申し上げて、待っていただけるよう伝えてもらえる？　お母様のお話ができるだけ早めに終わるよう、祈《いの》っていてちょうだい」

「……かしこまりました」

マルゲが不承不承という顔で頷く。本邸付きの侍女を促《うなが》し、一緒《いっしょ》に離れを出ると、

「エリシア様が来られますと奥様に伝えてまいりますので、ゆっくりおいでください！」

強張《こわば》った顔でぺこりと一礼した侍女が、返事も待たずに走り出した。逃《に》げ出すというの

がぴったりな恐怖《きょうふ》に満ちた様子に、ずくりと胸が痛む。

このところ、レイシェルト様や王妃様《おうひ》、ロブセルさんのように、私を恐怖や嫌悪《けんお》の目で見ない方々とお会いすることが多かったから気がゆるんでいた。他の人からすれば、やっぱり私は邪悪《じゃあく》の娘で、恐ろしく忌《い》まわしい存在なのだ。

それにしても、私と顔を合わせることすら嫌悪し、本邸への出入りを禁じているお母様が私を呼び出すなんて、きっとよほどのことがあったのだろう。本邸の正面玄関《げんかん》の大きな扉《とびら》の前に着くと、待ち構えていた門番がすぐさま扉を開けてくれた。

「失礼いたします。お待たせして申し訳ございませんでした」

一歩入った途端《とたん》、お母様の姿が視界に入り、あわてて深々と頭を下げて詫びる。と、即座《そくざ》に鋭《するど》い声が飛んで来た。

「王妃様に神前試合の観覧に招かれるなんて、いったいどんな邪法を使ったの⁉」

怒《いか》りに震《ふる》えるお母様が手に握《にぎ》りしめている封筒《ふうとう》を見た私は、事態を把握《はあく》する。

お茶会の時、王妃様が「せっかく仲良くなれたのだから、一緒にレイシェルト様を応援《おうえん》しましょう。お誘《さそ》いの招待状を出すわね」と言ってくださったのだ。まさか私が離れにいるとは思わなかった王妃様の使いが、離れではなく本邸へ手紙を届けてしまったのだろう。

「聖女であるセレイアちゃんや、その母親であるわたくしでさえ、王妃様から観覧のお誘いをいただいたことはないというのに、邪悪の娘が短期間に王家の皆様《みなさま》に何度もお招きいただくなんて……っ！　邪法でも使わなければ、こんなことが起こるはずがないわっ！」

「そ、そんな……っ！　私、邪法なんて使えませんっ！」

そこまでお母様に疑われているのかと、ずきずきと胸が痛くなる。祈るように震える両手を胸元《むなもと》で握りしめると、呆《あき》れ混じりのセレイアの声が割って入った。

「落ち着いてくださいませ、お母様。邪法を使ったかどうかは、問題ではありませんわ」

その声にようやく、お母様だけでなくセレイアとお父様も玄関にいたことに気づく。

「それよりも、問題は邪悪の娘が王家の皆様にご迷惑《めいわく》をおかけしていることですわ。他の貴族達が邪悪の娘が王城に出入りしているのを見て、なんと噂《うわさ》しているのかご存じ？」

セレイアの声に心臓が轟《とどろ》く。レイシェルト様によくない噂が立つことは、私が一番危惧《きぐ》していたことだ。

もしかして、私のせいでレイシェルト様にご迷惑を……っ⁉

最初から私の返事など期待していなかったのだろう。不安に慄《おのの》く私をちらりと見たセレイアが口元を歪《ゆが》める。

「そうね。貴族達に蔑《さげす》まれている邪悪の娘に、そんな情報が入ってくるはずがありませんものね。お母様、教えてさしあげたらいかが？」

セレイアに促されたお母様が、ふたたび私を睨みつける。

「邪悪の娘を王城へ出入りさせるなんて、サランレッド公爵《こうしゃく》家は何を考えているのかと責められているのよっ！　王家の威信《いしん》を傷つけるつもりかと！　わたくし達が貴族の集まりでどれほどつらい思いをしていることか！　あなたも何か言ってやってくださいまし！」

「う、うむ。いや、その……」

突然《とつぜん》、お母様に振《ふ》り向かれたお父様が、言葉を詰まらせてあいまいに頷く。お父様は当てにならないと悟《さと》ったらしいお母様が、怒りに目を吊《つ》り上げ、私に視線を戻した。

「邪悪の娘のせいで、わたくし達だけでなく貴族のすべてが迷惑をしているのよっ！　己《おのれ》の身を少しでも恥《は》じる心があるのなら、離れに引きこもったまま、一歩も出ないでちょうだいっ！　まったく！　邪悪の娘なんて産むんじゃなかったわ！」

『こんな娘、産むんじゃなかった』

前世と同じ言葉に、不意に過去の記憶《きおく》が心の中に甦《よみがえ》る。お兄ちゃんと違《ちが》って出来損《できそこ》ないの私。それはエリシアに生まれ変わってからも同じで。

蔑まれ、罵《ののし》られて、周りに迷惑をかけてばかりで。しかも、私がお茶会に行ったせいで、心配していたことが現実になったなんて……。やっぱり、招待をお受けしてはいけなかったんだ。

身体《からだ》から血の気が引き、絶望に身体の芯《しん》が冷えてゆく。

昏《くら》く、狭《せま》くなってゆく視界の端《はし》で、セレイアが唇《くちびる》を吊り上げるのが見えた。

「本当に、滑稽《こっけい》なほど愚《おろ》かだこと。王家の皆様が、邪悪の娘など、本気で相手にするはずがないでしょう？　勇者の血筋の前には邪悪の娘もひれ伏《ふ》すしかないと示すために、いっときの情けをかけられているだけに決まっていますわ。レイシェルト殿下にふさわしいのは、聖女であるわたくし、ただひと――」

「失礼いたします。エリシアお嬢様《じょうさま》のお迎えの方がいらっしゃいました」

こんこんっ、とノッカーの音とほぼ同時に扉が開き、マルゲの声が聞こえる。きっと、ロブセルさんの到着《とうちゃく》を口実に私を本邸から連れ出そうと来てくれたに違いない。

振り返らなければと思うのに、身体は凍《こお》りついたようにまったく動かない。それどころか、気を抜《ぬ》けば床《ゆか》にへたり込んでしまいそうだ。しっかりしなければと、自分を叱咤《しった》する私の脳裏《のうり》に、不意に二年前のレイシェルト様のお声が甦る。

『きみは何も悪いことなどしていないよ。わたしは迷惑をかけられたなんて思っていないから安心してほしい』

二年前、迷惑をおかけしてしまったと謝罪した私に優《やさ》しくかけてくださったお言葉。その言葉にどれほど救われたことだろう。

けれど、今回ばかりはレイシェルト様に愛想《あいそ》を尽《つ》かされたに違いない。涙《なみだ》があふれ出しそうになり、とっさに唇を噛《か》みしめると。

「すまない、エリシア嬢。迎えに来るのが遅《おそ》くなってしまったね」

聞こえるはずのない美声に、張りつめていた糸が切れる。ふらりとよろめいた身体を支えてくれた力強い手の主は。

「レイシェルト、殿下《でんか》……」

呆然《ぼうぜん》と端整《たんせい》な面輪《おもわ》を見上げた私に、レイシェルト様が甘やかな笑《え》みをこぼす。

「きみに逢《あ》うのが待ちきれなくてね。ロブセルと一緒に、迎えに来てしまった」

よほど私が頼《たよ》りなく見えたのだろう。腰《こし》に手を回し、たくましい胸板に私を引き寄せて支えてくださったレイシェルト様が、突然の王太子の登場に、あわてふためいて膝《ひざ》を折ったお母様達に視線を向ける。

「今日はわたしがエリシア嬢と約束をしていたのだけれどね？　だというのにエリシア嬢を呼び出すとは、わたしの邪魔《じゃま》立《だ》てをするつもりだったのかな？」

レイシェルト様の声音《こわね》は、先ほど私にかけてくださったものとは打って変わって冷ややかだ。レイシェルト様の肩《かた》にはうっすらと黒い靄《もや》まで漂《ただよ》っている。

ううっ、推《お》し様にご不快な思いをさせてしまうなんて、ファン失格……っ！

「も、申し訳――、っ⁉」

震える声で謝罪しようとした瞬間《しゅんかん》。

抱《だ》き寄せていないほうの人差し指で唇を軽く押さえられ、息を呑《の》む。

「静かに」

一瞬、こちらへ面輪を向けたレイシェルト様に微笑《ほほえ》まれ、ぱくんっと心臓が跳《は》ねる。

だめ……っ！　支えていただかなきゃ、もうほんとに立っていられない……っ！

「公爵夫人。その手に持っているものは？　王家の紋章《もんしょう》入りの手紙のようだが。それは義《は》母上《はうえ》からエリシア嬢へ送られた手紙だろう？　なぜ、それを公爵夫人が持っている？」

ひざまずいたお母様が持つ手紙に気づいたレイシェルト様が、冷ややかな声で詰問《きつもん》する。

とっさに答えられないお母様に代わって口を開いたのは、セレイアだった。

「王太子殿下、代わりにご説明させてくださいませ。その手紙は、使者が誤ってこちらへ届けてしまったものですの。ですから、本人にお渡《わた》ししようとこちらへ来ていただいただけで……。殿下にご迷惑をおかけするつもりなど、まったくなかったのでございます」

顔を伏せたまま、セレイアが恭《うやうや》しく説明する。

「そうなのかい？」

「は、はい……っ」

気遣《きづか》わしげに問われ、反射的にこくんと頷《うなず》く。セレイアが言う通り、手紙を渡すつもりで呼んだ可能性がないわけではない。

「では、公爵夫人。エリシア嬢へ手紙を」

「で、ですが……」

レイシェルト様が促《うなが》すが、お母様は金縛《かなしば》りにかかってしまったように動こうとしない。

「お待ちくださいませ、殿下。母は心配なのですわ」

「心配？」

セレイアの言葉に、レイシェルト様がいぶかしげに形良い眉《まゆ》を寄せる。

「さようでございます。王妃《おうひ》様が直々にお手紙をくださるなんて……。先日のティアルト殿下のお茶会で、とんでもない粗相《そそう》をしてしまい、王妃様の叱責《しっせき》が書かれているのではないかと……。もしそうだとしましたら、深くお詫《わ》び申し上げなくてはなりませんもの」

セレイアの言葉に、ようやく金縛りが解けたお母様がこくこくと頷く。

「ティアルト殿下のお茶会でご無礼を働いたに決まっておりますわ！　邪悪の娘《むすめ》がまともな受け答えができたとは思えません！　王家の皆様《みなさま》にご不快な思いをさせてしまったのでしたら、公爵家をあげて直々にお詫び申し上げなくては！　ねぇっ、あなた！」

「う、うむ。それは確かに……」

もごもごと答えかけたお父様の言葉を、怒《いか》りに満ちたレイシェルト様の声が断《た》ち切る。

「無礼と言うなら、今のおぬしらの言動こそが無礼であろう？　ティアルトや義母上が客を見る目がなかったと、そう言いたいのか？」

「めっ、滅相《めっそう》もございません……っ！」

刃《やいば》よりも鋭《するど》い声音に、お母様達が全身を震《ふる》わせる。

「義母上はエリシア嬢を非常に気に入っておられる。その手紙も叱責の手紙などではなく、神前試合への招待状だ。正しい受け取り主へ渡してもらおう。マルゲ」

扉《とびら》近くに控《ひか》えていたマルゲが意を察し、お母様に歩み寄ると手紙を受け取り、ふたたび扉の前へ下がる。その間も、レイシェルト様の視線は、ずっとお母様にそそがれたままだ。

「公爵夫人。前にも言ったはずだが」

冷ややかな圧をたたえた声に、お母様の身体がびくりと震える。

「実の娘を邪悪の娘と呼ぶのは、感心せぬな」

ひゅっ、とお母様が息を呑んだ音がかすかに聞こえる。それを無視して、レイシェルト様がお父様に視線を向けた。

「サランレッド公爵。片方が聖女とはいえ……。娘達の扱《あつか》いにあまりに差があるのではないか？　王城の会議では沈着《ちんちゃく》で堅実《けんじつ》な意見を申す貴公の行いとは思えんが……」

お父様が額に冷や汗《あせ》をかきながら、しどろもどろに口を開く。

「その……っ、なんと言いましても、セレイアは当代唯一《ゆいいつ》の聖女でございます。つまり、我がサランレッド公爵家の宝だけでなく、アルスデウス王国の宝に等しいということ。王国のためにも不自由をさせてはならぬと思いまして……。ですが、それを理由にエリシアを蔑《ないがし》ろにしているわけではございません。エリシアが淑女《しゅくじょ》としてどこに出しても恥ずかしくない娘であるということは、殿下にもご同意いただけるものと存じますが？」

「……なるほど。そう言われては同意せぬわけにはいかぬな。では、この場は公爵に免《めん》じてわたしも退こう」

声を柔《やわ》らかくゆるめて告げたレイシェルト様が、ようやく腕《うで》をほどいてくださる。

ほっとしたのも束《つか》の間、レイシェルト様が私の手を取って歩き出した。

「エリシア嬢、おいで。ロブセルも待っている」

振《ふ》り返ると、扉の近くでセレイアを見つめていたロブセルさんが呆気《あっけ》にとられた視線を私とレイシェルト様に移した。手を引かれて歩くなんて、子どもみたいだと呆《あき》れているんだろう。

「あ、あの……っ」

手を引き抜こうとするが、レイシェルト様の大きくあたたかな手のひらは、しっかりと包み込んで放してくれない。私がおろおろしている間に、マルゲが一礼して開けた扉をくぐったレイシェルト様が淀《よど》みのない足取りで進んでいく。歩む先は敷地《しきち》のすぐ外に止められた馬車だ。

ロブセルさんと三人で馬車に乗り込むと、さっそく馬車が動き出す。

「さ、先ほどは助けていただき、誠《まこと》にありがとうございました」

馬車に乗り、隣《となり》に座ったレイシェルト様に、深々と頭を下げる。レイシェルト様が来てくださらなかったら、今もまだ、お母様に責め立てられていただろう。

「きみは、公爵家でいつもあのような仕打ちを受けているのかい？」

馬車に乗ったというのに、まだつないだままのレイシェルト様の手に力がこもる。

「いえっ、その……。私は邪悪の娘ですから……。お母様が忌《い》み嫌《きら》われるのも仕方がないのです……」

「そんなもの！」

不意に響《ひび》いたひび割れた声に、弾《はじ》かれたように顔を上げる。レイシェルト様の碧《あお》い瞳《ひとみ》が、真っ直《す》ぐに私を見つめていた。

「きみは、ただ黒い髪《かみ》と黒い瞳を持つほかは、ふつうの娘となんら変わりないだろう!? きみが邪悪の娘などであるわけがない！」

「レイシェルト殿下……っ！」

感動に目が潤《うる》みそうになる。けれど、のんきに感激している場合じゃない。

「あのっ、それよりも……っ！　セレイアから聞きました。私が王城に出入りすることで、皆様によくない噂《うわさ》が立っているのではありませんか……っ!?」

問う声が否応《いやおう》なしに震える。貴族達の陰口《かげぐち》がどれほど陰湿《いんしつ》で口さがないか、ずっと聞いてきたからよく知っている。邪悪の娘である私は、どれほど悪く言われたってかまわない。けれど、私がおそばにいるせいで、レイシェルト様まで悪く言われたら――っ！

恐怖《きょうふ》のあまり、固く目を閉じ身を震わせる。

レイシェルト様が「そうだ」とおっしゃったら、ロブセルさんには申し訳ないけれど、今すぐ馬車を降りよう。

たった数日間だけれども、一生推し続けられるだけの素晴《すば》らしい想《おも》い出の数々をいただいている。この想い出を一生の宝物にして……。

「エリシア嬢《じょう》。わたしを見てごらん」

静かなレイシェルト様の声に、おずおずとまぶたを開ける。途端《とたん》、真っ直ぐに見つめる碧い瞳とぱちりと視線が合い、魅入《みい》られて目が離《はな》せなくなった。

「きみの目から見てわたしは……。根も葉もない噂に翻弄《ほんろう》されるように見えるのかい？」

「っ⁉　とんでもないですっ！」

息を呑《の》んでかぶりを振る。

「レイシェルト殿下はいつだって王太子の務めを果たそうと真摯《しんし》に取り組まれていて、たゆまぬ努力をなさっていて……っ！　この上なく高潔な御方《おかた》です！　初めてお逢《あ》いした時も、私などをお気遣いくださって……。レイシェルト殿下が真実を確かめもせず噂を鵜呑《うの》みになさるなんて思いませんっ！」

「……目の前できみにそこまで褒《ほ》められると、照れてしまうな……」

レイシェルト様が頬《ほお》をうっすらと染めて視線を揺《ゆ》らす。

はぅわっ！　その恥《は》じらいの表情、見惚《みほ》れずにはいられない色気が漂《ただよ》いすぎていて、鼻血噴出《ふんしゅつ》ものなんですけど……っ！

「……ともかく」

ひとつ咳払《せきばら》いしたレイシェルト様が、正面から私を見つめる。

「わたしは、他《ほか》の誰《だれ》でもない自分自身の意志で、きみと一緒に過ごしているんだ。義母上《ははうえ》やティアルトも同じだよ。たとえ、他の者が根拠《こんきょ》のない誹謗《ひぼう》をもとに異を唱えたとしても、それを受け入れる気など、欠片《かけら》もない」

きっぱりと、レイシェルト様が迷いなく断言する。

「わたしは、他人の言に惑《まど》わされて、己《おのれ》の心を偽《いつわ》るような卑怯《ひきょう》者になどならないよ」

卑怯者。その言葉が錐《きり》のように心を貫《つらぬ》く。

聖女の力を持ちながら、そのことを隠《かく》していると知ったら、レイシェルト様は何と思われるだろう。想像するだけで、恐怖に身体《からだ》が震えそうになる。

それでも……。誰かに期待を押しつけられて応《こた》えることができずに失望されるなんて、もう二度と嫌《いや》だ。それくらいなら、邪悪《じゃあく》の娘《むすめ》と蔑《さげす》まれて、ひっそりと暮らしていくほうがいい。セレイアが言った通り、きっと今はいっときの情けをかけられているだけ。決して舞《ま》い上がってはいけない。

「エリシア嬢、どうかしたのかい？」

レイシェルト様が気遣《きづか》わしげに私の顔を覗《のぞ》き込む。

「い、いいえ。何でもないのです……っ」

決して心の中を気取られまいと、私はあわててかぶりを振った。

馬車で向かったロブセルさんの屋敷《やしき》の北側には、立派なアトリエが設置されていた。そこここに置かれた制作途中のレイシェルト様が描《えが》かれた絵画の素晴らしさに、来られてよかった……っ！　と駆《か》け寄って拝み倒《たお》したい衝動《しょうどう》をなんとか抑《おさ》えこむ。

が、真の試練はそこから始まった。

「あっ、あのあのっ、レ、レイシェルト殿下……っ⁉」

「どうしたんだい？」

レイシェルト様の美声が、頭の上から降ってくる。

はぅ……っ！　美声が近くて融《と》けちゃいそう。いや、それどころじゃなくてっ！　どうして私のすぐ後ろにレイシェルト様が立ってらっしゃるの⁉　しかも、私の右肩《みぎかた》にさりげなく片手を置かれて！

「こ、これは……っ⁉」

うわずった私の声に、さも自然にレイシェルト様が答える。

「ああ、せっかく来たのだし、王族を描く練習なら、わたしも一緒《いっしょ》に描いてもらったほうがいいだろう？　それとも、エリシア嬢はわたしと一緒では嫌かい？」

「そ、そんな！　とんでもないですっ！」

レイシェルト様と一緒に描いていただくということは、つまり、推《お》し様とツーショット写真を撮《と》るようなもの……っ！　そんなの、光栄すぎてどうにかなっちゃいそうですっ！

「最初は、ロブセルがきみを描くのを、そばで見ているだけでいいかと思っていたんだけれどね。きみひとりがロブセルに見つめられて描かれるのかと思うと、我慢《がまん》できなくて」

肩に置かれたレイシェルト様の手に、わずかに力がこもる。

「す、すみませんっ！　そうですよね、私なんかが宮廷《きゅうてい》画家でいらっしゃるロブセル様に描いていただくなんて、練習台とはいえ畏《おそ》れ多いことですよね……っ」

恐縮《きょうしゅく》して身を縮めると、なだめるようにそっと肩を撫《な》でられた。

「きみの謙虚《けんきょ》なところも好ましいけれど……。もう少し、自信を持ってもいいと思うよ」

肩に置かれていた手がするりと動き、下ろしていた髪をひと房《ふさ》持ち上げる。ロブセルさんの要望で、今日は髪を結《ゆ》い上げずに下ろしているのだ。

「つややかで綺麗《きれい》な髪だね。リリシスの花の髪飾《かみかざ》りも可愛《かわい》らしいよ。よく似合っている」

レイシェルト様の美声が近くなり、高貴な香水《こうすい》の薫《かお》りが淡《あわ》く揺蕩《たゆた》う。

え？　いま背後で何が……っ!?　もしかして、髪にくちづけを……っ!?

「あの、殿下《でんか》……。動かないでいただけると嬉《うれ》しいのですが……」

正面でキャンバスに向かっていたロブセルさんが、困ったような声を出す。が、それどころじゃない。鏡を見なくても、顔が真っ赤になっているだろうとわかる。

ばくばくと騒《さわ》ぐ鼓動《こどう》が、置かれた手からレイシェルト様に伝わってしまいそう……っ！

私、ロブセルさんが描き終わるまで、気絶せずにいられるかしら……っ⁉


二時間後、なんとか気絶せずに乗り切った私は、行きと同じく馬車に乗っていた。

ロブセルさんのお屋敷からの帰りは、王城へ行くというレイシェルト様とロブセルさんに馬車で送ってもらえる手はずになっていたのだ。

「エリシア嬢。デッサンの間、考えていたんだが……。この後、予定があったりするかい？　よければ少しつきあってほしい場所があるんだ」

隣に座ったレイシェルト様に真剣《しんけん》な表情で尋《たず》ねられる。

「予定ですか？　いいえ、何もございませんけれど……？」

急にどうしたんだろうと思いながら返すと、端整《たんせい》な面輪《おもわ》がほっとしたようにゆるんだ。

「王城へ戻《もど》る前に、わたしが出資している救護院へ定期報告を受けに行くんだが……。よかったら、一緒に行ってもらえないだろうか？　きみも寄付をしてくれていると、前に教えてくれただろう？」

「えっ⁉　いえっ、私は……っ！　邪悪の娘である私が行っては、子ども達が怯《おび》えてしまうでしょう？　今まで私自身が顔を出したことはないのです」

ティアルト様だって、舞踏会《ぶとう》でぶつかった時に叫《さけ》び声を上げて怯えていたのだ。登城する時以外にフードを外して大勢の前に出た経験だってない。子ども達が私の姿を見て怯えたらと思うと、不安で胃がきゅっと縮む。と、膝《ひざ》の上で握《にぎ》りしめた拳《こぶし》をあたたかな手のひらに包まれた。

「エリシア嬢。どうか不安に思わないでほしい」

レイシェルト様の穏《おだ》やかな美声に、惹《ひ》きつけられるように視線を上げる。晴天と同じ碧《あお》い瞳《ひとみ》が、真っ直《す》ぐに私を見つめていた。

「誰が何と言おうと、きみは決して邪悪の娘ではない。これからは、わたしがきみにひどい言葉をかけさせたりしない。だから……。一緒に来てもらえないだろうか？　きみから勇気をあげてもらいたい子がいるんだ」

熱のこもった真摯な声音《こわね》に心が震《ふる》える。たとえレイシェルト様のお力をもってしても、邪悪の娘への誹謗《ひぼう》を止めることはできないだろう。それでも、思いやってくださる気持ちが嬉しくてたまらない。

「ありがとうございます。レイシェルト殿下のお望みでしたら、ご一緒いたします」

子ども達に怯えられてしまうんじゃないだろうかという不安を押し隠して頷《うなず》く。

救護院は王都の外れにほど近い、年季の入った建物だった。訪問が予《あらかじ》め伝えられていたらしく、馬車の窓の向こうに子ども達が並んでいるのを見て、不安に鼓動が騒ぎ出す。

御者《ぎよしゃ》が開けた扉《とびら》から先に降り立ったレイシェルト様を見て、子ども達から歓声《かんせい》が上がる。

王太子殿下が来てくれるなんて、子ども達にすれば夢のようなひとときだろう。

いつもならレイシェルト様の麗《うるわ》しさに歓喜するところだけど、さすがに今は不安のほうが大きい。やっぱり今からでも馬車で待ちますとお伝えしたほうがいいんじゃ……っ⁉

「今日来たのはわたしひとりではないんだ。ここに寄付をしてくれている令嬢《れいじょう》のひとりをお招きしたんだよ」

私が悩《なや》んでいる間に、レイシェルト様が告げてしまう。

「エリシア嬢、手をどうぞ」

「は、はい……っ」

ここまで来たら逃《に》げられない。どうか阿鼻叫喚《あびきょうかん》の地獄《じごく》になりませんようにと祈《いの》りながら、差し出された手を取り、馬車から降りる。

途端《とたん》、子ども達だけでなく救護院の職員さん達まで息を呑《の》む音が聞こえた。

「彼女はどこも恐《おそ》ろしくなどないよ。よく見てごらん。妖精《ようせい》のように可憐《かれん》だろう？」

ほとばしりかけた叫びを押さえるかのように、レイシェルト様の不安を打ち払《はら》うような澄《す》んだ声が響《ひび》く。虚《きょ》をつかれたように子ども達が目を瞬《しばたた》き。

「お姉ちゃん、妖精さんなの？」

五歳くらいの小柄《こがら》な女の子が興味津々《きょうみしんしん》といった様子で尋ねる。

「ばっかだなぁ！　ほんとに妖精がいるわけないじゃん！」

わんぱくそうな男の子が、どんっと女の子の肩を叩《たた》く。そんなに強い力じゃなかったけれど、小柄な女の子がこらえきれずに私のほうへよろめいた。

「大丈夫《だいじょうぶ》⁉」

さっと膝をついてとっさに女の子を支える。おずおずと顔を上げた女の子が、私にしがみついたと気づいた途端、泣きそうな顔になった。

「ご、ごめんなさい……っ」

「謝ることなんてないわ。足をくじいたりしていない？」

少しでも怖《こわ》がらせないようにと優《やさ》しく問いかけると、女の子が嬉しそうに頷いた。

「うん、ありがとう。お姉ちゃん、優しい……」

まぶしい笑顔《えがお》で告げた女の子の言葉を皮切りに、子ども達がわらわらと寄ってくる。

「妖精じゃないんなら、お姫様《ひめさま》だよ！　だってとってもキレイなドレスだもん！」

「それに、すっごく優しそうだし！」

「確かに、きみ達が言う通りエリシア嬢はお姫様だね」

私が立ち上がるのに手を貸しながら、レイシェルト様が微笑《ほほえ》む。「ほらやっぱり！」と子ども達が口々に騒ぎ出した。

あのっ、レイシェルト様……っ！　子ども達を怖がらせないためとはいえ、私なんかがお姫様というのはありえません……っ！

　そう思ってもさすがにここでは口に出せない。でも、子ども達を怯えさせることにならなくて本当によかった。子ども達は好奇心《こうきしん》にあふれた様子で見つめてくる。こんな風に、侮蔑《ぶべつ》のまなざし以外で大勢に見つめられたことなんてないので、戸惑《とまど》ってしまう。

「さあさ、王太子殿下へのご挨拶《あいさつ》をちゃんとしましょうね」

　院長らしき年配の優しげな女性に促《うなが》された子ども達が笑顔でレイシェルト様に挨拶を述べる。救護院にいるのは両親を亡《な》くしたり、何らかの事情で親と一緒に暮らせなくなったりした成人前の子ども達ばかりだが、明るい子ども達の笑顔からはあまり暗い影《かげ》は感じられない。

　きっとそれは、こんな風にレイシェルト様が子ども達の様子に気を配り、職員さん達も優しく接しているからに違《ちが》いない。

　挨拶を済ませた子ども達が職員さんに促されて庭に遊びに行き、私達は院長室へ案内される。院長室ではレイシェルト様が書類を受け取り、つつがなく運営されているという報告を受けただけで、あっさり用が終わった。

　少し院で過ごしたいと院長に告げたレイシェルト様が、ロブセルさんに先に馬車で待っているといいと告げ、私の手を引いて子ども達が遊んでいる庭に出る。楽しげな声を上げて遊ぶ子ども達は、まるでじゃれあう子犬みたいだ。

「ああ、いた。あのテナにきみを会わせたかったんだ」

レイシェルト様の視線の先にいたのは、木陰《こかげ》のベンチに座る十歳ほどの女の子だった。他《ほか》の子と遊ぶ様子もなく、ひとりきりで視線を落としてベンチに座るテナの肩《かた》の辺りで切りそろえられた髪《かみ》は――私と同じ黒だ。

「テナ。隣《となり》に座らせてもらってもいいかな？」

テナに歩み寄ったレイシェルト様が、穏やかな声で問いかける。

「お、王子様……っ⁉　それに、お姫様まで……っ！」

まさか、レイシェルト様に声をかけられるとは思っていなかったのだろう。テナがこぼれんばかりに目を瞠《みは》って、こくこくと壊《こわ》れた人形のように頷く。

テナの隣に私が、私の隣にレイシェルト様が腰《こし》かける。私が隣に座るのを嫌《いや》がられるのではと一瞬《いっしゅん》不安に襲《おそ》われたが、幸い反対の言葉は出なかった。ただ、テナはやはり私の黒髪が気になるらしい。ちらちらと私に視線を向けるものの、口に出しては何も言わない。

「他の子達と遊ばないのかい？」

責める響きのないレイシェルト様の穏やかな問いかけに、テナが唇《くちびる》を嚙《か》んでうつむく。

「だって……。誰《だれ》もあたしとなんか遊びたくないに決まってるもん。家族に捨てられた黒髪のあたしなんかと……っ！」

うつむくテナが話すたび、黒い靄《もや》がどんどんテナからあふれ出してくる。

「母さんだって言ってたもん。あんたなんか産むんじゃなかったたって……っ！」

絞《しぼ》り出すような声を聞いた途端、私は思わず身を乗り出してテナを抱《だ》きしめていた。

この子はもうひとりの私だ。私はたまたま公爵《こうしゃく》家に生まれたおかげで、本邸《ほんてい》から出されても同じ敷地《しきち》内の離《はな》れで暮らせているけれど、もし財力のない家だったら、どうなっていただろう。最悪、忌《い》まわしい子どもとして育児放棄《ほうき》されていた可能性だって十分にある。

「大丈夫っ！　ただ髪が黒いだけで、あなたは他の子と変わらない女の子だもの！　それに、みんながみんな黒髪を嫌《きら》うわけじゃないわ！　ちゃんとあなた自身を見てくれる人が絶対にいるから……っ！」

馬車の中でレイシェルト様が言ってくれた言葉を、今度は私がテナに伝える。肩のところで切りそろえられた黒い髪を祈るように撫《な》でながらテナの黒い靄を祓《はら》う。

ただ黒髪だというだけで私と同じようにつらい思いをしてきたテナ。レイシェルト様がどうして私をこの子に会わせたいと思われたのか、今ならわかる。

私なんかの力でどこまでできるかわからない。けれど、私がレイシェルト様に救ってもらったように、今度は私がこの子を助ける番だ。決意した私は髪に挿《さ》していたリリシスの花飾《かざ》りを手に取ると、そっとテナの手にのせた。

「テナ。これをもらってくれる？」

花飾りを見たテナが、目を見開いてぶんぶんとかぶりを振《ふ》る。

「こ、こんな綺麗《きれい》なもの、もらえないよっ！　あたしなんかに似合うわけが……っ」

「ううん。きっとテナの黒い髪に似合うと思うわ。大丈夫。あなたは何も悪くないもの。黒い髪は、たまたまそう生まれただけのことなんだから」

遠慮《えんりょ》するテナに話しかけながら、黒い髪を優しく撫でる。

「ねぇテナ、私とひとつ約束をしてくれる？　私、あなたの手本になれるように、凛《りん》と背筋を伸《の》ばすから……。あなたも顔を上げてくれる？」

「顔、を……？」

呆《ほう》けたように呟《つぶや》いたテナと視線を合わせて、にっこり微笑む。

「そう。うつむいていたら、自分の足元しか見えないもの。顔を上げていれば、きっと、いつか素敵《すてき》な出逢《であ》いがあるはずだから……。だから、私と一緒《いっしょ》に勇気を出してくれる？」

テナに話しながら、同時に自分に言い聞かせる。髪も目も、持って生まれたものは変えられない。けれど、背筋を伸ばして顔を上げられるかどうかは、自分の心次第《しだい》だから――。

長年、邪悪《じゃあく》の娘《むすめ》と蔑《さげす》まれてきた私がそんな簡単に変われるとは、自分でも思っていない。でも、少しでもテナを勇気づけたくて、今だけは背筋をぴんと伸ばす。

救護院に来た時、黒髪の私を受け入れてくれた子ども達なら、テナが心を開けば、きっと仲良くなれるはずだ。現に、近くで遊んでいた女の子達の一団が、さっきからちらちらとこちらに視線を向けている。

「貸して。つけてあげる」

テナの手のひらから花飾りをとり、黒い髪にそっと挿してあげると、女の子達の一団から弾《はじ》かれたように声が上がった。

「あ――っ！　テナだけお姫様に髪飾りもらってる～っ！　テナだけずるい～！」

「テナだけいいな～っ！　私も欲しい～っ！」

にぎやかな声を上げてベンチの前へ来た女の子達が羨望《せんぼう》のまなざしでテナを見る。テナはといえば、急に話しかけられてうまく言葉が出てこないようだ。

子ども達は清潔な服を着ているけれど、髪飾りをつけている子はひとりもいない。けれど、まだ幼くても身を飾りたいと思う気持ちはよくわかる。可愛《かわい》い物は見ているだけで嬉《うれ》しくなるもの。それに、リリシスの花飾りをつけた女の子達がいっぱいだなんて、まるで、レイシェルト様ファンクラブができたみたいで素敵かも！

「じゃあ、次に来る時までに、もっとたくさん花飾りを作ってきてあげる」

「いいのっ⁉　お姫様⁉」

「ありがとう！　嬉しいっ！」

私の宣言に、子ども達から歓声《かんせい》が上がる。期待に満ちたまなざしはまばゆいほどだ。

「では、またわたしと来てくれるんだね」

不意にすぐ隣から甘やかに囁《ささや》かれ、息が止まりそうになる。

え？　あの、また一緒に来たいというつもりで言ったわけでは……っ！

私が戸惑っているうちに、レイシェルト様が優しい笑顔でテナを促す。

「どうかな、テナ。みんなと一緒に遊んでみるかい？」

レイシェルト様の言葉に、テナが何かを決意したように立ち上がる。

「は、はい……っ！　ね、ねえ、一緒に遊ぼう……っ！」

「いいよ！　その代わり、髪飾りを後でちょっとだけつけてもいい？」

「いいけど……。これはお姫様《ひめさま》にもらった宝物だから、大事にしてね」

テナと女の子達が手をつないで駆《か》けていく。先ほどまでとは打って変わったテナの笑《え》みは、一緒に遊ぶ女の子達と何ひとつ変わらない明るさだ。

「よかった……」

テナが女の子達と仲良くなれそうで、心の底からほっとする。

と、ふと視線を感じて後ろを振り向く。そこで初めて、木陰からロブセルさんがこちらをじっと見ているのに気がついた。いつまでも戻《もど》ってこないので、心配したのかもしれない。が、私が声をかけるより早く、ロブセルさんはふいと背を向けて立ち去ってしまう。

どうしたんだろうと疑問に思う私の耳に、レイシェルト様の安堵《あんど》の吐息《といき》が聞こえた。

「ありがとう、エリシア嬢《じょう》。やっぱり、きみに来てもらってよかった。わたしの言葉では、テナの心にまで届かなくてね……。救護院の子ども達には、みんな心穏《おだ》やかに幸せに暮らしてほしいんだが……。まだまだ力不足だな」

「そんなことはありませんっ！」

力ない呟きに、考えるより早く言葉が飛び出す。

「レイシェルト殿下がなさっていることは素晴《すば》らしいことです！　寝《ね》る場所や食事を不安に思わず暮らせるだけで、どれほど嬉しいことか……っ！　レイシェルト殿下に向けられた子ども達の笑顔を見られたでしょう!?　小さな一歩でも、それを積み重ねていくことが大事なんだと思いますっ！　私だって……。私の力ではほんの少しの寄付しかできませんけれど、それでも今日ここに来られたことで、もっと力になりたいと思いましたから！」

救護院に寄付を始めた大きな理由は、レイシェルト様が出資しているからだった。けれど、実際に子ども達に出会った今は、子ども達の笑顔を守るために自分にできることをしようという気持ちに変わっている。

一気に告げた私に、レイシェルト様が碧《あお》い目を瞠る。かと思うと、急に両手で顔を覆《おお》ってうつむいた。

「レ、レイシェルト殿下っ!?　も、申し訳ありませんっ、私……っ！」

反射的に抗弁《こうべん》してしまったけれど、不敬だっただろうか。あわあわと詫《わ》びる私の耳に届いたのは、「これでは逆じゃないか……」と呟く悔《くや》しげな声だった。

「逆……？」

いったい何のことだろうか。わけがわからず呟くと、顔から両手を離したレイシェルト様が、視線を逸《そ》らしたままぼそぼそと告げた。

「きみに、少しでも自信を持ってもらいたかったんだ……。きみの寄付の一部が子ども達の笑顔につながっているのだと知ってほしくて……」

「そのために、私を一緒に……っ!?」

打ち明けられた内容に息を呑《の》む。レイシェルト様の思いやりの深さに、感動のあまり胸がじんと熱くなる。

「けれど、結局、力づけてもらったのはわたしのほうだ」

ゆるりとかぶりを振ったレイシェルト様が、私を振り返り、小さく笑みをこぼす。

いつもの王太子然とした気品に満ちた笑みとは違《ちが》う、困ったような微笑《ほほえ》み。

「なかなからまくいかないな。他《ほか》の誰《だれ》でもなく、きみだけには情けないところを見せたくないのに……。むしろ、きみの前でばかり王太子らしくないところを見せてしまう」

『王太子』である時は、決して見せないだろう、ひとりの人間としての、顔。

……待って。え、ちょっと待って。

眉《まゆ》を下げたレイシェルト様の困り顔を見た途端《とたん》、ぴしりと身体《からだ》が凍《こお》りつく。

推《お》し様だって、人間だ。いつだって完全完璧《かんぺき》なわけじゃない。理性ではわかっている。

でも、推し様っていうのは隣《となり》に存在してても別の次元というか、決して手の届かない存在で。

けれど、肩《かた》がふれるほど近くで困ったように、同時に抑《おさ》えきれぬ嬉しさをたたえて微笑むレイシェルト様の表情は『王太子』でも『推し様』でもなく、ただレイシェルトという名前の『ひとりの青年』で。

「エリシア」

身体ごと私に向き直った拍子《ひょうし》に、レイシェルト様の腕《うで》がとんと肩に当たる。たったそれだけでぱくんと心臓が跳《は》ね、一瞬《いっしゅん》で身体中の血液が沸騰《ふっとう》する。

どうして、急に呼び捨てで……。と疑問を口にする間もなく、レイシェルト様の大きな手が、私の手を包み込む。

待って。待って待って！　む、無理無理無理っ！　別次元の存在と言っても過言ではない推し様からの神過ぎるファンサだとしても耐《た》えられそうにないのに、ひとりの人間として同じ次元でこうして手をつないでいるなんて、そんなのまるで……っ！

これ以上、考えてはだめだと本能が警告を鳴らす。これ以上、深く考えたら気絶する！

「エリシア。きみのそばにいたいというこの気持ちをどう伝えたらいいんだろうか。よかったら、四日後、神前試合の観覧のためのドレスを一緒に――」

推し様のお言葉を聞き逃《のが》すなんて、ふだんならそんなことするはずがないのに。

不意にとんでもないことに気づいてしまった私は、ただただ、気絶しないように心を保

つだけで精いっぱいだった……。

救護院へ行った二日後。剣《けん》の稽古《けいこ》のために近衛騎士《このえきし》団の修練場へ行こうと王城の廊下を歩んでいたレイシェルトは、自分を呼び止めたセレイアの声に、無意識に眉が寄るのを感じた。

「まぁっ！　レイシェルト殿下《でんか》！　お会いできて嬉しゅうございますわ！」

レイシェルトの表情に気づいた様子もなく、まるで舞踏《ぶとう》会かと思うほど華《はな》やかなドレスを着たセレイアが歩み寄ってくる。最近増やした護衛の近衛騎士をこれ見よがしに引きつれているさまは、すでに自分が王族の一員となったと言わんばかりだ。

「あと十日で神前試合ですわね。今年こそ、レイシェルト殿下が優勝されるに違いありませんわ！　決勝戦の前の祝福の杯《さかずき》は、今年はわたくしが担当することになっておりますの！　レイシェルト殿下の勝利を心からお祈《いの》りいたしますわ！」

言い伝えでは、大事な戦いの前には聖女が勝利の祈りを込めた杯を勇者に捧《ささ》げていたといわれており、神前試合では決勝戦に出場する二人に、聖女か聖者が祝福を込めた杯を渡《わた》すことになっている。が、セレイアの祈りのおかげで勝ったなどと言われたくはない。

「そしてレイシェルト殿下が見事、優勝された暁《あかつき》には、わたくしがくちづけを――」

「セレイア嬢、申し訳ないが――」

自分をひいきするのはやめてほしいとレイシェルトがたしなめようとしたところで。

「兄様！　伯父上《おじうえ》が母上のところに……っ！」

廊下《ろうか》の向こうから、あわてた様子でティアルトが駆けてくる。『伯父上』という言葉に、胸にさらに苛立《いらだ》ちが湧《わ》き上がる。

「ありがとう、よく教えてくれたね。後はわたしに任せてくれ。セレイア嬢、では」

ティアルトを連れて踵《きびす》を返したレイシェルトの背に、セレイアの声が届く。

「レイシェルト殿下、わたくしの祈りで殿下を優勝に導いてみせますわ！　神前試合を楽しみにしていてくださいませ！」

レイシェルトは申し出を受け入れたつもりはないのに、セレイアの中では勝手に受けたことになっているらしい。姉妹だというのに、人を思いやる気配りに長《た》けているエリシアとはまったく逆の傍若無人《ぼうじゃくぶじん》さに、苛立ちと嫌悪感《けんおかん》が湧く。が、今はそれどころではない。

レイシェルトの手を引いて走るティアルトに、伯父の目の届かぬところにいるように伝えて別れると、足早に王妃《おうひ》の部屋へと向かう。扉《とびら》をノックすると、すぐさまほっとしたような王妃の返事が聞こえた。

「失礼します。……ああ、デネル公爵《こうしゃく》も来ていたのか」

さも、今気づいたと言わんばかりに、冷ややかな声音《こわね》で告げ、王妃の向かいのソファーに座るデネル公爵に冷ややかな視線を向ける。デネル公爵は王妃の兄だ。そして、生母を亡《な》くして後ろ盾《だて》の弱いレイシェルトを追い落として、血のつながった甥《おい》であるティアルトを次期国王にしようと画策している野心家でもある。そのため、ことあるごとに王城へ来ては、レイシェルトと王妃達の間に楔《くさび》を打ち込もうとしているのだ。

「これはレイシェルト殿下。ええ、兄として妹が心配でして。つい訪《おとず》れてしまうのです」

王妃をせっついて困らせているだけだというのに、さも妹思いの兄のように告げたデネル公爵が、レイシェルトを見上げ、挑発《ちょうはつ》するように唇《くちびる》を歪《ゆが》める。

「殿下は剣の稽古に行かれるところですかな？　王族ならば無条件で『祓《はら》いの儀式《ぎしき》』に参加できるとはいえ、今年こそ優勝せねば、王太子としての顔が立ちませんものなぁ？」

揶揄《やゆ》を含《ふく》んだ声音に、思わず奥歯を噛《か》みしめる。

勇者の血を受け継《つ》ぎ、邪神《じゃしん》の欠片《かけら》を完全に破壊《はかい》することができる王族は、神前試合の結果がどうであろうとも、優勝者とともに祓いの儀式を行う。

だが、後ろ盾が弱く、デネル公爵を始めとする一部の貴族に軽《かろ》んじられているレイシェルトが正当な王位継承《けいしょう》者であると認めさせるには、神前試合で優勝し、勇者の資質を濃《こ》く受け継いでいることを証明する必要がある。デネル公爵の野望を挫《くじ》き、王妃とティアルトを安心させるためにも、今年の神前試合こそ、なんとしても優勝せねばならない。

「心配は無用だ。今年こそ優勝してみせよう。そのための鍛錬《たんれん》も十分に積んできた」

レイシェルトの返答に、だが公爵から返ってきたのは、いやらしい笑《え》みだった。

「さようでございますか。わたしの耳にはよからぬ噂《うわさ》が届いておりますが？　最近、殿下が邪悪《じゃあく》の娘《むすめ》などと懇意《こんい》にし、公務をおろそかにしていると……。厄介《やっかい》者の邪悪の娘と懇意にしてサランレッド公爵に恩を売れば、後ろ盾を得られるとお考えですかな？　それにしても穢《けが》らわしい邪悪の娘と親しくするとは……っ！　なりふりかまわぬ方は、思いもよらぬ手を考えつくものですな！」

「デネル公爵！　きさ――」

「お兄様っ！　いい加減にしてくださいっ！　もうお帰りくださいませ！」

一瞬で怒《いか》りに理性を灼《や》かれたレイシェルトが声を荒《あら》らげるより早く、王妃が険しい顔で兄を睨《にら》みつける。

「レイシェルト様は、祓いの儀式が近いにもかかわらず、公務も鍛錬もどちらも十分になさっていますわ！　わたくしはレイシェルト様こそが次代の国王にふさわしいと思っております！　それに、エリシア嬢《じょう》は穢らわしい娘ではありません！　わたくしの大切なお友達を侮辱《ぶじょく》しないでくださいませっ！」

「ミ、ミシェレーヌ……!?」

ふだん、おっとりとしている妹がこれほど激昂《げっこう》するとは思っていなかったのだろう。公爵があんぐりと口を開ける。レイシェルトも義母がこれほど怒《おこ》るのを初めて見た。

言うべきことは、自分の代わりに王妃がすべて言ってくれた。レイシェルトはひとつ息を吐《つ》いて心を落ち着かせると、公爵を睨みつける。

「デネル公爵。わたしは王太子としての務めを蔑《ないがし》ろにしたことはない。もし信じられぬと言うのなら……。神前試合の肩慣《かたな》らしに、今から立ち合ってみるか？」

爵位を継いでからは剣の鍛錬などしていないのだろう。太って重そうな身体つきの公爵がレイシェルトの本気を感じとったのか、強張《こわば》った顔でかぶりを振《ふ》る。

「いえっ、祓いの儀式の前に殿下に何かあっては大変ですので！　本日はこれで……」

逃《に》げるように公爵が部屋を出ていく。ぱたりと扉が閉まってから。

「義母上《ははうえ》、申し訳ございません。思わず挑発にのってしまうところでした。代わりに怒っていただき、ありがとうございます」

恭《うやうや》しく一礼したレイシェルトに、ソファーから立ち上がって歩み寄った王妃が「お礼を言うのはこちらですわ！」とかぶりを振る。

「ティアルトが頼《たよ》ったのでしょう？　申し訳ございません。ご足労をおかけして……」

「いいえ、来ても何の手助けにもならず……。わたしのほうが逆に救っていただきました」

エリシアを侮辱《ぶじょく》された瞬間《しゅんかん》、怒りで理性が飛びそうになった。自分で自分に驚《おどろ》くほどだ。

「何をおっしゃいます！　大切なお友達を侮辱されたのですもの、当然の怒りですわ！」

憤然《ふんぜん》と告げた王妃が、レイシェルトを見上げ不意に柔《やわ》らかな笑みを浮《う》かべる。

「ですが、いつもご自分を律してらっしゃるレイシェルト様があれほどの激情を見せられるなんて、初めてですわね。……やはりエリシア嬢のことだったからでしょうか？」

からかい混じりの声音に、顔に熱がのぼるのを感じる。

「申し訳ございません。お見苦しいところを……」

「嫌《いや》ですわ、何をおっしゃいますの？　わたくしはむしろ喜んでおりますのよ？」

詫《わ》びたレイシェルトに、王妃が柔らかな笑みを浮かべる。

「レイシェルト様の感情をそんな風に揺《ゆ》り動かす相手が現れたなんて、素晴《すば》らしいことですわ」

「ですが……。エリシア嬢には情けない姿を見せてばかりで……」

非の打ちどころのない王太子であらねばと気を張っているにもかかわらず、エリシアを前にすると、なぜかうまくいかない。彼女の前でこそ誰《だれ》よりも立派な自分でいたいと願っているのに、情けないところばかり見せてしまっている気がする。

肩を落としたレイシェルトに王妃が悪戯《いたずら》っぽく問いかける。

「あら？　レイシェルト様の知るエリシア嬢は、相手の情けないところを見たからといって、見限るような方なのかしら？」

「いえ、そんなことは決してありえません！　エリシア嬢はいつだってわたしを真摯《しんし》に気《き》遣《づか》ってくれて……っ！」

考えるより早く言葉が飛び出す。

他の者なら呆《あき》れるかもしれない弱い姿を見せても、エリシアは見限るどころか、いつでもレイシェルトを勇気づけてくれる。王太子であろうと『レイ』であろうと関係なく、レイシェルト自身を想《おも》って告げられる言葉に、いつもどれほど大きな喜びが心にあふれているか、きっと彼女は知らぬだろう。

薄紅色《うすべにいろ》に頰《ほお》を染め自分を見上げるエリシアの面輪《おもわ》を見るたび、レイシェルトがもっと彼女にふれたくてたまらなくなっていることも。

エリシアに、もっと近づきたい。物理的な距離《きょり》だけではなく、心も。

可憐《かれん》な面輪に、時折、怯《おび》えや諦《あきら》めの色がよぎるのに気づいたのは、出逢《であ》って間もない頃《ころ》だ。最初は、邪悪の娘と周りから蔑《さげす》まれているからだと思っていた。だから、レイシェルトが近づいたことで貴族達の注目を集めるのが不安なのだろうと。

だが、言葉を尽《つ》くしてエリシアに語りかけているうちに気づいてしまったのだ。彼女の心が囚われているものは、邪悪の娘という周りからの蔑みではなく、エリシア自身の心の中にある『何か』だ。

エリシアには、まだレイシェルトが知らない秘密がある。

知りたい。けれどエリシアに無理強《むりじ》いはしたくない。いつか、エリシアから打ち明けてくれればいいと……。

どうか、その時にエリシアの一番そばにいるのは自分であるようにと願っている。

そしていつか、彼女が囚われているものから、解き放つことができればいいと。

「ふふっ。レイシェルト様がそんな表情をされるようになったなんて……。義母として、嬉《うれ》しゅうございますわ」

慈愛《じあい》に満ちあふれた様子で、王妃《おうひ》が嬉しそうに笑う。

「神前試合では、ティアルトやエリシア嬢と一緒《いっしょ》に応援《おうえん》いたしますわね！　そういえば、明日はエリシア嬢と一緒にドレスを買いに行かれるのでしょう？」

「はい。エリシア嬢にふさわしいドレスを。ただ……。わたしは女性のドレスを選んだことなどなく……。どんな色が彼女に似合うのか悩《なや》んでおりまして……」

はずんだ声を上げた王妃に困ったように笑うと、「では、ロブセルに相談してみてはいかがですか？」と提案された。

「なるほど。画家であるロブセルなら、色彩《しきさい》感覚に優《すぐ》れているでしょうからね」

レイシェルトの目からすれば、エリシアは何を着ていても可憐で清楚《せいそ》だが、ロブセルならば、彼女に一番似合う色がわかるのかもしれない。

だが……。同時に、心の中にもやりとした感情が湧《わ》く。甦《よみがえ》るのは、エリシアの黒髪《くろかみ》を褒《ほ》め、デッサンの時に熱いまなざしを向けていたロブセルの言葉だ。伯爵家出身のロブセルとは幼なじみだが、今まで誰かに恋《こい》したという話はまったく聞いたことがない。

「レイシェルト様？　どうかなさいましたの？」

王妃の声にレイシェルトは我《われ》に返ってかぶりを振る。

「いいえ。ご助言ありがとうございます。そうですね、ロブセルに相談してみましょう」

「ええ。迷った時にはわたくしにも頼ってくださいませ。ご令嬢のドレス選びなんて、わくわくいたしますわ！」

「はい。その時は義母上の御力をぜひお貸しください」

華《はな》やいだ声を上げる王妃に微笑《ほほえ》んでいとまを告げ、レイシェルトは王城内にあるロブセルのアトリエへ向かう。アトリエではロブセルがキャンバスに向かい、木炭で下書きをしていた。描《えが》かれているのは、先日のデッサンをもとにしたエリシアの姿だ。本人ではなく絵姿だというのに思わず跳《は》ねてしまった鼓動《こどう》に、自分で自分に驚いてしまう。

「今日も精が出るな。さすが、宮廷《きゅうてい》画家だな。見事な腕前《うでまえ》だ」

「殿下《でんか》のご厚意《こうい》で引き立てていただいたのですから、恩返しのためにも、少しでも腕を上げませんと」

レイシェルトの称賛《しょうさん》に、手を止めて振り返ったロブセルが恭しく謙遜《けんそん》する。

「もう十分なほどだろう。きみの名声は貴族達にも広まっている。きみを推挙して本当によかった。だから、そんなにかしこまってくれるな。今日は相談があって来たんだ」

ロブセルをぜひ宮廷画家に、と国王に進言したのはレイシェルト自身だ。伯爵家《はくしゃく》出身で同じ年のロブセルとは幼なじみだった。幼い頃から絵の才能があったロブセルだが、尚武《しょうぶ》の気風が強いアルスデウス王国では、画家は軽《かろ》んじられる。さらには十二歳の頃に両親が事故で急逝《きゅうせい》し、家督《かとく》はロブセルの兄が継《つ》いだものの、慣れぬ若い当主に伯爵家は困窮《こんきゅう》。立ちゆかなくなりかけていたところに手を差し伸《の》べたのがレイシェルトだった。ロブセルの描く絵を見ていると、レイシェルトは自分の判断が間違《まちが》っていなかったと思う。

「相談とは何でございましょう？」

レイシェルトをソファーに促《うなが》し、自ら飲み物の用意をしながら、ロブセルが問いかける。

レイシェルトの前に置かれたのは硝子《ガラス》の杯《はい》にそそがれた果実水だった。

「その……。明日、エリシア嬢《じょう》とドレスを買いに行くのだが、エリシア嬢には何色が似合うか、画家であるきみの意見を聞きたいと思ってな……。いやっ、エリシア嬢は何色でも似合うのはわかっているんだが……っ」

気恥《きは》ずかしさに果実水の杯を一気に呷《あお》ると、勢いがよすぎたのか、くらりと視線が揺れた。じっとレイシェルトの様子を見つめていた向かいのロブセルから笑い声が上がる。

「動揺《どうよう》されている殿下を見られるとは珍《めずら》しいですね。殿下はやはり、エリシア様を……」

「ああ。いつか、わたしの隣《となり》に立ってほしいと思っている」

きっぱりと頷《うなず》くと、正面から肯定《こうてい》されるとは予想外だったのか、ロブセルが目を瞠《みは》った。

「まさか、殿下よりそのようなお言葉を聞く日が来るとは……。感慨《かんがい》深いですね。ですが、失礼ながら……。エリシア様は『邪悪《じゃあく》の娘《むすめ》』と蔑まれております。いえっ、わたしは実際にエリシア様とお言葉を交《か》わし、エリシア様が邪悪の娘ではないと知っておりますが……。口さがない貴族達が何と言うことか……。それが、心配なのです」

ロブセルが視線を落としてこぼした懸《け》念《ねん》は、レイシェルトも危《き》惧《ぐ》している。

「言っても詮《せん》無《な》いこととはいえ……。セレイア様ではなく、エリシア様こそが聖女の御力を持っていらっしゃれば、これほど思い悩むことはなかったのでしょうが……」

ロブセルの嘆《なげ》きはレイシェルト自身も何度も思ったことだ。セレイアではなくエリシアこそが聖女であれば、もっと容易《たやす》く貴族達を説得できるだろうにと。

サランレッド公爵家に聖女が生まれるという予言があった時、誰もがエリシアが聖女に違いないと期待した。だが、生まれてきたエリシアは黒髪黒目の赤子で邪悪の娘と蔑まれ、聖女の力を持っていたのは次女のセレイアだった。

「エリシア様の清らかな心根は、まさに聖女にふさわしいものだと思います。殿下もエリシア様といらっしゃる時は王太子の重責から解き放たれてらっしゃるようですし……。実は、エリシア様も何らかの御力を持ってらっしゃるということはないのでしょうか？」

「エリシア嬢が？」

探《さぐ》るようなロブセルの言葉に、思わず眉《まゆ》が上がる。確かに、エリシアにまじないをしてもらうと、心の中の靄《もや》が晴れていく心地《ここち》がする。だが、それが恋しい少女と一緒にいるからか、それともエリシアに特別な力があるからなのかは判断がつかない。何より、エリシアが何らかの力を持っているのなら、なぜそれを隠《かく》す必要があるのか。

「真偽《しんぎ》のわからぬことを話しあっても仕方なかろう。それ以前に、わたし自身が貴族の支持を得られる王太子にならなければ」

エリシアに向けられたロブセルの好奇心《こうきしん》を断《た》ち切るように強い声を出す。

「わたしはエリシア嬢以外に心を寄せる気はない。だが、わたしのわがままで、これまで根拠《こんきょ》のない誹謗《ひぼう》で傷つけられてきた彼女をさらに傷つける気もない。そのためにも、まずは神前試合で優勝して無事に祓《はら》いの儀式《ぎしき》を成就《じょうじゅ》させ、貴族達がわたしの決意を蔑《ないがし》ろにできぬほどの、非の打ちどころのない王太子となるつもりだ」

拳《こぶし》を握《にぎ》りしめ、揺《ゆ》るぎない決意を告げると、ロブセルの目が弧《こ》を描いた。

「殿下は、本当に昔からお変わりないですね。宮廷画家となれ、とわたしを助けてくださった頃のまま、真っ直《す》ぐで……」

父を亡くした頃のことを思い出したのか、遠い目をしたロブセルの瞳の奥に昏《くら》い感情が揺れる。だが、レイシェルトが口を開くより早く、ロブセルが悪戯《いたずら》っぽく微笑んだ。

「わたしも殿下の恋を、応援いたします。手始めに、そうですね……。殿下が見事、神前試合で優勝された暁《あかつき》には、お祝いとして今描いているエリシア様の絵をお贈《おく》りしましょうか?」

「よいのかっ⁉」

思わず身を乗り出すと、ロブセルがぷっと吹《ふ》き出した。

「まさか、それほど食いつかれるとは。他《ほか》ならぬ殿下のためです。かまいませんよ」

「それは嬉しいことこの上ない。だが……」

ロブセルがエリシアに向けていた熱いまなざしが、どうにも気になる。言い淀《よど》むと、レイシェルトの表情を読んだらしいロブセルが口を開いた。

「この際、誤解のないようお伝えいたしますが、わたしはエリシア様に恋心《こいごころ》はまったく抱《いだ》いておりません。確かに、可憐なご令嬢でいらっしゃいますが、わたしにとっては、希少な黒髪のモデルであるというほうが重要なのです。ですから」

ロブセルがレイシェルトを真っ直ぐに見つめて笑《え》みを深める。

「わたしは、殿下の恋が成就するようにと、心から祈《いの》っております」

「ありがとう、ロブセル。きみに応援《おうえん》してもらえるなんて心強いよ」

控《ひか》えめなロブセルには珍しい強い口調に、力強い頷きで応《こた》える。

「それで、エリシア嬢のドレスのことなんだが……」

すでにジェイスという強力な恋敵《こいがたき》もいる。幼なじみと恋敵にならずにすんで心からほっとしながら、レイシェルトはロブセルに助言をもらうべく口を開いた。

「特別な聖女が見つかっただと……っ⁉」

信者のひとりからの報告に、薄暗《うすぐら》い室内に喜色に満ちた声が上がる。町外れの古びた倉庫に集まっているのは、邪教徒達の中でも幹部と呼ばれる十数人の者だ。

「貴族の娘に邪悪の娘と呼ばれる者がいるという噂《うわさ》は聞いたことがあったが、まさかその娘が特別な聖女だったとは……っ！」

「だが、邪悪の娘とやらが、本当に特別な聖女で間違いないのか？」

「ええ、間違いありません。わたしが王太子にそれと知らせず定期的に摂取《せっしゅ》させている『澱《よど》み』が、邪悪の娘に逢《あ》うたびに浄化《じょうか》されていますから」

疑問に答えたのは、まだ若い男の声だった。木箱に座ったり壁《かべ》にもたれたり、思い思いの姿でいた邪教徒達の視線が、壁際《かべぎわ》にいる青年に集中する。

ふつうの聖女や聖者は、澱みを散らすことができるだけで、浄化まではできない。それができたと言われているのは、邪神ディアブルガを封《ふう》じた伝説の大聖女だけだ。邪教徒達が特別な聖女ではないかと目をつけていたセレイアもふつうの聖女と変わらないと聞いている。

「しかも、邪悪の娘は特別な聖女であるだけではありません。さらに朗報がございます。なんと、王太子は邪悪の娘に想《おも》いを寄せているのです」

邪教徒達から大きなざわめきが湧《わ》き起こる。くつくつと喉《のど》を鳴らしたのは、幹部の中でも最も力を持っている壮年《そうねん》の男だ。

「なるほど。過去の勇者のように、聖女と恋仲というわけか。……これは、使えるな」

「ええ。邪悪の娘を使えば瀕みに頼《たよ》らずとも、勇者の血を引く王太子を絶望させることができるでしょう……っ！」

そのさまを思い描いているのか、青年の声に陶然《とうぜん》とした響《ひび》きが宿る。

「邪悪の娘を狙《ねら》うなら、近衛騎士《このえきし》団がセレイア嬢の周りを警戒《けいかい》している今が好機です。邪悪の娘の力に気づいているのは我々だけなのですから」

「だが、邪悪の娘は公爵《こうしやく》令嬢なのだろう。そう簡単には捕《と》らえられまい」

「わたしにお任せください。考えがございます」

危惧の声を上げたひとりに、青年は自信ありげに唇《くちびる》を吊《つ》り上げる。

「必ずや、邪悪の娘を手に入れてみせましょう。光が強いほど、闇《やみ》もまた深くなるもの。大切な者を守ることができなかった時、王太子がどんな絶望を見せてくれるのか……。楽しみで、なりません」

うっとりと熱のこもった吐息《といき》をこぼした青年の言葉に、壮年の男は鷹揚《おうよう》に頷く。

「必要な駒《こま》は揃《そろ》った……。ふははっ、まるで伝説の再来のようではないか。勇者と聖女が想いあい――。だが、結末は我らが真逆にしてみせる」

木箱に座っていた男が立ち上がり、握りしめた拳を突《つ》き上げる。

「念願の時は来た！　ついに、邪神ディアブルガ様の封印を解く時！　大聖女から邪悪の娘にディアブルガ様の御力《おちから》を移し、絶望に染まった勇者の心臓を生け贄《にえ》に捧《ささ》げるのだ！　そして、くだらぬ世の中を壊《こわ》し、邪悪と混沌《こんとん》に満ちた世界をふたたび……っ！」

男の声に応じ、邪教徒達が口々に叫《さけ》んで拳を突き上げる。不穏分子《ふおんぶんし》達の昏《くら》い熱のこもった声を聞きながら、青年は己《おのれ》の口元が喜悦《きえつ》に歪《ゆが》むのを感じていた。

いつか、自信にあふれた高潔な顔を苦悶《くもん》に歪ませてみたいと願っていた相手。

レイシェルトが己の無力に嘆く姿を見られたら、どれほどの喜びだろうかと。

第四章 ✦ 本当に私が推し様のそばにいてもいいの……？

Chapter 04

「ふむ……。先ほどの桃色《ももいろ》のドレスもよいが、こちらの空色のドレスもエリシア嬢《じょう》によく似合いそうだ。迷ってしまうな」

「お嬢様にはやはり、清楚《せいそ》なものがよろしいかと。もちろん、どんなドレスをお召《め》しになろうと、可憐《かれん》なのは言うまでもありませんが……っ！」

「確かにマルゲの言う通りだ。だが、叶《かな》うならば、エリシア嬢が最も喜んでくれるドレスを贈りたい。エリシア嬢は、どちらのドレスが好みだろうか？」

「っ⁉」

にこりとレイシェルト様に微笑《ほほえ》まれるだけで、心臓が跳《は》ねて口から飛び出しそうになる。顔だけでなく全身に熱が巡《めぐ》って、レイシェルト様を見られない。

ど、どうしてこんなことに……っ⁉

救護院に行ってから四日後。今、私がいるのは王室御用達《ごようたし》の服飾店《ふくしょく》だ。周りには可憐で華《はな》やかなドレスや色とりどりの絹地、見るだけで溜息《ためいき》が出るような繊細《せんさい》なレースなど、服飾店なんて行ったことのない私には見たこともない光景が広がっている。

なぜ、私がレイシェルト様やマルゲと一緒《いっしょ》に王室御用達の服飾店にいるかと言えば、救護院でレイシェルト様から『神前試合の観覧のためのドレスを一緒に選びに行かないか？』とお誘《さそ》いいただいたからだ。正直、うっすらとしか記憶《きおく》が残ってないんだけど、どうやら勝手に口が動いて約束してしまっていたらしい。

「エリシア嬢？　好みのドレスを教えてもらってもいいかい？」

ソファーの隣《となり》に座るレイシェルト様に顔を覗《のぞ》き込まれ、悲鳴が飛び出しそうになる。

無理っ！　無理無理無理無理っ！　推《お》し様とお買い物なんて、これ何ていう神イベント⁉　すぐ隣で推し様が麗《うるわ》しのお姿を見せてくださるなんて、いつもなら心臓が壊れそうになりつつも、脳裏《のうり》に焼きつけようとするはずなのに……。

救護院の帰り道以来、なぜかレイシェルト様を見ることができない。

レイシェルト様の視線から逃《に》げるように、私は前に並べられたドレスに目を向ける。

「そ、そうですね。私としては控えめなほうが……っ」

「では、こちらの桃色のドレスよりも、空色のドレスのほうがよいということかな？」

「は、はいっ！　そちらがよいです……っ！」

反射的にこくこく頷《うなず》いた瞬間《しゅんかん》、気づく。

いやちょっと待って⁉　邪悪《じゃあく》の娘《むすめ》である私が華やかな桃色のドレスを着るなんてありえないけど、空色だとレイシェルト様の瞳《ひとみ》の色と同じ……っ！　推し様と一緒に選んだ推し様色のドレスなんてもう……っ！　袖《そで》を通すのすら畏《おそ》れ多いんですけどっ！

やっぱり変更《へんこう》できないだろうかと、縋《すが》るような思いで、周りでドレスや小物を手に立ち働いている店員さん達を見やると、そのうちのひとりと目が合った。

ほんの一瞬。下手《へた》したら気づかないほどのわずかな間、店員さんの目の奥に怯《おび》えが宿り。

「どうなさいましたか？　お嬢様」

一分の隙《すき》もない完璧《かんぺき》な笑顔《えがお》で店員さんが問いかける。

「い、いえ……。とても素敵《すてき》なドレスばかりなので、見惚《みほ》れてしまって……」

あわてて愛想《あいそ》笑いを浮《う》かべて答える。

そうだ。邪悪の娘なんかが王太子殿下《でんか》と一緒にドレスを選びに来たなんて、お店からすれば悪夢に違《ちが》いない。王室御用達なら変な噂なんて流したりしないだろうが、人の口に戸は立てられない。どこでどう、よからぬ噂が流れるかなんて、誰《だれ》にもわからないのだ。

いったいどこで間違ってしまったのか。私はただ、陰《かげ》から推させていただければそれだけで満足だったのに。認知《にんち》されたばかりか、レイシェルト様と何度も過ごすなんて……。

絶対に、今の状況《じょうきょう》が当たり前だなんて驕《おご》ってはいけない。

レイシェルト様は迷惑《めいわく》だとおっしゃらないけれど、周囲の人々はきっと違う。私のほうから離《はな》れて、前みたいにひっそりと……。

「エリシア嬢？　疲《つか》れさせてしまったかな？」

考えにふけるうちに、ぎゅっと唇を噛《か》みしめていた私に、レイシェルト様が気遣《きづか》わしげに問いかける。

「いえ、慣れないことの連続で少し……。あの、小物類はお店にお任せしたいと思うのですが、可能でしょうか？」

サイズの測定やドレス選びですでに二時間近くが経《た》っている。

今日の代金については公爵《こうしゃく》家が負担する了承《りょうしょう》をお父様に取ったと、マルゲから聞いている。なら、下手に私が選ぶよりも任せてしまったほうが、きっといいものを選んでもらえるに違いない。私の申し出にレイシェルト様が気を悪くした様子もなく頷く。

「エリシア嬢の希望ならそうしよう。すまない。もっと気を遣うべきだったね」

「とんでもないことです！　申し訳ございません。せっかくお連れいただいたのに、情けない限りで……」

凛々《りり》しい面輪《おもわ》に切なげな表情が浮かぶだけで、私の心もきゅうっと締《し》めつけられる。

どんな表情も素敵だけれど、レイシェルト様にそんな表情をさせてしまうなんて一生の不覚！　レイシェルト様にはいつも笑っていてほしいのに……。

「どうする？　お茶でも飲んで少し休むかい？　帰るのなら送らせてもらおう」

「いえっ、大丈夫《だいじょうぶ》です。レイシェルト殿下もお疲れでございましょう？」

この四日間で何があったのか、短期間のうちにレイシェルト様の身体《からだ》にはふたたび黒い靄《もや》がまとわりついている。私を送るより、ゆっくり休んでいただきたい。

あわててかぶりを振《ふ》ってマルゲを見ると、心得たように力強い頷きが返ってきた。

「殿下。お心遣いはありがたいことでございますが、すでに帰りの馬車は準備してございます。ご公務でお忙《いそが》しい殿下にお手間をとらせたくないとお嬢様がおっしゃいまして。ですので、どうかお気遣いなきようお願い申し上げます」

さすがマルゲ！　私だと緊張《きんちょう》して言えないことも、失礼のないようにしっかり言ってくれるなんて、頼《たよ》りになるわ！

「そうなのです。レイシェルト殿下にこれ以上ご負担をおかけしては申し訳なくて……」

できるだけしおらしく告げて視線を伏《ふ》せると、仕方がなさそうなレイシェルト様の溜息が聞こえてきた。

「きみの愛らしい顔を曇《くも》らせるのは本意ではないからね。きみの望む通りにしよう」

視線を上げた途端《とたん》、レイシェルト様の笑みが飛び込んできて、心臓が止まりそうになる。

や、やっぱり、昇天《しょうてん》しないためにもマルゲと二人で帰るべきだわ……っ！

「今日選んだドレスを着たエリシア嬢を神前試合で見られるのを楽しみにしているよ。義母上《ははうえ》やティアルトと一緒に観覧するんだろう？」

「は、はい。光栄にもお誘いを賜《たまわ》りまして……っ！」

本当は、公《おおやけ》の場ではさすがに……と、断ろうかと思っていたのだ。けれど、王妃《おうひ》様のお誘いは熱心で、とてもではないが断れなかった。何より、王妃様のお席なら特等席なのは間違いない。レイシェルト様の勇姿を近くで見られる誘惑《ゆうわく》には勝てなかった。

「レイシェルト殿下の勝利を、精いっぱい応援《おうえん》いたしますね」

心からの想《おも》いをのせて告げると、レイシェルト様が口元をほころばせた。

「ようやく、わたしを見てくれたね」

嬉しくてたまらないと言いたげに手を伸《の》ばしたレイシェルト様が、そっと私の片手を取る。その瞬間、救護院で手を包まれた時のことが甦《よみがえ》り、思考が真っ白に漂白《ひょうはく》される。

胸がきゅうっと締めつけられたように苦しい。嬉しいと同時に切なくて、なぜかいても立ってもいられない気持ちになる。

推し様成分の過剰摂取《かじょうせっしゅ》で、身体がおかしくなってるのかも……っ!?

だが、レイシェルト様の靄を祓《はら》うなら今がチャンスだ。きゅっと手を握《にぎ》り返し、靄が消えるように念じると、レイシェルト様の周りに澱《よど》んでいた靄が塵《ちり》のように消えた。

「……やはり、きみと一緒にいると、誰といるより心が安らぐよ」

ほっと息をついた私の耳に嬉しげな囁《ささや》きが届き、上げた視界に甘やかな笑みが飛び込む。

む、無理……っ！　心臓が高鳴りすぎて壊《こわ》れちゃいます……っ！

見送ってくださったレイシェルト様に丁寧《ていねい》にお礼を言い、這《ほ》う這うの体《てい》でマルゲと一緒に貸し馬車に向かい合わせに乗り込むと、「大丈夫ですか？」と気遣わしげに尋《たず》ねられた。

さっきから全然治まらない鼓動《こどう》の速さに、胸を押さえてぼんやりとしていた私は、マルゲの言葉にようやく我《われ》に返る。

「え、ええ……。大丈夫……」

けれど、マルゲはそれでは納得《なっとく》できなかったらしい。

「本当でございますか？　いつもでしたら帰ってこられるなり王太子殿下について怒涛《どとう》のように語られるお嬢様《じょうさま》が口数が少ないなんて……。やはりどこか調子がお悪いのでは？」

気遣わしげに私の顔を覗き込むマルゲに、ふるふるとかぶりを振る。

「心配しないで。その、ちょっと……。レイシェルト様が尊すぎて語彙《ごい》を失っているだけだから……。今日のレイシェルト様もとても素敵だったものね！」

言いながら、これが正解ではないと自分でもわかっている。

いったいどうしたのか、自分でもわからない。何だろう？　推し語りをする時とは違う、胸が締めつけられるようなこの気持ちは……。

「確かに、王太子殿下のお嬢様に向ける笑顔やまなざしはかなり……。いえ、何でもございません」

小さな声に首をかしげると、マルゲがかぶりを振って言葉を濁《にご》した。

「それより、きらびやかなドレスに身を包んだお嬢様はとても可憐《かれん》でございました……！　これに関しては殿下にいくら感謝しても足りませんね！　わたくしではいくら訴《うった》えても、公爵様は頷いてくださいませんでしたから……」

「そんなことまでしてくれていたの⁉　いいのに、私のドレスなんて……」

どんなドレスを着ても、邪悪《じゃあく》の娘《むすめ》である限り、侮蔑《ぶべつ》のまなざしは変わらない。驚《おどろ》いて声を上げると、マルゲが拳《こぶし》を握りしめた。

「いいえっ！　お嬢様はとってもお可愛《かわい》らしいのですから、もっと身を飾《かざ》る喜びを知られてよいと思います！　支度《したく》するわたくしもさらに気合いが入りますし……っ！」

いつも冷静沈着《ちんちゃく》なマルゲには珍《めずら》しく熱意にあふれた言動に、自然と笑みがこぼれる。

「いつもありがとう、マルゲ。あなたが侍女《じじょ》としてそばにいてくれるなんて、私は本当に幸せ者ね。こんな風にマルゲとお出かけしたことなんてなかったもの。嬉しいわ」

「お嬢様……っ！　なんともったいないお言葉でしょう……っ！」

感極《かんきわ》まったように上げたマルゲの声が潤《うる》む。と、不意に馬車が大きく揺《ゆ》れた。窓の外を見やったマルゲがいぶかしげに眉《まゆ》を寄せ、壁越《かべご》しに御者台《ぎょしゃだい》へ声をかける。

「失礼ですが道を間違えていませんか？　この道はサランレッド公爵家への道では――」

がたんっ、ともう一度大きく馬車が揺れ、マルゲが声を途切《とぎ》れさせる。馬のいななきとともに馬車が停《と》まったかと思うと。

突然《とつぜん》、扉《とびら》が乱暴に開け放たれ、覆面《ふくめん》をかぶり、剣《けん》を佩《は》いた三人の男達が乗り込んできた。

「なんですかっ⁉　この馬車に乗っているのがどなたか知った上での狼藉《ろうぜき》ですか⁉」

さっと立ち上がったマルゲが、男達から私を庇《かば》うように前に立つ。私は驚きと恐怖《きょうふ》で声ひとつ出せない。リーダー格らしい男が、覆面のせいでくぐもった声を出した。

「もちろん、知ってのことさ。サランレッド公爵家の邪悪の娘が乗っているんだろう？」

男の言葉に私とマルゲが息を呑《の》む。男達に狙《ねら》われる心当たりなんてまったくない。だが、私達の様子に頓着《とんちゃく》せず男が言を継《つ》ぐ。

「おとなしくしてくれりゃあ、こっちも手荒《てあら》な真似《まね》をしないで済む。オレ達が用があるのは、そっちの嬢ちゃんだけなんだよ」

「冗談《じょうだん》はやめてください。お嬢様を渡《わた》すわけがないでしょう!?」

間髪《かんはつ》を容《い》れずにマルゲが鋭《するど》く言い返す。けれど、私を守ろうと広げたマルゲの両手がかすかに震《ふる》えているのに気づいた瞬間《しゅんかん》、反射的にマルゲを押しのけて前に出ていた。

「用があるのは私だけなのねっ!?　なら、マルゲには絶対に手を出さないでっ！」

この男達がいったいどんな理由で邪悪の娘の私なんかを狙ったのかわからない。怖《こわ》くてたまらない。けれど、私に巻き込まれてマルゲが怪我《けが》をするなんて、絶対に嫌《いや》だ！

「お嬢様っ！　前に出てはいけませんっ！」

血相を変えたマルゲが私を抱《だ》きしめて止めようとする。が、それより早く男の腕《うで》が私に伸びていた。入れ違《ちが》いに前に出た他《ほか》の男が、叫《さけ》ぼうとしたマルゲの口を、黒い靄《もや》を纏《まと》った布でふさぐ。途端、身をよじろうとしていたマルゲの身体から力が抜《ぬ》けてくずおれた。

「やめてっ！　マルゲにひどいことはしないでっ！」

男の手を振《ふ》り払《はら》おうとする私の口にも黒い靄が湧《わ》き立つ分厚い布が押し当てられ、強いお酒のような不快な臭《にお》いを反射的に吸いこんでしまう。

嫌っ、怖い……っ！　レイシェルト様……っ！

「気絶させるだけだ。あんたの潔《いさぎよ》さに免《めん》じてあの姉ちゃんには手を出さないでやるよ」

男の言葉を聞きながら、底無し沼《ぬま》に突《つ》き落とされたかのように、私の意識は暗い闇《やみ》の中に沈《しず》んでいった――。


暗い闇が私を包む。恐《おそ》ろしい。けれども同時に安堵《あんど》を覚える。

蔑《さげす》まれ、誰《だれ》にも見向きもされない邪悪の娘。蔑まれることに心が痛まないわけじゃないけれど、でも聖女とバレるより、ずっといい。

誰かの期待を裏切って失望されるなんて、もう二度と嫌だ。前世でお母さんの期待に応《こた》えられなかった私。今世でも、特別な聖女が生まれると予言されながら、黒髪《くろかみ》黒目で生まれたせいでお母様の期待を裏切った私。

誰も私に期待なんかしないで。私には応えられる力なんてない。

期待されて失望されるくらいなら、最初から誰の目にも留まらない陰《かげ》でいい。

でもこの陰は、なんて寒いんだろう……。

まるで凍《こご》えそうだと思った瞬間、身体《からだ》が昏《くら》い水の中にどぷりと沈む。水の冷たさに私は恐慌《きょうこう》に陥《おちい》った。

嫌……っ！　水は嫌……っ！

溺《おぼ》れ死んだ時のことを思い出して、身体が恐怖に動かなくなる。もがかなくてはと思うのに、鉛《なまり》と化したかのように動かない。

それでも、無明の闇の中、必死でひとすじの光を求める。

助けて。誰か……っ！　レイシェルト様……っ！

名を紡《つむ》いだ途端《とたん》、耳の奥でレイシェルト様の声が甦る。

『きみに少しでも自信を持ってもらいたかったんだ……』

午後の光が降りそそぐ救護院のベンチで、まるで祈《いの》るように言われた言葉。握られた手は、確かなあたたかさを伝えてくれて……。

私はあの時、レイシェルト様に――。


「う……っ」

意識を取り戻《もど》した私は、呻《うめ》いて重いまぶたをうっすらと開けた。途端、目の前に渦巻《うずま》いていたのは夜の闇——ううん、違う。これは、私の心が生み出した黒い靄だ。

もう一度目を閉じて、消えてしまえと強く念じる。大丈夫《だいじょうぶ》。夢の終わりに聞こえたレイシェルト様の柔《やわ》らかな声が、私に力を与《あた》えてくれる。「大丈夫、大丈夫」と呪文《じゅもん》のように心の中で呟き、風が塵《ちり》を吹《ふ》き飛ばすようなイメージで、自分自身の靄を祓《はら》う。

もう大丈夫だろうと、ゆっくり目を開けたところで。

「お嬢様、お目覚めかい？」

降ってきた声に、びくりと身体を震わせる。目の前に立っていたのは、覆面姿の男だ。声から察するに、リーダー格の男だろう。後ろにもうひとりいる男もきっと、馬車に乗り込んできたうちのひとりに違いない。

男達に視線を固定したまま、ゆっくりと身を起こす。手のひらに粗削《あらけず》りな木目がふれる。どうやら、木箱をいくつか並べて簡易ベッドにした上に寝《ね》かされていたらしい。

「ここはどこですか……!? それに、私なんかを攫《さら》って何をする気なんですか……っ!?」

周りを見回しながら男に尋《たず》ねる。どこかの古い店舗《てんぽ》か倉庫だろうか。部屋の中はさほど広くなく、物はほとんどない。窓はあるが、板が打ち付けられていて外は見えない。板の間から差し込む弱々しい光から、まだ日が暮れていないとかろうじてわかる程度だ。

目の前の男達は何者なのか。そして、馬車を襲《おそ》った理由は何なのか。私にはまったくわからない。マルゲがそばにいないということは、マルゲは見逃《みのが》してもらえたのだろうか。

不安に声を震わせながら問うと、なぜかリーダー格の男が驚いたように口笛を吹いた。

「へぇ。かなり強い澱《よど》みを吸わせたのに、起き抜けにふつうにしゃべれるなんて、さすが邪悪の娘《むすめ》サマだな。その見事な黒髪に黒い目……。こりゃあ期待大だ」

「どういう意味ですか……？」

男の言葉に、ひたひたと嫌な予感が胸に押し寄せる。手足を縛《しば》られていないのは、かよわい娘ひとり、どうとでもなると侮《あなど》られているからだと思っていた。

けれど、私を『邪悪の娘サマ』と呼ぶなんて……。

レイシェルト様やジェイスさんから聞いていた話が脳裏《のうり》をよぎる。

「あなた達は、邪教徒なんですか……？」

「だったらどうする？　おっと、変な真似はするんじゃねぇぞ？　あんたは邪神ディアブルガ様復活のための大事な鍵《かぎ》なんだ。何があろうと逃《に》がしたりしねぇぜ」

『邪神ディアブルガ様復活』という不穏極《ふおんきわ》まりない言葉に、さらに恐怖が募《つの》る。

「わ、私に何をさせる気ですか……っ!?　私が邪神復活の鍵って……!?」

問う声がどうしようもなく震え、かすれる。逃げなくちゃと思うのに、恐怖で頭が真っ白になって何も思い浮《う》かばない。

「ぴぃぴぃうるせぇ娘だな！」

苛立《いらだ》たしげな濁声《だみごえ》に、びくりと身体を強張《こわば》らせる。口を開いたのは、それまで黙《だま》っていたもうひとりの男だ。

「本当にこんな娘が邪神《じゃしん》ディアブルガ様復活の鍵になるのかよ？　確かに真っ黒な見た目だが、それ以外はその辺の小娘と変わらねぇじゃねえか。危険を冒《おか》して攫ったはいいが、役立たずだったっていうんじゃシャレになんねぇぜ。でもまぁ……」

「ひっ」

好色そうなまなざしを向けられ、喉《のど》の奥で悲鳴が潰《つぶ》れる。

「こいつが邪悪の娘だっていうんなら、こいつの絶望から生まれる澱みはどれほどのモンになるんだろうな？」

「よせ、まだ手は出すな。邪悪の娘サマには、イロイロと使い道があるんだとよ」

ぎし、と床板《ゆかいた》を鳴らして踏《ふ》み出した男を、リーダー格の男が短く制止する。

使い道とは何だろう。いったい私に何をさせるつもりなのか。

怖くてうまく息ができない。今すぐ耳をふさいでここから逃げ出したい。

心を覆《おお》う恐怖《きょうふ》に応じて、じわりじわりと私の足元から黒い靄がしみ出してくる。

消えて消えて、と心の中で必死に念じる。これが澱みの素《もと》なのだとしたら、黒い靄が見えないのだとしても、男達に知られるわけにはいかない。

けれど、祓っても祓っても、尽《つ》きぬ恐怖を源泉に、黒い靄はどんどん湧き出してくる。

靄から目を逸《そ》らすように固く目を閉じた途端、まならうに浮かんだのは光り輝《かがや》くようなレイシェルト様のお姿だ。

きっと、罰《ばち》が当たったんだ。私なんかが、分不相応にもレイシェルト様と一緒《いっしょ》に過ごしたりしたから。もしそうだとしたら、私はどんな目に遭《あ》ってもいい。だからレイシェルト様には何も悪いことは起こらないで……っ！

ぎゅっと胸の前で両手を握《にぎ》りしめ、祈った瞬間《しゅんかん》。

不意に、空気がざわめく。

聞こえてくるのは、いくつもの怒声《どせい》と叫《さけ》び声。鋼《はがね》が打ち合う音と、何人もの乱れた足音。

男達の反応は早かった。即座《そくざ》に腰《こし》の剣《けん》を抜《ぬ》き放ち、扉《とびら》を振り返ったところで。

ばんっ！　と扉が蹴《け》り開けられる。

リーダー格の男が反応するより早く、踏み込んできたレイシェルト様が握る抜き身の剣の切っ先が肩《かた》に突き立った。「ぐぅっ」と呻いた男の右手首を、素早《すばや》く剣を引いたレイシェルト様が斬《き》りつける。

がらん、と剣を落としたリーダー格の男を無視し、レイシェルト様が強引《ごういん》に前へ出る。

「てめぇっ！」

濁声の男が振るう剣を受け流し、巧《たく》みに位置取りを変えたレイシェルト様が、私を後ろに庇《かば》って剣を構える。鍛《きた》えられた広い背を、私は息をするのも忘れて呆然《ぼうぜん》と見つめた。

「エリシア嬢《じょう》！　無事かっ⁉」

いつもの穏《おだ》やかな美声とは打って変わった険しい声。

「は、はい……っ！」

反射的に頷《うなず》きながら、これは夢ではないかと疑う。心に思い描《えが》いたレイシェルト様が、私を助けに駆《か》けつけてくださるなんて。

「この建物は警備隊が包囲している。無駄《むだ》な抵抗《ていこう》はやめて投降しろ！」

油断なく剣を構えたレイシェルト様が告げる。が、濁声の男は戦意を挫《くじ》かれるどころか、こらえきれないとばかりに笑い出した。

「ほんとに王太子が助けに来るとはなっ！　邪悪の娘サマサマだぜ！　まだ二対一、こちらの有利は変わらねぇ」

濁声の男の後ろで、リーダー格の男が、血を流しながらも立ち上がる。部屋の外から聞こえる音は近づいてきているが、戦況《せんきょう》がどうなっているのか、ここからではわからない。

「へへっ。ひとりで先走ったのを悔《く》やむんだな」

濁声の男が嘲《あざけ》りの声を上げる。

「お前を動けない程度に痛めつけてから、目の前で邪悪の娘サマをひん剝《む》いてやるぜ。そうすりゃ王族の絶望に染まった心臓だって――」

「貴様っ！」

レイシェルト様の声が激昂《げっこう》にひび割れる。一瞬にして、黒い靄《もや》が全身から炎《ほのお》のように立ち上った。

「薄汚《うすぎたな》い口を閉じろっ！　エリシア嬢には指一本ふれさせん！」

電光石火で踏み込んだレイシェルト様の剣が、男の剣を跳《は》ね上げる。

がら空きになった胴《どう》に、素早く剣を引いたレイシェルト様の突《つ》きが叩《たた》き込まれる。

絶叫《ぜっきょう》が響《ひび》くがレイシェルト様の攻撃《こうげき》はまだやまない。黒い靄がレイシェルト様の全身を覆い隠《かく》すほどに濃《こ》く大きく湧《わ》き上がる。

「だめ……っ！」

このままでは男を殺してしまう。そう思った瞬間、思わず背中に飛びついていた。

「だめです！　私は無事ですから、これ以上は……っ！」

消えてと念じながら、必死に黒い靄を祓う。

私のせいでレイシェルト様が人殺しになるなんて、絶対に嫌《いや》だっ！

レイシェルト様が息を呑《の》む音が聞こえたが、縋《すが》りついたまま離《はな》れない。

黒い靄が、すべて消えたところで。

「殿下《でんか》！　ご無事ですか⁉」

ジェイスさんが他の警備隊員達と一緒に、開いたままの扉からなだれ込んでくる。怪我《けが》を負った男達を、警備隊員達がすぐさま拘束《こうそく》する。

「ひとりで突入《とつにゅう》されるなんて何を考えてるんですか!? エリシア嬢はっ!?」

「ジェイス様……」

呆然と立ち尽くすレイシェルト様の後ろからおずおずと顔を出すと、ジェイスさんが大きく息を吐《は》き出した。

「よかった、無事だったか……っ！」

「は、はいっ。私は何とも……。あのっ、マルゲは!? マルゲはどうしていますかっ!?」

「きみの侍女《じじょ》なら、すでに警備隊で保護しているよ。安心してくれ。怪我ひとつない」

「よかった……っ！」

ほっ、と心の底から安堵《あんど》の息をついた瞬間、緊張《きんちょう》の糸が切れた。かくん、と突然へたり込んだ私に、ジェイスさんが驚《おどろ》きの声を上げて駆け寄ろうとする。が、すぐにその姿が、振《ふ》り返ったレイシェルト様で隠れた。

「ジェイス。エリシア嬢はひどく混乱しているらしい。ここで落ち着かせたらすぐに合流するから……。先に戻《もど》っていてくれないか？」

剣を収めて床に両膝《りょうひざ》をついたレイシェルト様が、包み込むように私を抱《だ》き寄せる。優《やさ》しく背中を撫《な》でられて、私は初めて自分が震《ふる》えていることに気がついた。

「だ……」

大丈夫《だいじょうぶ》です、と告げたいのに、声がかすれて言葉にならない。

「こんなに震えて、大丈夫なはずがないだろう？」

レイシェルト様の腕《うで》に力がこもる。頼もしさにじわりと涙《なみだ》があふれてくる。

「……今だけだ。今だけ、お前に任せてやるから、落ち着いたらすぐに来いよ⁉　後始末が済んだら、すぐに迎《むか》えに来るからな⁉」

仕方がなさそうに吐息《といき》したジェイスさんが踵《きびす》を返す。ぱたりと扉が閉まり。

「怖《こわ》かっただろう？　だが、もう大丈夫だ。きみを傷つける者はもう誰《だれ》もいない」

強く抱きしめられ、穏やかな声で囁《ささや》かれた瞬間、こらえていた涙腺《るいせん》が決壊《けっかい》する。

「わ、わた……っ、怖……っ！」

ぎゅっと服を摑《つか》んで縋りついた私を、レイシェルト様が優しく受け止めてくれる。

「怖かったね。思いきり吐き出せばいい。ここはもう安全だから」

大きな手があやすように背中を撫でる。そのあたたかさに、強張っていた心と身体《からだ》が少しずつ融《と》けていく心地《ここち》がする。

恐怖を涙で洗い流すかのように、どれほど泣いていただろう。

ようやく落ち着いてきたところで、唐突《とうとつ》に今の状況《じょうきょう》を理解する。

わ、私……っ！　レイシェルト様になんてことを……っ！

「す、すみません……っ！」

あわてて身を離そうとすると、逆にぎゅっと抱きしめられた。泣きじゃくっていたせいで濡《ぬ》れた布地が頬《ほお》に当たる。

「無理はしなくていい。すぐに落ち着けるものではないだろう？」

骨ばった長い指先が乱れた髪《かみ》を優しく梳《す》く。

「い、いえっ、もう……っ！」

心臓が壊《こわ》れそうなほどうるさい。こんなにもどきどきしているのは、特殊《とくしゅ》な状況とはいえ、推《お》し様にハグされているからに違《ちが》いない。

「あ、あの、レイシェルト殿下はどうして……？」

動揺《どうよう》を紛《まぎ》らわせようとした拙《つたな》い問いに、レイシェルト様が「ああ」と頷く。

「きみと別れた後、妙《みょう》に胸騒《むなさわ》ぎがしてね。公爵家《こうしゃく》に向かっていたら、馬車が乗り捨てられていると騒ぎが聞こえたんだ。駆けつけると気絶したマルゲが騎士《きし》団に介抱《かいほう》されていて、きみの姿が見えなくて……。目撃情報を追って、町人街のこの倉庫へ辿《たど》り着いたんだ」

私を抱きしめる腕に、縋るように力がこもる。

「万が一、きみに何かあったらと思うと、心臓が潰《つぶ》れるかと思った……っ」

「だ、大丈夫です。レイシェルト殿下が助けてくださったので……っ」

軋《きし》むようなレイシェルト様の声を聞いているだけで、私の胸まで締《し》めつけられる。泣きはらした顔を見られたら余計に心配をかけそうで、うつむきがちにかぶりを振った。

「それに、男達は私の命をすぐに奪《うば》う気はなかったようです……。男達は私が邪神《じゃしん》復活の鍵《かぎ》だと言っていたんです……。私の絶望から取れる澱《よど》みはどれほどだろうかと……」

取り調べのために少しでも情報があるほうがいいだろうと、必死に思い出しながら伝える。けれど、どうしようもなく声と身体が震えるのを止められない。

もし、レイシェルト様が来てくれなかったら、いったいどんな目に遭《あ》わされていたのか、恐《おそ》ろしくて考えたくもない。

「っ⁉」

私の言葉に、息を呑んだレイシェルト様が強く拳《こぶし》を握り込む。

「邪教徒ども……っ！　あの程度で許してやるのではなかった……っ！」

怒《いか》りに満ちた低い声。揺蕩《たゆた》っていた黒い靄が勢いを増して炎のように立ち上る。

「い、いえ……っ」

レイシェルト様が私などのために怒《おこ》ってくださるのは、涙が出るほど嬉《うれ》しい。けれど。

ふるふるとかぶりを振りながら、握《にぎ》り込まれた拳を両手で包み込む。

「私の勝手な願いだとわかっていても……。それでも、レイシェルト殿下に人を殺《あや》めていただきたくはありません……っ！」

どうか黒い靄が消えるようにと、目を閉じ、黒い靄を祓《はら》う。

うつむく私の耳に、レイシェルト様がかすかに息を呑んだ音が届いた。

「今……っ⁉　いや、今だけではない。さっき、きみがわたしを止めてくれた時も……。

我《われ》を忘れるほどの怒りが、きみにふれられた途端《とたん》、綺麗《きれい》に消えた……。エリシア嬢《じょう》、これはきみの力なのか？　きみはもしや……？」

「ち、違いますっ！」

がばりと顔を上げ、懸命《けんめい》に首を横に振る。

「ちが……っ、違うんですっ！　私は……っ」

だめだ。絶対にだめだ。私が聖女の力を持っているなんて――。

絶対に、知られてはいけない。

けれど、レイシェルト様の強いまなざしが、ひたと私を見つめる。

「エリシア嬢、きみは――。聖女の力を持っているのではないか？」

「ち……」

違います、と。邪悪の娘《むすめ》が聖女だなんて、そんなわけありません。そう、言わなくちゃいけないとわかっているのに。

自ら危険に飛び込んでまで私を助けようとしてくれたレイシェルト様に嘘《うそ》をつくなんてできません……っ！

「は、い……」

偽《いつわ》りは許さないと言いたげに真っ直《す》ぐ見つめる碧《あお》い瞳《ひとみ》から顔を伏《ふ》せ、小さく頷《うなず》く。

途端、強い力で両肩《りょうかた》を摑まれた。

「どうして今までそんな大切なことを秘密にっ⁉　たとえ、黒髪であろうと、きみが澱みを祓う聖女の力を使えば、誰もが認めたはずだろう⁉」

こらえきれないように叫《さけ》んだレイシェルト様が、何かに気づいたように息を呑《の》む。

「もしや……っ⁉　黙《だま》っているように強《し》いられているのか⁉　セレイア嬢を当代唯一《ゆいいつ》の聖女とするために……っ！」

「ち、違いますっ！　そうではありませんっ！　誰も私が聖女だって知らないんです！　むしろ、私があの子に聖女の役目を押しつけているというか……っ！」

「押しつけている？　それはつまり……。きみは聖女になりたくないとでも……？」

レイシェルト様が信じられないと言いたげに目を瞠《みは》る。己《おのれ》の理解の埒外《らちがい》にあるものを見るようなまなざしは、言外に責めているかのようで。

どくんっ、と心臓が嫌《いや》な鼓動《こどう》を響《ひび》かせる。びくりと震えると、肩を包むレイシェルト様の手にわずかに力がこもった。初めておまじないに来た日に握りしめられていた、大きな手のひら。

私はもう、知っている。レイシェルト様だって好悪《こうお》の感情があるひとりの人間で。決して強いだけじゃなくて、心の中には不安を隠《かく》し持っていて――。

だからこそ、絶対に言えない。王太子の重責を背負って、それに負けずに前を向こうとしているレイシェルト様には、絶対に。

聖女になりたくないだなんて。聖女だと知られて期待をかけられた挙げ句、うまくできなくて前世と同じように失望されるのが怖い。だから、セレイアも聖女の力を持っているのをいいことに、聖女の責務から逃《に》げたんです、なんて。

私がそんな卑怯《ひきょう》者だと知ったら、どれほど軽蔑《けいべつ》されるだろう。考えるだけで身体の震えが止まらなくなる。

深くうつむいたまま声を出せないでいると、感情を押し殺すようなレイシェルト様の吐息が降ってきた。

「……すまない。怖い思いをしたばかりのきみに問いただすことではないな。きみのことだ。きっと何か事情があるのだろう？　だが今はまず、ゆっくりと休むべきだ」

レイシェルト様が身を離《はな》したかと思うと、そっと私を横抱《よこだ》きに抱き上げる。

「レ、レイシェルト殿下《でんか》っ!?　大丈夫《だいじょうぶ》ですっ！　自分の足で歩けますから……っ！」

あわてて身じろぎするも、レイシェルト様の腕《うで》はゆるまない。器用に扉《とびら》を開けて廊下《ろうか》へ出ていく。建物を出ると、何人もの警備隊員や騎士達が、忙《いそが》しそうに立ち働いていた。邪教徒達だろう、縛《しば》られた男達が何人もいる。いや、それだけではない。騒ぎを聞きつけたのだろう。寂《さび》れた倉庫の周りには、大勢のやじ馬が集まっていた。

レイシェルト様に横抱きにされた私を見た途端、やじ馬達の視線が集中し、思わず身を強張《こわば》らせる。

「おいっ！　あの娘、黒髪だぞっ！　恐ろしい……っ！　あれも邪教徒の一味なのか!?」

「ドレスを着て騎士様に抱き上げられてるんだ。邪教徒じゃないだろう。けど、黒髪だなんて不吉《ふきつ》な……っ！　澱みを身に受けて穢《けが》されたのか？」

「まだ若い娘さんなのに、気の毒に……」

事情を知らないやじ馬達が恐怖《きょうふ》や憐《あわれ》み、好奇《こうき》の視線とともに口々に囁《ささや》く声が嫌でも届く。

「お願いですっ！　下ろしてくださいっ！」

今はレイシェルト様が王太子だと気づかれていないけれど、もし王太子だとわかったら、きっと根も葉もない噂《うわさ》が流れるだろう。考えるだけで身体が震《ふる》える。

必死で身をよじると、レイシェルト様がそっと私を下ろしてくれた。と、羽織っていた上着を脱《ぬ》いで、ぱさりと頭の上から私にかぶせる。

ふわりとレイシェルト様の高貴な薫《かお》りが揺蕩い、ぱくんと心臓が跳《は》ねる。けれど……。

同時に、言いようもなく心が軋《きし》む。

レイシェルト様がやじ馬の好奇の視線に晒《さら》されないように、私を隠してくださったのはわかっている。なのに、どうしてこんなに心が痛いんだろう。

もし、私が黒髪じゃなかったら。今みたいに恐怖混じりの囁きを受けずに済んだのだろうか。まるで悪いものを隠すように、レイシェルト様に気を遣《つか》わせることもなく――。

転生した時から仕方がないと諦《あきら》めてきた黒髪が、今はどうしようもなく疎《うと》ましい。

「お嬢様っ！」

あふれ出しそうになった涙《なみだ》をこらえようと唇《くちびる》を噛《か》んだ途端、マルゲの声が耳に届く。

顔を上げると、上着の隙間《すきま》から、馬車を降りたマルゲがこちらへ全速力で駆《か》け寄ってくる姿が見えた。マルゲの無事な姿に安堵《あんど》のあまりよろめきそうになった身体《からだ》をレイシェルト様の力強い腕に支えられる。

「お怪我《けが》はっ⁉ 申し訳ございませんっ、わたくしがついていながら……っ！」

駆け寄った勢いのまま、マルゲが飛びついてくる。ひとりだったらマルゲともども後ろに倒《たお》れていたところだが、レイシェルト様が支えてくださっているので何とか耐《た》えられた。

「私は大丈夫だから自分を責めないで。それより、マルゲに怪我がないようで、本当によかった……！」

今さらながら恐怖が甦《よみがえ》ってきて、身体が震えそうになる。上着をかぶったまま、ぎゅっとマルゲを抱きしめ返すと、身体に回されたマルゲの腕にますます力がこもった。

「お嬢様はとんでもない御方《おかた》です！ 侍女《じじょ》のわたくしなどを庇《かば》われるなんて……っ！」

「マルゲ。彼女を頼《たの》めるだろうか。人目が多い。これ以上、好奇の視線に晒したくない」

上着越《ご》しにレイシェルト様の低い声が聞こえる。マルゲの反応は迅速《じんそく》だった。

「かしこまりました。お嬢様、離れへ帰りましょう。医師も手配いたします」

腕をほどいたマルゲが、私の手を取って歩き出す。かぶった上着越しにさえ、好奇の視線がこちらに集中しているのを感じる。レイシェルト様に背中を支えられ、マルゲに手を引かれていなかったら、足がすくんでつまずいていたかもしれない。

「手を」

馬車に乗り込もうとする私に、レイシェルト様がさっと手を差し出す。そっと手を重ねると、驚《おどろ》くほど強い力で握《にぎ》られた。

「本当にすまない……っ！　きみをこれほど恐《おそ》ろしい目に遭《あ》わせてしまうなんて、何と詫《わ》びればいいのか……っ！」

「何をおっしゃるのです⁉　決して、レイシェルト殿下のせいではありませんっ！　私が……」

分不相応にも、邪悪《じゃあく》の娘がレイシェルト様に近づいたせいなのだから。

上着がずれてしまいそうなほど激しくかぶりを振《ふ》り、想《おも》いを伝えるようにレイシェルト様の手を握り返す。

あたたかく骨ばった頼もしい手。今度こそ、この手にふれるのはこれが最後だ。邪教徒達の狙《ねら》いは、邪悪の娘である私だった。やっぱり私なんかが、レイシェルト様のおそばにいたのが間違《まちが》いだったんだ。

元のとおり――。ううん、前以上に人目につかないようにひっそりと生きていこう。

「助けていただき、本当にありがとうございました。……失礼いたします」

最後にきゅっと手を握り、想いを振り切るように馬車に乗り込む。座席に腰《こし》かけた途端《とたん》、胸の痛みに堰《せき》が切れたように涙があふれてきた。

ごめんなさい、ごめんなさい。レイシェルト様のご厚意《こうい》に甘えて、邪悪の娘ごときが分をわきまえずにご迷惑《めいわく》をおかけして申し訳ございません……っ！　これからはもう、決しておそばに近づいたりしませんから……っ！

前の通りに戻《もど》るだけなのに、なぜか涙が止まらない。がたんっ、と馬車が動き出した拍子《ひょうし》に、かぶさっていた上着がずれた。

「お嬢様……っ!?」

私が泣いているのに気づいたマルゲが目を瞠る。けれど、それに答えることもできず、私はぎゅっとレイシェルト様の上着を握りしめ、あふれる涙をこぼし続けた。

「エリシ――、っ！」

反射的に名を呼びそうになり、レイシェルトは唇を噛みしめてこらえる。伸《の》ばした腕は動き出した馬車に届くはずもなく、むなしく空を摑《つか》んだ。

不安に、心が轟《とどろ》いている。馬車が出る直前、ずれた上着の隙間から窓越しに見えたエリシアの横顔――。彼女は、明らかに泣いていた。

動揺《どうよう》に手が震えそうになり、ぐっと拳《こぶし》を握り込む。

「わたしは、間違ってしまったのか……？」

そっと上着をかけた時、震えていた細い肩《かた》を思い出す。彼女を不躾《ぶしつけ》な好奇の視線に晒したくないと、とっさに姿を隠させた。けれど……。

『誰《だれ》が何と言おうと、きみは決して邪悪の娘《むすめ》などではない。これからは、わたしがきみにひどい言葉をかけさせたりしない。だから……。一緒《いっしょ》に来てもらえないだろうか？』

自分自身が告げた言葉が、刃《やいば》のように心を貫《つらぬ》く。ずっとエリシアにそばにいてほしいと願うなら、自分が矢面《やおもて》に立ってでも、彼女を守らなければならなかったのに――。

その覚悟《かくご》が、足りていなかった。

突然《とつぜん》の誘拐騒《ゆうかいさわ》ぎに冷静な判断ができなかったなんて、言い訳にもならない。邪教徒達が不穏《ふおん》な動きをしているのは知っていた。邪教徒達が王族である自分を狙うなら、想いを寄せているエリシアを利用しようとする可能性を考えておかなければならなかったのに。

しかも、エリシアは――。

「どこへ行かれるんですっ!?」

駆け出そうとした肩を、後ろから伸びてきたジェイスの手に掴まれる。

「放せっ！　彼女を守らなければ……っ！」

さっき、レイシェルトの激昂《げっこう》を一瞬《いっしゅん》で祓《はら》ってみせたエリシアの力。何人もの聖者を見てきたレイシェルトは知っている。ふつうの聖者では、あそこまでのことはできない。大聖女のような特別な力でもなければ――。

「殿下が近づけば、余計にエリシア嬢《じょう》を危険に晒すだけでしょう⁉　どうして彼女が狙われたと思ってるんです⁉」

ジェイスの声が刃と化して胸を貫く。甦るのは邪教徒達の言葉だ。

邪教徒達がエリシアを狙ったのは、彼女が黒髪《くろかみ》黒目だからだけではなく、レイシェルトがエリシアに惹《ひ》かれていることを知っていたからだ。

「たとえ、エリシア嬢が聖女だったとしても、殿下が近づかなければ、狙われなかったはずだ！　ちゃんと警告しただろう、自重するようにと！　なのにあんたは彼女を危険に晒して傷つけた！」

怒《いか》りのあまり、ジェイスの言葉が『レイ』に対するものになる。だが、それを咎《とが》める余《よ》裕《ゆう》などなかった。

「……知って、いたのか」

ようやくジェイスを振り返り、呆然《ぼうぜん》と呟《つぶや》く。エリシアが頑《かたく》なに隠《かく》そうとしていた聖女の力。それをすでにジェイスは打ち明けられていたというのか。

凶暴《きょうぼう》な感情が胸の中に湧《わ》きあがる。自分がこれほど誰かに嫉妬《しっと》するなんて、思いもしなかった。

「もう俺は遠慮《えんりょ》なんかしない。彼女を守るのは、俺だ！　決して譲《ゆず》らない！」

レイシェルトの燃えるようなまなざしを真っ向から受け止め、ジェイスが宣戦布告する。

相手が王太子であろうとも引かない意志の強さに息を呑《の》むより早く。

「だめだ。それでも譲れない」

口が勝手に、想いを紡《つむ》ぐ。

「誰に何と言われようと、彼女だけは諦めない。彼女がわたしを救ってくれたからこそ、今ここに立っていられるんだ」

王太子の重責に潰《つぶ》れそうな心をすくい上げてくれたエリシア。完璧《かんぺき》な王太子ではなく、ひとりの人間として存在していいのだと……。真摯《しんし》に力づけてくれる彼女がいなければ、遠くない将来、きっと絶望に膝《ひざ》をついていた。

「たとえきみが相手でも譲らない。彼女はわたしが幸せにしてみせる……っ！」

別れ際《ぎわ》のエリシアの泣き顔が脳裏《のうり》に甦る。もう決して、あんな顔をさせたりしない。自分が不甲斐《ふがい》ないせいで恋《こい》しい人を傷つけるなんて、二度とする気はない。

「もう二度と邪教徒達にエリシアを狙わせはしない。邪教徒達はエリシアに、彼女が邪神復活の鍵《かぎ》だと言っていたそうだ。くわしくは取り調べねばわからんが、彼女の力を知っていた可能性がある」

「っ⁉　まさか……っ⁉　邪教徒達がそれを知っているはずが……っ！」

レイシェルトの言葉に、ジェイスが息を呑む。

「裏切り者が近くに潜《ひそ》んでいる可能性がある。今回捕《と》らえた邪教徒達の取り調べと同時に、裏切り者の調査も進めねばならん」

拳を握りしめて告げたレイシェルトに、ジェイスもまた片手を握りしめる。

「……わかった。エリシア嬢の安全が確保されるまでは、勝負をあずける。だが、俺は譲る気はない。ずっと彼女を見てきたんだ。次の神前試合で、殿下《でんか》ではなく、俺のほうが彼女にふさわしいんだと示してみせる」

「わたしも負けるつもりはない。受けて立とう」

誓約《せいやく》を交《か》わすように、握りしめた拳をジェイスと打ち合わせる。

エリシアも、神前試合の優勝も――。どちらも決して譲らないと、固い決意を込めて。


無意識にこぼれた溜息《ためいき》に、向かいのマルゲから気遣《きづか》わしげな声が上がり、私ははっと我《われ》に返った。あわてて取り繕《つくろ》うように笑《え》みを浮《う》かべ、テーブルの上のクッキーに手を伸ばす。

「見て、マルゲ！　今日もおいしそうに焼けたわね。やっぱりリリシスの花型は可愛《かわい》いわよねっ！　可愛い形だと、クッキーがさらにおいしく感じるわ」

先ほどマルゲと焼いたばかりの蜂蜜《はちみつ》たっぷりのクッキーをさくりとかじる。途端、バターの風味が口の中に広がった。

勇者をあらわすリリシスの花。いつもならレイシェルト様の尊さをたたえ、怒涛《どとう》の推《お》し語りをしてマルゲに呆《あき》れ顔をされるはずなのに……。

誘拐事件があった二日前から、推し活をする気力さえ、なくなっている。このクッキーだって、私があまりに沈《しず》んでいるのを見かねて、マルゲから焼こうと誘《さそ》ってくれたものだ。

いつもなら、「お嬢様ったら、いくら兄さんのお店で売るとはいえ、どれだけ同じクッキーを焼かれるのです⁉」とたしなめられるほどなのに。まだ事件が解決していないのに出歩くなんてとんでもないということで、まじない師のエリとしての活動もお休みだ。

ただでさえ誘拐事件で心労をかけたマルゲをこれ以上心配させてはいけない。頭では、わかっているのに。

ただ、前の私に戻《もど》っただけ。陰《かげ》からひっそりとレイシェルト様を推して、それだけで満足で……。願っていた姿に戻ったはず、なのに。

どうして、ずっと胸が苦しいんだろう。目を閉じれば脳裏に焼きついたレイシェルト様の尊いお姿やお言葉がいくらでも甦《よみがえ》るのに、どうして胸が軋《きし》んで涙《なみだ》があふれそうになるのか。自分の心のことなのに、理由を掴めない。

ひと口も飲んでいない紅茶のカップに視線を落としていると、離《はな》れのノッカーの音がした。離れに来る人なんて、出入りの商人くらいしかいないのに。

さっと立ち上がったマルゲが「確かめてまいります」と、部屋を出ていく。待つほどもなく、困惑《こんわく》顔のマルゲが戻ってきた。

「あの、警備隊長のエランド様がいらっしゃっていますが、いかがいたしましょう？」

「ジェイスさんが？」

誘拐事件以来、貴族街の警備担当の騎士《きし》団が離れを巡回《じゅんかい》していると聞いている。ジェイスさんは町人街の担当なので、警護にはついていないはずだけど……。

「お嬢様はエランド様をご存じなのですか？」

「ええ、ヒルデンさんのお店で、エリとして何度も会っていて……。それに、二日前、邪《じゃ》教徒《きょうと》の倉庫に突入した騎士の中にジェイスさんもいたの。頼《たよ》りがいのあるいい方よ」

マルゲの口調は、面会をお望みでなければ追い返しますよ、と言わんばかりだ。過保護ぶりを発揮するマルゲに、私は小さく笑ってかぶりを振《ふ》った。

「大丈夫《だいじょうぶ》、お会いするわ。きっと取り調べの関係で確認《かくにん》したいことがあるんでしょう」

せっかく来てくれたジェイスさんを追い返すなんて選択肢《せんたくし》はない。

「かしこまりました。では、少々お待ちを」

マルゲはすぐにジェイスさんを案内してくると、そのまま部屋を出ていく。紅茶の用意をするためだろう。ジェイスさんが入ってきたところで、私はさっと立ち上がると公爵《こうしやく》令嬢らしくスカートをつまんで丁寧《ていねい》におじぎした。

「ジェイス様。先日は助けていただき、誠《まこと》にありがとうございました」

「あ、ああ、いや。その、調子はどうなん……。いや、いかがですか？」

「どうぞ、話しやすい口調で楽になさってください」

たどたどしく言い直したジェイスさんに、演技ではない自然な笑みがこぼれ出る。

「お気遣いありがとうございます。ゆっくり休みましたので、もう大丈夫です。どうぞおかけください。邪教徒の取り調べの件でいらしたのでしょう？」

「それなんだが……」

椅子《いす》に腰《こし》かけたジェイスさんが精悍《せいかん》な面輪《おもわ》をしかめる。ジェイスさんの話によると、今回捕らえられた男達が、暗躍《あんやく》している邪教徒すべてではないらしい。私を攫《さら》った者達以外にも別の計画を企《たくら》んでいる者がいるそうだが、今回の逮捕《たいほ》者の中に全体の企みを知っている者はいなかったのだという。

「安心してくれ。公爵様に許可を取って、屋敷《やしき》の周りに騎士を配置している。もう二度と、危険な目になんざ遭《あ》わせねぇよ」

話を聞くうちにどんどん顔が強張《こわば》っていく私を気遣ってくれたのだろう。ジェイスさんが頼《たの》もしい声で断言する。

「だから、しばらくはひとりで出歩いたりせず……」

真剣《しんけん》な面持ちで注意したジェイスさんが、不意に「あー」とがしがしと髪《かみ》を掻《か》き乱す。

「すまねぇ。不安にするために来たワケじゃねぇんだ。ただ、エリのことだから無理して
ヒルデンさんの店に行くんじゃないかと心配でいても立ってもいられなくて……。ただただ、俺が顔を見たくて来たんだよ」

「え……？」

驚《おどろ》いて顔を上げた私を、ジェイスさんが真っ直《す》ぐに見据《みす》える。

「知ってたよ、ずっと。まじない師のエリが、サランレッド公爵家のエリシア嬢《じょう》だって」

「っ⁉」

息を呑《の》んだ私に、ジェイスさんがあわてて両手を振る。

「言っとくが、他言なんてしてねぇからな⁉ その、佇《たたず》まいや所作がどうにも平民らしくなくて、ヒルデンさんから無理やり聞き出したんだ。もしも何かあった時のためにって！

ただ……。エリが自分のことにはふれてほしくなさそうだったから黙《だま》ってたんだ……」

「じゃ、じゃあ、ジェイスさんは、ずっと私が邪悪の娘《むすめ》だって知ってたんですか……？」

ヒルデンさんのお店で話しかけてくれるジェイスさんは、いつも明るくて頼もしくて、
まるで気さくな親戚《しんせき》のお兄さんみたいで。嫌悪《けんお》感《かん》を持たれているなんて一度も感じたことがなかったから、まさか正体がバレているなんて、考えもしなかった。

私の問いかけに、ジェイスさんがためらうように視線をさまよわせる。けれど、迷いを断《た》ち切るように一度唇《くちびる》を引き結んだかと思うと、強いまなざしが真っ直ぐに私を貫《つらぬ》いた。

「知っていたのは、それだけじゃない。エリがおそらく聖女の力を持っているんだろうってことも、気づいてた」

「ど、どうして……っ!?」

心臓が凍《こお》りつく。こぼれた声はみっともないほどに震《ふる》え、かすれていた。今まで、マルゲでさえ、私が聖女だと疑ったことなどないのに。

「……二年も見てたら気づくさ」

低い声で告げたジェイスさんが、不意に柔《やわ》らかく微笑《ほほえ》む。

「ようやく打ち明けられて、ほっとしたよ。ずっと、こんな風にフード越《ご》しじゃなく話したいと思っていたんだ」

包み込むような笑顔に、強張っていた心がわずかにほぐれる心地《ここち》がする。と、ジェイスさんが悪戯《いたずら》っぽく唇を吊《つ》り上げた。

「エリの愛らしい顔も、十分に堪能《たんのう》できるしな」

「えぇっ!?　きゅ、急に何の冗談《じょうだん》を言い出すんですか……っ!?」

いくら私が沈んだ顔をしていたからと言って、こんな冗談は心臓に悪すぎる。

「冗談なんかじゃない。ずっと、そう言いたいと思っていたんだ」

胸に迫《せま》るようなジェイスさんの声。真っ直ぐなまなざしに何も言えなくなってしまう。

立ち上がったジェイスさんがテーブルを回り込み、私のすぐ前で立ち止まる。

「あ、あの……？」

戸惑《とまど》う私の動きを封《ふう》じるように、骨ばった大きな手のひらがそっと私の頬《ほお》を包み。

「……ずっと、伝えたかったことがあるんだ。神前試合で俺が優勝したら――」

「お嬢様。エランド伯爵《はくしゃく》令嬢様もお嬢様にお会いしたいといらしているのですが……？」

こんこん、とマルゲの声とともに扉《とびら》がノックされる。途端《とたん》、弾《はじ》かれたように退いたジェイスさんが、すっとんきょうな声を上げた。

「マリエンヌが!?　あいつめ、いったい……っ!?」

腹立たしげに告げたジェイスさんが「待っていてくれ、追い返してくる」と足早に部屋を出ていく。けれど、そう言われて待っていられるわけがない。私もあわててジェイスさんを追いかけて離れの玄関《げんかん》へと向かう。

「おいっ!?　マリエンヌ！　お前、どういうつもりだ!?」

ジェイスさんが厳しい声で妹に詰《つ》め寄る。が、マリエンヌ嬢は後ろにいる私を見るなり、ジェイスさんを無視して私へと突進《とっしん》してきた。

「エリシア嬢！　兄から誘拐《ゆうかい》事件のことを聞いて、心配しておりましたの……っ！　本当に、ご無事でよかったですわ！　こちら、お見舞《みま》いのお花ですの」

マリエンヌ嬢が差し出してくれたのは、リボンで束ねられたリリシスの花束だった。

いつもなら、歓声《かんせい》を上げて喜ぶだろうリリシスの花。けれど、今の私の心とは真逆の澄《す》んだ空のような青色を見た途端、あふれてきたのは涙だった。

「エリ……っ⁉　やっぱりあの時、何かあったんだろう⁉　あいつに何か余計なことを言われたのかっ⁉」

こらえきれない様子でジェイスさんが私の肩《かた》を摑《つか》む。けれど、私は力なくかぶりを振ることしかできない。

「ちが……っ、違《ちが》うんですっ！　レイシェルト殿下《でんか》は何も悪くありませんっ！　私が勝手にレイシェルト殿下を──、っ⁉」

反射的に抗弁《こうべん》しかけ、息を吞む。

──今、私は何と言おうとしたんだろう。『推《お》している』じゃなくて、『好きになってしまったから』と、言おうとするなんて……っ！

「お嬢様っ⁉」

「エリ⁉」

突然、花束を持ったまま、へにゃりと膝《ひざ》から床《ゆか》にくずおれた私に、マルゲ達があわてふためく。ジェイスさんが支えようとしてくれたが、身体《からだ》に力が入らない。

大きくて頼もしいジェイスさんの手。なのに、私の心が違うと叫《さけ》んでいる。

って、待って。待って待って待って！

レイシェルト様は推し様で。輝《かがや》く神聖な太陽に他《ほか》ならなくて。絶対に手の届きようがない御方《おかた》なのに、推し様を『好き』だなんて——。

「エリシア嬢！　どうなさいましたの⁉」

「マリエンヌ嬢……っ！　申し訳ありません……っ！」

私にあわせて床に膝をついたマリエンヌ嬢に、深くうつむいて詫《わ》びる。邪悪の娘がレイシェルト様を想《おも》っているなんて、レイシェルト様を推しているマリエンヌ嬢が知ったら、どれほど不快に思うだろう。

『邪悪の娘が、穢《けが》らわしいっ！』

お母様やセレイアに何度も投げつけられた言葉が頭の中を巡《めぐ》り、身体が勝手に震え出す。

邪悪の娘である私が、光り輝くレイシェルト様を想っていいはずなんてない、のに。

「どうか落ち着いてくださいませ。わたくしに謝られる必要なんてございませんわ」

マリエンヌ嬢が、震えながら花束を抱《だ》きしめる私の手に、そっとふれる。

「いいえ……っ！　私、罰《ばち》が当たったのです！　邪悪の娘の私なんかがレイシェルト殿下のおそばにいたから……っ！　マリエンヌ嬢もご不快でしたでしょう……？」

「何をおっしゃいますのっ⁉」

告げた瞬間《しゅんかん》、手を握《にぎ》るマリエンヌ嬢の指先にぐっと力がこもる。

「そんなこと、思うはずがありませんわ！　わたくし達はお友達ではありませんの！」

「っ!?　……おとも、だち……？」

予想だにしなかった言葉に、呆《ほう》けた声がこぼれ出る。マリエンヌ嬢《じょう》が力強く頷《うなず》いた。

「つい先日、町人街のお店で言いましたでしょう？　あなたとお友達になりたいと！　その言葉に嘘偽《うそいつわ》りはありませんわ！」

「で、でも……っ」

あの時の私はまじない師のエリで、マリエンヌ嬢も私が邪悪の娘とは知らなくて……。

「おい、マリエンヌ。いつ気づいたんだ？　俺は話していないだろう？」

ジェイスさんが低い声で妹に問いかける。マリエンヌ嬢があっさりと肩をすくめた。

「お兄様ったら隠《かく》しごとが下手《へた》なんですもの。まじない師のエリがエリシア嬢だと推測くらいつきますわ。――そんなことより！」

マリエンヌ嬢が真っ直ぐに私と視線を合わせる。

「ほんの短い間のやりとりだけでも、あなたが貴族達の間で言われているような悪い方ではないことや、レイシェルト殿下に心から憧《あこが》れてらっしゃることはわかりますわ！　何より、友人が幸せそうにしているのを喜ばぬ理由が、どこにありますの!?」

マリエンヌ嬢の言葉が、暗闇《くらやみ》に射すひとすじの光のように私の心を照らす。

レイシェルト様を想うことを、許してもらえるのだろうか。この恋《こい》が実ることとなんて決してないとわかっているけれど、せめて――。

立派な王太子であろうと努力を重ねるあの方の小さな助けになることを。

こんな風に私を想ってくれる人の言葉を素直《すなお》に受け入れられるようになったのは、まぎれもなくレイシェルト様が私に優《やさ》しい言葉をかけ続けてくれたおかげだから。

「ありがとう、ございます……」

腕《うで》の中のリリシスの花束をそっと優しく抱きしめる。切なく疼《うず》く恋心を慰《なぐさ》めるように。

大丈夫《だいじょうぶ》。きっと、この胸の痛みはいっときだけ。慣れたらきっと……。前みたいに、ただただレイシェルト様のお幸せを願って推せる……はず。

「お嬢様」

マルゲがそっとハンカチを差し出してくれる。マリエンヌ嬢とつないでいた手を放し、受け取って涙《なみだ》をぬぐうと、ジェイスさんとマリエンヌ嬢がほっとした表情を見せた。

立ち上がり、改めて二人に深々と頭を下げる。

「お二人とも、本当にありがとうございました。お二人のおかげで……。少し、元気になれました」

「よかったわ。けれど、無理はなさらないでね。近いうちに、わたくしともお茶会をいたしましょう！　それとも、町人街のお店のほうがいいかしら？」

「いや、それはだめだ。しばらくはひとりで出歩かないほうがいい」

マリエンヌ嬢の言葉に、ジェイスさんがきっぱりとかぶりを振《ふ》る。と、私を見て安心させるように微笑《ほほえ》んだ。

「騎士《きし》団もいるし、俺もできる限り警護につくようにする。もう前みたいなことは、決して起こさせないさ」

「はい……」

邪教徒《じゃきょうと》が邪神復活の鍵《かぎ》として、私をどう使おうとしていたのか、くわしい事情はわからない。けれど、ジェイスさんの言うとおり、しばらくは離《はな》れから出ないほうがいいだろう。

「大丈夫だ。邪教徒達を捕《つか》まえられるよう捜索《そうさく》は続けている。神前試合への応援《おうえん》にも行けるさ。……俺が優勝できるように応援してくれるだろう？」

ジェイスさんが悪戯っぽく片目をつむる。自信にあふれた様子に、私も自然と笑《え》みがこぼれた。

「レイシェルト殿下もジェイスさんも、どちらも応援いたします」

「……いいさ、今はそれでも」

ジェイスさんが仕方がなさそうに笑う。

神前試合の観覧は王妃《おうひ》様にお誘《さそ》いをいただいている。けれど、これ以上、レイシェルト様にご迷惑《めいわく》はかけられない。不敬だけれどもお断りして……。当日は、そっと陰《かげ》から見守らせていただこう。

祓《はら》いの儀式《ぎしき》の打ち合わせで王城へ来ていたセレイアが、王城付きの侍女《じじょ》に呼び止められたのは、サランレッド公爵《こうしゃく》家の侍女とともに、馬車停《ど》めへ向かっている途中《とちゅう》だった。

「聖女様にお伝えしたい大切な事柄《ことがら》がございます」

恭《うやうや》しく一礼した侍女には見覚えがある。セレイアの姿をロブセルとかいう宮廷《きゅうてい》画家に描《か》かせた時に同席していた侍女だ。だが、たかが侍女ごときが聖女であるセレイアを呼び止めるとは。いくら王城の侍女とはいえ不敬極《きわ》まる。

「あなたごときがわたくしに話があると？　大切な話というのでしたら、レイシェルト殿下や陛下からうかがうべきでしょう？」

レイシェルトの名を紡《つむ》ぐだけで、セレイアの心の中に小さな炎《ほのお》が灯《とも》る。

幼い頃《ころ》から、ずっと憧れてきた。聖女としての役目を果たすようになってから、ことあるごとに母から言われてきたものだ。

『聖女であるセレイアちゃんは、将来レイシェルト殿下《でんか》と結婚《けっこん》して、この国の王妃様になるの。あなた以上に未来の王妃にふさわしい令嬢《れいじょう》はいないわ！』

何度も聞かされるうち、セレイアの中でレイシェルトと結ばれることは決定事項《じこう》になっていた。けれど……。

「大切なお話というのは、王太子殿下についてですわ」

まるで、セレイアの心を読んだかのように侍女が告げる。

「何ですって？」

セレイアはいぶかしげに眉《まゆ》を寄せ、侍女を睨《にら》みつける。が、侍女ははぐらかすように薄《うす》く笑みを浮《う》かべた。

「人が通る廊下《ろうか》で申し上げるのははばかられますわ。どうぞ、おひとりでこちらへ」

侍女がそばの扉《とびら》を開け、セレイアを招く。一瞬迷うが、セレイアは供をしていた己《おのれ》の侍女に廊下で待つように告げると、続いて扉をくぐった。どうやら空き部屋らしい。部屋の中はカーテンの間から光が差し込むだけで薄暗く、家具には埃《ほこり》よけの布がかけられている。

「それで、レイシェルト殿下のことで何の話があるといいますの？」

セレイアは鋭《するど》い声で問いただす。だが、侍女が浮かべたのは小憎《こにく》らしい薄ら笑いだった。

「あら。ご聡明《そうめい》なセレイア様なら、推察がついていると思いますが……。もちろん、王太子殿下のお心が向いている先についてですわ」

「っ！」

侍女の言葉に反射的に息を呑《の》む。セレイアを見た侍女が、くすりと唇《くちびる》を吊《つ》り上げた。

「お気づきなのでしょう？　王太子殿下のお心が、どなたに向いているのか──。セレイア様は、眼中に入っていないと」

「お黙《だま》りなさいっ！」

ひび割れた叫《さけ》びが口をついて出る。

「あんなもの、一時の気の迷いに決まっていますわ！　勇者の血を受け継《つ》がれるレイシェルト殿下が、邪悪の娘《むすめ》なんかにご執心《しゅうしん》だなんて、そんなことあるわけが……っ！」

「あるわけがない？　ご自身の目で見られたのでしょう？」

「っ⁉」

とっさに脳裏《のうり》をよぎったのは、レイシェルトがロブセルとともにエリシアを迎《むか》えに来た時のことだ。レイシェルトがエリシアに向けていた、とろけるような甘やかな笑み――。

聖女であるセレイアは、王城の行事のたびにレイシェルトと親しく言葉を交《か》わしている。

セレイアと話すレイシェルトはいつも、端整《たんせい》な面輪《おもわ》ににこやかな笑みを浮かべ、優しくて……。それは、ゆくゆくはセレイアと婚約するからこその優しさなのだと信じていた。

レイシェルトとろくに言葉を交わしたこともない有象無象《うぞうむぞう》の令嬢達とは、一線を画しているのだと。なのに。

エリシアへ向ける笑みを目にした瞬間《しゅんかん》、思い知らされた。

セレイアもまた、見下してきた令嬢達と何ら変わりはないのだと。ただ、聖女であるがゆえに、他の令嬢達よりもほんの少し丁重《ていちょう》に扱《あつか》われていただけ――。

だって、レイシェルトはエリシアに向けるような、見ているほうまで心がくすぐったくなる柔《やわ》らかで甘い笑顔を向けてくれたことなんて、一度もない。気づいた瞬間、目の前が真っ暗な闇《やみ》に閉《と》ざされたようなあの衝撃《しょうげき》を、セレイアは忘れられないだろう。

聖女として、また両親に溺愛《できあい》される公爵令嬢として、セレイアは幼い頃から望むものをすべて手に入れてきた。たった四歳の頃から毎日水垢離《みずごり》をし、聖女の務めを果たしてきたのはみんな……。いつの日か、レイシェルトの隣《となり》に立つためだというのに。

よりによって、邪悪の娘として蔑《さげす》んできたエリシアが、何の努力もなくあっさりとレイシェルトの心を奪《うば》ってしまうなんて。

レイシェルトがティアルトのお茶会にエリシアを誘うのを聞いた時、セレイアはこれはいっときの悪夢なのだと思った。きっとレイシェルトは邪悪の娘に好奇心《こうきしん》を持っただけ。どうせすぐに呆《あき》れ果て、邪悪の娘を蔑むに違《ちが》いない、と。そう信じていたのに。

ロブセルのアトリエに行くのだと迎えに来たレイシェルトは、エリシアに呆れ果てるどころか、セレイアと母を厳しく叱責《しっせき》し、公爵にエリシアの待遇《たいぐう》改善を求め――。

エリシアに向けていた甘やかな笑みが脳裏から離れない。

わざわざ自分からエリシアの手を取ってエスコートして……。セレイアにはいつも礼儀正しく一線を引いていて、そんな風にふれてくれたことなんて、一度もない。

くすくすと笑う侍女の声に、思考の海に沈《しず》んでいたセレイアは我《われ》に返る。

「あなたはわたくしを怒《おこ》らせるために、わざわざ呼び止めたんですの？」

セレイアは怒《いか》りも露《あら》わに侍女を睨みつける。

「とんでもないことでございます。わたくしはただ、聖女様のお力になりたいと願って、お声をかけさせていただいたのです。こちらをセレイア様にお贈《おく》りしたいと思いまして」

侍女がもったいぶった様子でポケットから取り出し、包んでいた絹布をはらりと外して見せたのは、手のひらよりも小さい硝子《ガラス》の小瓶《こびん》だ。中には薄紅色の液体が入っている。

「こちらは、愛の秘薬でございます。想《おも》いを込《こ》めた秘薬を意中の方に飲ませれば、相手は飲ませた方に夢中になってしまうとか……」

「……わたくしにそんなものが必要だと？」

そんな怪《あや》しげな薬に頼《たよ》るなど……。まるで、レイシェルトの眼中に入っていないと自ら認めるようなものではないか。

「そもそも、そんな秘薬があるのなら、自分自身で使えばいいでしょう？　わたくしに贈る意図がわからないわ」

冷ややかに問うたセレイアに、侍女は恐縮《きょうしゅく》したようにかぶりを振《ふ》る。

「侍女であるわたくしが王太子殿下と釣《つ》り合わぬことは重々承知しております。そんなことより……」

それまで淡々《たんたん》と話していた侍女が、不意に憎々《にくにく》しげに唇を歪《ゆが》める。

「邪悪の娘が王太子殿下と結ばれる事態など、許せるはずがございませんっ！」

まるで背中から黒い炎が立ち上るかのような侍女の怒りに、セレイアは小さく息を呑《の》む。

今までの恭しい態度とは一線を画す生々しい感情の発露《はつろ》。だが、それがセレイアの心に、侍女の言葉を信じてもいいかもしれないという気持ちを起こさせる。

そうだ。邪悪の娘なんかがレイシェルトと結ばれるなど……。

そんな事態、あっていいはずがない。

「でも……。愛の秘薬なんて、聞いたことがないわ」

「知る者が限られているからこその秘薬ですわ」

セレイアの不安を払《はら》うように侍女が微笑《ほほえ》む。なおもためらうセレイアを挑発《ちょうはつ》するように、侍女が小瓶を揺《ゆ》らした。

「セレイア様がご不要というのならよいのです。セレイア様には劣《おと》ってしまいますが、他のご令嬢にお渡《わた》しするだけでございますから。ああ、そういえば……」

侍女がセレイアを見やり、目を細める。

「王太子殿下はロブセル様に邪悪の娘と並んだ絵を描かせているそうですわね？」

「っ⁉」

前ぶれもなく与《あた》えられた情報に息を呑む。セレイアがどれほどねだっても、レイシェルトは二人で並んだ絵を描く許可などくれなかったというのに。

「……その瓶の中身を、レイシェルト殿下に飲ませればよいのね？」

「はい、邪悪の娘に負けぬようにとセレイア様が想いを込めれば込めるほど、効果が発揮されるそうですわ」

歩み寄った侍女が、差し出したセレイアの手に絹布に包み直した小瓶をそっと握《にぎ》らせる。

「ですが、愛の秘薬であることを知られれば、力を失ってしまうとか……。どうか、わたくしがこれをさしあげたことはご内密に」

「もちろんよ。誰《だれ》にも言ったりしないわ」

小瓶を握りしめ、決然と頷《うなず》く。

こんなものに頼ったと余人に知られるなど、セレイアの誇《ほこ》りが許さない。それでも。

決してエリシアにレイシェルトを渡したりなどしないと、セレイアは唇を噛《か》みしめた。

第五章 ✦ 私の本当の気持ちは――。

Chapter ✦ 05

ふだんは人の姿などなく、鹿《しか》やうさぎ、鳥達が憩《いこ》う場であろう森に囲まれたリーシェンデル湖の岸辺には、神前試合に出場する騎士《きし》達と、その後の祓《はら》いの儀式《ぎしき》に備える聖者達、そして観戦する貴族とおつきの従者達が詰《つ》めかけていた。

神前試合に出場する騎士達の金属鎧《よろい》が、春の陽射《ひざ》しを跳《は》ね返してきらめいている。

岸辺近くに立つ神殿《しんでん》はさほど大きくはないが、歴史を感じさせる古めかしい彫刻《ちょうこく》や佇《たたず》まいは、見ているだけで自然と敬虔《けいけん》な気持ちが湧《わ》きおこる。

神殿の前は一か所だけ、円形に綺麗《きれい》に草が引き抜《ぬ》かれ、色鮮《いろあざ》やかなリボンが張られた杭《くい》が立てられている。ここが光神アルスデウスに捧《ささ》げる神前試合が行われる闘技場《とうぎ》となり、神前試合の後は祓いの儀式が行われる場所だ。闘技場の周りには観覧用の色とりどりの天幕が張られ、きらびやかに着飾《きかざ》った貴族や令嬢《れいじょう》達が優雅《ゆうが》に笑いさざめいていた。

尚武《しょうぶ》の気風が強いアルスデウス王国においては、武芸の強さは十分に出世の理由となる。剣《けん》の腕《うで》で身を立てようとする者にとっては、今日は年に一度の大チャンスだ。出場する騎士達の顔は、戦意と緊張《きんちょう》に引き締《し》まっている。

一方、令嬢達にとっては、お目当ての騎士に誰はばかることなく声援《せいえん》を送れる日であり、娘《むすめ》を持つ貴族達にとっては、婿《むこ》候補を見定める機会のひとつでもある。会場が祭りの日のような浮《う》き立った空気に包まれているのは、そのためだろう。

本当は、私なんかがこんな晴れやかな場に来てはいけないのかもしれない。だけど……。どうしても、レイシェルト様を応援したかった。レイシェルト様には気づかれなくていい。ううん、むしろ気づかれないほうがいい。ただ、陰《かげ》からそっとレイシェルト様の勇姿を目に焼きつけ、声援を送ることができたなら……。

これを最後に、もう二度とおそばに近づかないようにしよう。

騎士団から派遣《はけん》された護衛の騎士に付き添《そ》われて会場の端《はし》のほうで馬車を降りると、途端《とたん》に貴族達の視線が集中した。まなざしに宿るのは、隠《かく》そうともしない侮蔑《ぶべつ》と嫌悪《けんお》だ。

「なんと忌《い》ま忌ましい……。邪悪の娘が神前試合を観覧するとは。身の程《ほど》を知れ」

「ねぇ、ご存じ？　なんでも邪教徒達に攫《さら》われたっていう噂《うわさ》じゃない。きっと、攫われたんじゃなくて、最初から手を組んでいたのよ」

「なんて恐《おそ》ろしいの……っ！　よくこの場に顔を出せたものね！」

聞こえよがしの罵声《ばせい》が聞こえる。貴族達の顔すら隠すほど周りに漂《ただよ》うのは黒い靄《もや》だ。

私はぎゅっと唇《くちびる》を引き結ぶ。大丈夫《だいじょうぶ》、邪教徒達に攫われた時の恐怖《きょうふ》に比べたら、大したことはない。うつむき、令嬢達から流れ出す黒い靄を見ないようにしていると。

「嫌《いや》ですこと。清々《すがすが》しい晴天だというのに、穏《おだ》やかな小鳥のさえずりではなく、悪意に満ちてかしましい烏《からす》のしわがれ声が聞こえてくるなんて。不愉快極《ふゆかいきわ》まりないですわ」

独り言めいた声が、貴族達の口を縫《ぬ》い留める。あわてて頭を垂《こうべ》れた貴族達の間から姿を現したのは、王妃《おうひ》様だった。隣《となり》にはティアルト様のお姿も見える。

「エリシア嬢。わたくしの誘《さそ》いに応じてくれてありがとう。会えて嬉《うれ》しいわ」

頭を下げる私へ歩み寄った王妃様が、明るい声をかけてくださる。

「先日はお見舞《みま》いのお手紙を賜《たまわ》り、誠《まこと》にありがとうございました。ですが……」

お見舞いの返信で、観覧のお誘いは丁重《ていちょう》に辞退したはずだ。何か手違《てちが》いがあったのかもしれない。私が言葉を続けるより早く、スカートをつまんでいた手を王妃様に摑《つか》まれた。

「攫われたと聞いて、本当に心配していたのよ。あなたには何の咎《とが》もないというのに……。あなたが無事で、本当によかったわ」

王妃様の言葉に、事情を知った上であえてお声をかけてくださったのだと理解する。私が蔑《さげす》まれているのを見て、少しでも私を慰《なぐさ》めようと、自らの評判が落ちる可能性も厭《いと》わず、話しかけてくださったのだと。王妃様の心遣《こころづか》いに涙《なみだ》があふれそうになる。

「王妃様……。お心遣いに感謝いたします」

手を握り返すと、私の着ている空色のドレスを見た王妃様が、にこやかに微笑んだ。

「そのドレスはレイシェルト様と選んだドレスかしら？　とてもよく似合っているわね」

「あ、ありがとうございます……っ」

レイシェルト様に逢《あ》う資格のない私だけれど、せめて今日だけは一緒に選んだレイシェルト様の瞳の色のドレスを着て応援したかったのだ。その想いを見透かされたようで頬が熱くなる。

「僕も……。とても心配していました」

王妃様の隣に立つティアルト様が、つぶらな瞳《ひとみ》に不安をにじませて私を見上げる。

「兄様がエリシア嬢を助けたと聞きましたが……。大変だったんでしょう？　帰ってこられてから、兄様はずっと険しいお顔をなさっていて……」

「っ！」

前ぶれもなくもたらされた情報に、思わず息を呑《の》む。やっぱり、レイシェルト様のご迷《めい》惑《わく》になっていたんだ……っ！　己《おのれ》が犯《おか》した大罪を突《つ》きつけられて、目の前が真っ暗になる。

「エリシア嬢、大丈夫？」

王妃様に強く手を握られて我《われ》に返る。私に身を寄せた王妃様が低い声で囁《ささや》いた。

「あなたに声をかけたのは、レイシェルト様のことがあったからなの。誘拐《ゆうかい》事件の日以来、どうにも思いつめた様子で……。レイシェルト様のお心をこんなに乱すなんて、あなた以外に考えられないわ。ねえ、あなた達の間に、いったい何があったの？」

「それ、は……」

レイシェルト様は聖女の務めから逃《に》げている私に呆《あき》れられたに違いない。けれど、聖女の力のことを明かしても、すぐに信じてもらえるとは思えない。

うつむき言い淀《よど》む私の耳に、王妃様の優《やさ》しい声が届く。

「いったい何があったのかわかりませんけれど……。このままでいいはずがありませんわ。ちゃんと話し合って、仲直りをしなくてはね」

「で、ですが……」

どんな顔でレイシェルト様にお会いすればいいのかわからない。及《およ》び腰《ごし》になっていると、王妃様が「もうっ！」と焦《じ》れたように声を上げた。

「これは王妃命令です！　あなたは今日、わたくしの天幕で一緒《いっしょ》に神前試合を観戦して、レイシェルト様を応援すること！　そして神前試合と祓いの儀式が終わった後で、ちゃんとレイシェルト様と話し合いをなさい！　レイシェルト様とあなたがぎくしゃくしていては、気になってわたくしもティアルトも、夜も眠《ねむ》れませんわ！　よろしくて!?」

「は、はいっ！」

王妃然とした物言いに、反射的に背筋を伸《の》ばして頷《うなず》くと、王妃様が満足そうに頷いた。

「それでいいわ。さあ、わたくしの天幕にいらして」

「ありがとうございます。本当に、なんとお礼を申し上げればよいのか……っ！」

王妃様の優しさに、心の中にあたたかな感情があふれてくる。

最後に、レイシェルト様に心からお詫《わ》び申し上げよう。ただ心から謝罪して、少しでもレイシェルト様の気持ちを晴らすことができたら、もうそれだけでいい。

たとえそれで、レイシェルト様に絶縁《ぜつえん》を言い渡《わた》されたとしても……。身が裂《さ》かれるほどつらくても、それがレイシェルト様の安寧《あんねい》のためだというのなら、耐《た》えてみせる。

私の警護は王妃様達を守る近衛《このえ》騎士団が請《う》け負ってくれるということで、護衛の騎士と別れて王妃様の天幕へ向かう。用意された椅子《いす》に腰を落ち着けたところで、闘技場の中央に国王陛下が進み出て、神前試合の開会を宣言した。

「うふふ。今年はどんな熱い戦いが見られるのか楽しみね！」

私の隣に座られた王妃様が、口元をほころばせる。

「エリシア嬢！　一緒に兄様を応援しましょう！」

「はい……っ！」

王妃様を挟《はさ》んで座るティアルト様の明るい声に、大きく頷く。

レイシェルト様……っ！　せめて今だけは、レイシェルト様の勝利を心からお祈《いの》りさせてくださいませ……っ！

トーナメント形式で行われる神前試合は、騎士達の戦いぶりに熱い応援を送っているうちに、どんどん進んでいった。

白銀の鎧《よろい》に身を包んだレイシェルト様の見事な剣技《けんぎ》は、見惚《みほ》れずにはいられない素晴《すば》らしさで……。特等席で観戦を許してくださった王妃様には本当に感謝しかない。

準決勝でレイシェルト様が戦った相手は、去年、優勝した巨漢《きよかん》の騎士だった。試合のため、使われている剣は真剣ではなく刃《は》を丸めているものだが、もちろん当たれば打ち身になるし、場合によっては大怪我《おおけが》を負う。

レイシェルト様を打ち負かそうと、観覧席にまで風を斬《き》る音が聞こえそうな勢いで剣を振《ふ》るう巨漢の騎士に、私も王妃様もティアルト様も、果たして怪我無く試合が終わるのかと、血の気を失《な》くしたほどだ。

だが、レイシェルト様は引くどころか自ら前へ出て果敢《かかん》に攻《せ》め立て……。激戦を制し、なんとか勝利を摑んだ時にはもう、息を詰《つ》めすぎて窒息《ちっそく》しそうになっていた。王妃様やティアルト様も同じだっただろう。

一方、ジェイスさんも力強い戦いぶりで順調に勝ち進み……。

決勝戦に進出したのは、レイシェルト様とジェイスさんの二人だった。

王族であるレイシェルト様は、必ず祓《はら》いの儀式《ぎしき》に参加するため、この時点でもうひとりの騎士はジェイスさんに確定する。けれど、美丈夫《びじょうふ》二人が優勝を争うとあって、会場は令《れい》嬢《じょう》達を中心に熱気に包まれている。

私としては、レイシェルト様もジェイスさんも、どちらも応援《おうえん》したい。けれど……。どちらに勝ってほしいかと問われたら、迷うことなくレイシェルト様だと答える。

王太子として認められるために、レイシェルト様がどれほど努力しているのか知っている。神前試合で優勝すれば、レイシェルト様の名声はさらに高まるだろう。

私には、ただただレイシェルト様の勝利をお祈りすることしかできないけれど……っ！

「義母上《ははうえ》、ティアルト。応援ありがとうございます」

固く目を閉じ、一心に祈りを捧《ささ》げていた私は、不意に近くで聞こえたレイシェルト様の声に、はっとして顔を上げた。

白銀の鎧に身を包んで腰に試合用の剣を佩《は》き、兜《かぶと》を小脇《こわき》に抱《かか》えたレイシェルト様が、王《おう》妃《ひ》様に恭《うやうや》しく話しかけている。決勝戦を前に、挨拶《あいさつ》に来られたのだろう。後ろにはスケッチ用だろう紙の束を抱えたロブセルさんが控《ひか》えている。そういえば、王妃様は神前試合が始まる直前、ロブセルさんを呼んで、今日のレイシェルト様の麗《うるわ》しい勇姿を永遠に留《とど》めておけるよう、素晴らしい絵画を描《か》くようにとロブセルさんに厳命していた。

どうしよう……っ!?　まだ心の準備ができていないのに……っ！

後悔《こうかい》してもすでに遅《おそ》い。レイシェルト様の凛々《りり》しい面輪《おもわ》に不快げな表情が浮《う》かんでいるのではないかと、おずおずと視線を向ける。途端《とたん》、ぱくりと心臓が跳《は》ねた。

まさに光神アルスデウス様の勇者と呼ぶにふさわしい凛々しいお姿を見るだけで、顔に熱がのぼる。おそばにいる資格なんてないとわかっているのに、吸い寄せられたように視線が外せない。真っ赤になっているだろう顔を見られないように、あわてて立ち上がるとスカートをつまみ、膝《ひざ》を折って頭《こうべ》を垂れる。私の隣で、王妃様が華《はな》やいだ声を上げた。

「レイシェルト様、決勝進出おめでとうございます。義母として鼻が高いですわ。決勝戦も、ぜひ勝利を収めてくださいませね」

「兄様、頑張《がんば》ってくださいっ！　僕、精いっぱい応援します！」

「ありがとうございます、義母上。ティアルトもありがとう」

王妃様に一礼したレイシェルト様が、次いで、まだ籠手《こて》をつけていない手でティアルト様の頭を優しく撫《な》でる。

「エリシア嬢も、それはそれは熱心にレイシェルト様のことを応援してらしたのよ」

不意に、王妃様が私の手を取り水を向ける。

「い、いえ……っ」

かぶりを振るより早く、レイシェルト様の碧《あお》い瞳《ひとみ》と視線が合った。それだけで、胸が詰まって言葉が出てこなくなる。

「エリシア嬢、応援してくれてありがとう。ここまで来られたのも、きみが応援してくれたからだろう」

「と、とんでもないことでございます……っ！」

『迷惑だから、今後一切《いっさい》近づくな』と命じることだってできるのに。レイシェルト様の優しさに涙《なみだ》がにじみそうになる。と、よく通る別の声が割って入る。

「エリシア嬢が応援していたのは王太子殿下《でんか》だけではありませんよ。俺のことも応援すると約束してくれましたから」

驚《おどろ》いて振り向くと、鎧姿のジェイスさんが王妃様の天幕へと歩いてくる姿が見えた。

「まあっ！　もうひとりの優勝候補の登場ね！」

華やいだ声を上げた王妃様にジェイスさんが恭しく挨拶する。顔を上げたジェイスさんがレイシェルト様と視線を合わせる。二人の瞳には燃えるような闘志《とうし》がみなぎっていた。

「殿下。先日申し上げたとおり、俺は譲《ゆず》る気はありません」

「わたしもだ。必ずきみに勝ってみせる」

二人の優勝に懸《か》ける熱意に、見ているこちらが気圧《けお》されそうになる。二人の周りの空気が不可視の紫電《しでん》を孕《はら》んでいるかのようだ。私だけでなく、レイシェルト様の後ろに控えているロブセルさんも、緊張《きんちょう》した面持ちで二人を見守っている。

緊迫《きんぱく》を打ち破ったのは、セレイアの声だった。

「レイシェルト殿下！　こちらにいらっしゃいましたのねっ！」

まるで他の者など見えていないかのように足早にレイシェルト様に歩み寄ったセレイアが、嬉《うれ》しげにレイシェルト様の腕《うで》に自分の腕を巻きつける。

「聖女であるわたくしが祈りを捧げた杯《さかずき》をお受けくださいませ！　さあ、こちらですわ」

決勝戦の前には優勝を争う二人が国王の前で宣誓《せんせい》し、聖女もしくは聖者から祈りを込められた杯を渡されることになっている。

「わたくし、レイシェルト殿下のために、心を込めて祈りましたのよ。陛下もお待ちですわ。参りましょう」

ちらりと私を見て、勝ち誇《ほこ》ったような笑《え》みを浮かべたセレイアが、甘ったるい声でレイシェルト様に告げる。セレイアが言うとおり、リボンと杭《くい》で囲われた闘技場に国王陛下が歩を進めている。仕方がなさそうに吐息《といき》したレイシェルト様が、力ずくでセレイアの手をほどいた。

「わかった。だが、祈りを込める聖女が片方に肩入《かたい》れするような言動は厳に慎《つつし》んでくれ」

踵《きびす》を返したレイシェルト様の後をジェイスさんとセレイアが追う。王妃様とティアルト様の応援の声がレイシェルト様の背中を追いかけた。

私も応援の言葉をかけなくてはと焦《あせ》る。けれど、レイシェルト様を追う寸前、私を振り返ったセレイアの憎々《にくにく》しげな視線の鋭《するど》さに、思わずひるんでしまう。私の様子にふんっと鼻を鳴らしたセレイアがすぐにレイシェルト様を追いかけた。

闘技場の中、国王陛下の前でレイシェルト様とジェイスさんが片膝《かたひざ》立ちになり宣誓を行う。次いで、セレイアが両手にひとつずつ持った銀の杯のひとつを、まずレイシェルト様に渡《わた》した。

一瞬《いっしゅん》、レイシェルト様に渡された銀の杯から黒い靄《もや》が揺蕩《たゆた》ったように見えたけれど……。

私が声を上げるより早く、うっとりとした表情のセレイアの前で、レイシェルト様がひと息に杯を呷《あお》る。途端。

口元を押さえたレイシェルト様が杯を落として地面に両膝をつくのと、その全身から闇《やみ》のように真っ黒な靄が噴《ふ》き上がるのは同時だった。

さらに、それに合わせたかのように、森の中から黒ずくめの男達が飛び出し、居並ぶ貴族達に、手にしていた革袋《かわぶくろ》の中の水を浴びせかける。おそらく革袋の中身は澱《よど》みが融《と》け込んだ水なのだろう。黒い靄を宿す水をかけられた人々からも、黒い靄が立ち上り、会場が混乱の渦《うず》に叩《たた》き込まれる。だが、私にはその様子を確認《かくにん》する暇《ひま》なんてなかった。

「レイシェルト様っ！」

「エリシア嬢！　危険だわっ！」

無我夢中で天幕から飛び出した私の背に、王妃様が叫《さけ》ぶ。

「それでも……っ！　私が行かなくちゃいけないんですっ！」

張られたリボンを乗り越《こ》え、闘技場に足を踏《ふ》み入れる。国王陛下を庇《かば》い、剣を抜《ぬ》いてレイシェルト様に対峙《たいじ》していたジェイスさんが、私を見てぎょっと目を見開いた。レイシェルト様に駆《か》け寄ろうとした私の腕を、走り寄ったジェイスさんが摑《つか》んで止める。

「待てっ！　行くなっ！　どう見ても様子がおかしいだろうが！」

「でも……っ！　レイシェルト様の身体《からだ》から黒い靄が……っ！」

ジェイスさんが私を背にし、庇うように前に立つ。掴まれた手を振り払《はら》いたいが、私の力では敵《かな》うはずがない。

「黒い靄……っ!?」

「そうですっ！　早く祓わないと……っ！」

「落ち着け！　騎士《きし》達は不審者《ふしん》への対処を！　誰《だれ》か、状況《じょうきょう》を報告せよ！」

駆けつけた近衛《このえ》騎士団に守られながら下がった国王陛下が、毅然《きぜん》とした声で指示を出す。

黒い靄が見えない国王陛下や近衛騎士団は、いったいレイシェルト様に何が起こったのかわからず、手を出しかねて遠巻きにしている。

闘技場の周りからは貴族達があわてふためく声や、騎士や聖者達が非武装の者達に下がるように叫ぶ声、令嬢達の絹を裂《さ》くような悲鳴が聞こえるが、それどころではない。

私とジェイスさんの目の前でゆらりと立ち上がったレイシェルト様が、腰《こし》の剣を抜き放つ。まるで感情が抜け落ちたかのように顔には表情がなく、全身からは燃え盛《さか》る炎《ほのお》のように黒い靄を立ち上らせていた。

全身を闇で染め上げたかのようなレイシェルト様の姿は、まるで闇から生まれ出た騎士のようだ。

「放してくださいっ！　レイシェルト様の靄を祓《はら》わなきゃ……っ！」

「馬鹿《ばか》っ！　あの状態のレイシェルト殿下になんか近寄らせられるかっ！　ここでおとなしく待ってろ。俺があの野郎《やろう》を叩き伏《ふ》せてくるから！　祓うのはその後でいい！」

摑まれた腕を振《ふ》り払おうとする私に怒鳴《どな》ったジェイスさんが、後ろに突《つ》き飛ばすように私の手を放してレイシェルト様へ駆け寄る。獣《けもの》の唸《うな》りのような声を上げ、あてどなく剣を振り回すレイシェルト様の姿は、とても正気には見えない。

駆けるジェイスさんの背を見送る間も惜《お》しんで、私も身を翻《ひるがえ》す。駆け寄った先は、闘技場の端《はし》で怯《おび》えたように身を震《ふる》わせるセレイアだ。

「セレイア！　いったいレイシェルト殿下に何を飲ませたの!?　あれは……っ！　聖水なんかじゃないんでしょう!?」

問われたセレイアがびくりと身体を震わせる。

「し、知らない……っ！　わたくしはただ、アレをレイシェルト殿下に飲ませたら、望みが叶《かな》うって……っ！　そう言われたから、だから……っ！」

「誰に言われたの!?　それに、望みって……っ!?」

尋《たず》ねた瞬間、セレイアに伸《の》ばしていた指先をぱんっ！　と払われる。じん、と指先に痛みが走った。憎しみに燃えたセレイアのまなざしが私を貫《つらぬ》く。

「全部あなたのせいでしょう!?　穢《けが》らわしい邪悪《じゃあく》の娘《むすめ》のくせにレイシェルト殿下のお心を

射止めようとするから！　だから……っ！　そうよっ、わたくしが悪いんじゃないっ！

邪悪の娘が分をわきまえようとしないからっ！　全部、あなたが悪いのよ……っ！」

黒い靄をあふれさせながら放たれた言葉。レイシェルト様と出逢《であ》って間もない頃の私なら、邪悪の娘である私が悪いんだと謝罪していただろう。けれど。

「違《ちが》うわ。私はあなたの罪まで肩代わりなんてしない」

生まれて初めて私に反論されたセレイアが、信じられないと言わんばかりに目を瞠《みは》る。けれど、私はセレイアを放《ほう》って身を翻した。目指す先はジェイスさんと戦うレイシェルト様だ。セレイアから情報が得られないのなら、自力で何とかするしかない。

「レイシェルト！　てめぇ……っ！　正気を取り戻《もど》せよっ！」

レイシェルト様が振るう剣《けん》を受け止めながらジェイスさんが叫ぶ。

「勇者の血が聞いて呆《あき》れるぜ！　エリシアや俺を失望させるなよっ！」

ジェイスさんの声に反応したように、言葉にならない叫び声を上げながら、レイシェルト様が剣を振りかぶる。その碧《あお》い瞳《ひとみ》は闇に染められたように真っ黒に澱み、明らかに正気を失っている。

「く……っ！」

上段から振り下ろされたレイシェルト様の剣を受け止めたジェイスさんが苦しげに呻《うめ》く。まるで、剣ごと叩き折ろうとするかのように、レイシェルト様が力を込める。二人の剣が軋《きし》むような音を立てた。

明らかに常人の力じゃない。もしかしたら、セレイアに飲まされたもののせいで、常人以上の力を無理やり引き出されているのかもしれない。だが、そんな風に無理やり力を引き出させられて、レイシェルト様の身体がいつまでも持つとは思えない。

考えた瞬間、ぞっと全身から血の気が引く。

「レイシェルト様っ！　おやめくださいっ！　黒い靄になんか負けないで……っ！　剣を放してくださいっ！　私が祓ってみせますから……っ！」

私の声が届いたのか、ほんの一瞬だけ、レイシェルト様の動きが止まる。

「うらぁっ！」

一瞬の隙《すき》を逃《のが》さず、ジェイスさんが鎧《よろい》に覆《おお》われたレイシェルト様の腹部を蹴《け》り飛ばす。

騎士らしからぬ荒《あら》っぽい攻撃《こうげき》に、レイシェルト様がたまらず後ろによろめいた。

その隙を逃さず、ジェイスさんの剣が巻き取るようにレイシェルト様の剣を跳《は》ね上げる。

手から離れたレイシェルト様の剣が、がらんっ、と音を立てて地面に落ちた。

「レイシェルト様っ！」

「おいっ⁉」

ジェイスさんが止めるより早く、レイシェルト様の胸元《むなもと》へ飛び込む。

「お願いっ、消えて……っ！」

レイシェルト様に縋《すが》りつき、必死に黒い靄を祓う。

「いいのかっ⁉　こんなところで力を使ったら――！」

ジェイスさんの言葉に胸が轟《とどろ》く。

聖女だと知られたくなくて。勝手に期待をかけられて裏切られたと失望されるのが怖《こわ》くて、ひたすら隠《かく》してきた力。でも……っ！

私なんかに何度も向けてくれたレイシェルト様の包み込むような笑《え》み。それを守るためなら、私なんてどうなったっていい！

「かまいませんっ！」

迷いなく断言し、レイシェルト様の靄を祓う。けれど、祓っても祓っても、奔流《ほんりゅう》のように黒い靄が湧《わ》き出してくる。どんどんあふれてくる黒い靄は、レイシェルト様の全身を覆い隠し、辺りまで飲み込もうとするかのようだ。

「逃《に》げ、ろ……っ！　身体が、勝手に……っ！」

握《にぎ》り潰《つぶ》さんばかりに摑まれた腕《うで》に痛みが走る。レイシェルト様は身体の動きさえままならないらしい。苦しげに細められた瞳は、闇《やみ》に染め上げられたかのように黒い。

「嫌《いや》……っ、嫌ですっ！」

離れてなるものかとかぶりを振った私の頰《ほお》から涙《なみだ》が散る。泣いている場合ではないのに、己《おのれ》の無力さが情けなくて、涙があふれて止まらない。

泣きながら、必死で靄《もや》を祓い続ける。いま誰よりも苦しんでいるのはレイシェルト様だ。

そんなレイシェルト様を放っておけるわけがない。

私の泣き顔を見たレイシェルト様の面輪《おもわ》がますます苦しげに歪《ゆが》む。

「お願いだ……っ。わたしの手できみを傷つけたくなんかない……っ！」

まるで泣いているような声。

何か……。どうにかしてレイシェルト様の心の闇を祓わなきゃ。そう思うのに、焦《あせ》れば焦るほど何も考えが浮《う》かばない。祓っても祓っても、黒い靄が噴《ふ》き出してくる。

「どう、して……っ！　どうして祓えないの……っ！」

自分の無力さにぼろぼろと涙があふれ出る。

レイシェルト様が苦しんでいる時に助けられないなんて、何のための聖女の力か。私が身代わりになれるのなら、いくらでも代わるのに……っ！

「エリシア、お願いだ……っ」

離れようとしない私に、レイシェルト様が困り果てた声を出す。身体《からだ》の中からあふれ出す衝動《しょうどう》を抑《おさ》えるかのようにきつく眉《まゆ》を寄せた表情に、見ている私の胸まで痛くなる。

「もう、正気を保っていられそうにないんだ……っ。頼《たの》むから、逃げてくれ……っ」

震えるレイシェルト様の手が、私の首にかかり絞《し》め上げようとする。

「お願いだから……っ。恋《こい》しい人を傷つけさせないでくれ……っ」

胸を貫くような切ない叫《さけ》び。それに呼応するように、胸の奥に秘《ひ》めていた想《おも》いがあふれ出す。

「私だって……っ！　好きな人が苦しんでるのを見過ごすなんてできませんっ！」

叫んだ瞬間、レイシェルト様が目を瞠る。けれど、かまわず勢いのままに言い募《つの》る。

「レイシェルト様が健《すこ》やかでお幸せにいてくださってこそ、私だって幸せでいられるんですからっ！　だから、だから……っ！」

自分でも何を言っているのかわからない。

けれど、ただただレイシェルト様の心の闇を晴らしたくて。

「好きな方が苦しんでるのに、離れろなんて哀《かな》しいこと言わないでください……っ！　お願いですっ、元のレイシェルト様に戻ってくださいっ！　邪教徒《じゃきょうと》達の思い通りになんかならないで――っ！」

ありったけの想いを込めて黒い靄を祓《はら》う。

次の瞬間、辺りに清冽《せいれつ》な白くまばゆい光が走り、あれだけ強固だった黒い靄が、呆気《あっけ》ないほど簡単に霧散《むさん》した。

「え……っ？」

何が起こったのかわからず、呆《ほう》けた声を上げた途端《とたん》、ぎゅっと強く抱《だ》きしめられる。

「エリシア……！　ありがとう、きみにそんな風に想ってもらえていたなんて……っ！」

いったい、何が起こったのかわからない。わ、私、さっき何を叫んでたっけ……っ⁉

「えっ、えぇ……っ⁉」

一瞬《いっしゅん》で全身が熱くなる。身じろぎすると、レイシェルト様がぱっと腕をほどいた。

「あ、あの……っ」

「す、すまない……っ」

急に放され、よろめいたところを、後ろから伸びてきた腕に掴《つか》まえられる。いつの間にか背後に忍《しの》び寄っていたロブセルさんが、後ろから私の腰《こし》に腕を回し、強引《ごういん》に引き寄せた。

「ロブセル！　エリシアの手を放せ！」

なぜロブセルさんがここにいるのか。状況《じょうきょう》が読めない私をよそに、地面に落ちた剣を拾い上げたレイシェルト様が油断なく剣を構える。ロブセルさんが哀しげな声を上げた。

「殿下《でんか》。なぜわたしに剣を向けられるのです？」

「茶番はここまでだ。信じたくはなかったが……。邪教徒達に情報を流し、手引きしたのはお前だな？」

「……さすがですね、殿下。エリシア様を手にかけ絶望に囚《とら》われていれば、わたしがこんな真似《まね》をせずとも済んだというのに……。凝縮《ぎょうしゅく》した澱《よど》みを飲んでさえ正気に戻《もど》れるとは、エリシア様の力を甘く見ていました。が、まだ計画が潰《つい》えたわけではありません」

レイシェルト様が動くより早く、ロブセルさんが隠し持っていた短剣の切っ先を私の顔に突《つ》きつける。凍《こお》りついたようにレイシェルト様が動きを止めた。

「やめろ！　ロブセル、なぜだ……っ⁉　宮廷《きゅうてい》画家として大成しようとしていたお前が、なぜ邪教徒などに……っ⁉」

苦しげなレイシェルト様の声に、ロブセルさんの顔に歪んだ笑みが浮かぶ。

「なぜ？　ずっとあなたが憎《にく》らしかったからですよ！　すべてに恵《めぐ》まれたあなたには、わたしの気持ちなど一生わからないでしょうね。あなたに助けられるたび、どれほどわたしが惨《みじ》めだったか、あなたは想像したことすらないでしょう……っ⁉」

ロブセルさんの叫びに、レイシェルト様が不可視の刃《やいば》で斬《き》りつけられたように顔を強張《こわば》らせる。それを見たロブセルさんが箍《たが》が外れたような笑い声を上げた。

「いつか、あなたにもわたしと同じ絶望を味わわせてやりたいと、ずっと願っていたのです！　どうですか？　大切なエリシア様を目の前で奪《うば》われた気分は⁉」

目の前でちらつく短剣が恐《おそ》ろしくて仕方がない。身体が勝手にかたかたと震《ふる》え出す。

「お前の恨《うら》みなんて知ったことか！　悪あがきはやめて、さっさとエリシアを放せっ！」

剣を構えたジェイスさんが大声を上げる。一瞬、ジェイスさんに意識が逸《そ》れた隙《すき》に、レイシェルト様が距離《きょり》を詰《つ》めようとするが。

「この短剣が見えませんか？」

ロブセルさんが私の首に押し当てた刃にレイシェルト様達が動きを止める。

だった。

「ロブセル！　無駄《むだ》な抵抗《ていこう》はやめろ！」

レイシェルト様のまなざしは矢のように鋭《するど》い。が、ロブセルさんが上げたのは嘲《あざけ》りの声だった。

「無駄？　いいえ、まだ悲願は達成できます！　何のためにわたしがわざわざエリシア様を人質《ひとじち》にしたと思うのです？　まだ澱みは殿下の身体の中に残っているはず。ならば……。心を染め尽《つ》くすほどの絶望を与《あた》えればいいだけ。愛する者を喪《うしな》い、無明の闇に堕《お》ちた勇者の心臓を捧《ささ》げれば……。きっと邪神ディアブルガ様も復活なさるに違《ちが》いありませんっ！」

「やめろっ！　わたしを闇に染めたいのなら、わたし自身を狙《ねら》えばいい！　エリシアには手を出すなっ！」

悲痛極《きわ》まりないレイシェルト様の叫びに、己の優位を確信したロブセルさんが心底楽しげな声で笑う。

「お断りします。殿下自身を傷つけるよりもエリシア様を傷つけたほうが、殿下には効果的でしょう？　もともとこの娘《むすめ》は大聖女の澱みを移す器《うつわ》なのです。どうせ死ぬのですから、その前にせいぜい役に立ってもらわなくては」

「下衆《げす》が……っ！」

低い声で呟《つぶや》き、思わずといった様子で一歩踏《ふ》み出したジェイスさんを、「動くな！」とロブセルさんが鋭く制止する。

「エランド様も剣を捨ててもらいましょうか。……殺すだけが絶望を与える手段ではないのですよ？　エリシア様の愛らしいお顔に、一生残る傷などつけたくないでしょう？」

「ひ……っ」

頬にふれた刃の冷たさに悲鳴がこぼれる。

「貴様……っ！」

レイシェルト様の碧《あお》い瞳《ひとみ》が燃える。洩《も》らした声は、こらえきれぬ怒《いか》りを宿して、地を這《は》うように低い。

「エリシアに傷ひとつでもつけてみろ。死ぬよりつらい目に遭《あ》わせてやる……っ！」

「っ！」

気圧《けお》されたロブセルさんが息を呑《の》む。

「お、脅《おど》しても無駄ですよ。エリシア様がわたしの手のうちにある限り、手出しはできないでしょう？」

身体に走った震えをごまかすかのように強がるロブセルさんを、剣を捨てたジェイスさんが睨《にら》みつける。

「ああ。だがな、エリシアにほんのわずかでも傷をつけてみろ。その瞬間《しゅんかん》、生まれてきたことを後悔《こうかい》させてやるぜ……っ！」

レイシェルト様とジェイスさんが放つ圧に押されたように、じり、とロブセルさんが後ずさる。捕まえられている私も一緒《いっしょ》に下がるほかない。

人質を取って優位に立っているのはロブセルさんのはずなのに、今や明らかにレイシェルト様達に押されている。気がつけば岸辺まで追い詰められ……。

不意に、ざぶりと波が足を洗う。湖の中へ引き込まれたのだと理解した瞬間、前世の死に際《ぎわ》に味わった恐怖《きょうふ》が思考を塗《ぬ》り潰《つぶ》す。

「嫌《いや》……っ！」

抑えきれない悲鳴がほとばしる。

「いやっ、怖《こわ》い……っ！」

「何だ……っ⁉」

短剣を突きつけられているにもかかわらず、突然《とつぜん》、正気を失ったように暴れ出した私に、ロブセルさんの腕《うで》がわずかにゆるむ。レイシェルト様達が弾《はじ》かれたように動いた。

「エリシア！」

一気に距離を詰めたレイシェルト様が、短剣と私の間に腕を差し込むようにして、ロブセルさんの腕を引きはがす。同時に、駆《か》け寄ったジェイスさんがロブセルさんを殴《なぐ》り飛ばした。ばしゃんっ！　と背後で立った大きな水音に、いっそう恐怖が湧《わ》き起こる。

「嫌っ！　水は嫌なのっ！　やだっ、怖い……っ！」

涙《なみだ》が勝手にあふれ出し、頬《ほお》を伝い落ちる。

「エリシア！　もう大丈夫《だいじょうぶ》だ！」

レイシェルト様がぎゅっと私を抱き寄せる。けれど、その声は耳には届かない。

ドレスが水を吸って冷たくて重くて。足に絡《から》みつく布地は、私を捕《と》らえて水底へ引きずり込もうとしているようで。

「やだっ！　水は嫌なの……っ！　もう私から大切なものを奪わないで……っ！」

息ができない。この世界で、ようやく自分の命よりも大切なものを見つけたのに。失ってしまうなんて耐《た》えられない。

幼子のように泣きじゃくる私を、不意にレイシェルト様が横抱《よこだ》きに抱き上げる。

「大丈夫だ。ほら、もう水の中じゃない。きみは何も失わないよ、エリシア」

私を抱き上げたレイシェルト様が、足早に岸辺へと上がる。心を融《と》かすような優《やさ》しい声。しっかりと私を抱き寄せる腕は、この上なく頼《たの》もしい。

「うしな……わ、ない……？」

しゃくり上げ、たどたどしくこぼした呟きに、頼もしい声が返ってくる。

「ああ。ほら、ちゃんと息ができるだろう？」

「い、き……」

涙声で呟きながら、呼吸に意識を向けてみる。苦しくも冷たくもない。代わりに、かすかに揺蕩《たゆた》うのは、何度もかいだことのある高貴な薫《かお》りと、ほのかな汗《あせ》の匂《にお》いで……。

ぎゅっと私を抱きしめたまま、レイシェルト様がほっと安堵《あんど》の息を洩らす。けれど、私は今の状況《じょうきょう》を理解した途端《とたん》、別の混乱の渦《うず》に叩《たた》き込まれていた。

恐怖に冷えきっていた身体《からだ》が一瞬で熱を持ち、壊《こわ》れんばかりに心臓が騒《さわ》ぎ出す。

え？　待って？　レイシェルト様が私をお姫様《ひめさま》抱っこしてて、端整な面輪《おもわ》がびっくりするほど近くにあって……。え？

「だ、大丈夫です！　お、下ろしてくださいっ！」

足をばたつかせようとし、びっしょりと濡《ぬ》れたスカートに阻《はば》まれる。が、なおも足をばたつかせて懇願《こんがん》すると、仕方がなさそうにレイシェルト様が下ろしてくれた。地面に足をつけたものの、よろめきそうになる私を、レイシェルト様が頼もしい腕で支えてくださる。

「す、すみませ……っ」

混乱にぐるぐると思考が回る私の耳に、レイシェルト様の静かな声が届く。

「エリシア。もしや、きみは……。水が苦手なのか……？」

「っ！」

ためらいがちに発された問いに、反射的に肩《かた》が跳《は》ねる。

話すべきことじゃない。わかっているはずなのに、口は勝手に言葉を紡《つむ》いでいた。

「……む、昔……。溺《おぼ》れて死ん……、いえ、死にかけて……」

「落ち着いたかい？」

告げた途端、レイシェルト様が呑んだ呼気が鋭く響《ひび》く。

「もしや……。きみが聖女の力を秘密にしていたのは、水垢離《みずごり》を避《さ》けるためだったのか？」

「それ、は……」

聖女であることを隠《かく》していた理由は、水垢離だけじゃない。それよりも、もっと大きな理由は……。

言い淀《よど》んでいると、ロブセルさんを取り押さえたジェイスさんの声が飛んできた。

「おいっ！　いい加減エリシアから離《はな》れろっ！　誰《だれ》の暴走のせいでこんな事態になったと思ってやがる⁉　先にちゃんと責任を取れっ！」

レイシェルト様が我《われ》に返ったように動きを止める。そうだ。黒い靄《もや》を立ち上らせていたのはレイシェルト様だけじゃない。そちらだって祓《はら》わなくては。

首を巡《めぐ》らそうとした私の耳に、人々の叫《さけ》び声が聞こえる。レイシェルト様が顔を強張《こわば》らせて見た方向を私もあわてて追う。

岸辺に立つ神殿《しんでん》の入り口から、真っ黒な靄を纏《まと》った『澱《よど》みの獣《けもの》』が一頭、飛び出していた。狼《おおかみ》の三倍はありそうな巨体《きょたい》から、ぐるるる、と唸《うな》る声がここまで聞こえる。

「どうして……っ⁉」

澱みの獣は祓いの儀式《ぎしき》で大聖女の封印《ふういん》をゆるめて、初めて出てくるはずなのに。

「邪教徒達《じゃきょうと》が澱みを多く発生させたせいで、大聖女の封印がゆるんだに違《ちが》いない。すぐに討伐《とうばつ》しなくては……っ！」

幸い、見たところロブセルさん以外の邪教徒達も騎士《きし》達に捕らえられ、貴族達の避難《ひなん》も進んでいるようだけれど、澱みの獣が現れたとなれば、話は別だ。

恐怖のためか、避難した貴族達の間から、うっすらと黒い靄が湧き出している。何より、澱みの獣は、勇者の血を引く王族と、聖女や聖者が力を合わせなくては倒《たお》せない。

「レイシェルト様っ！　私も一緒に……っ！」

身を離そうとするレイシェルト様の手を摑《つか》んで告げると、碧い目が驚《おどろ》きに瞠《みは》られた。

「だが……。きみは聖女になりたくないいんだろう？　澱みの獣を祓えば、さすがに言い逃《のが》れはできない。……それでもいいのかい？」

気遣《きづか》いに満ちたレイシェルト様の声。

けれど、もうこれ以上逃《に》げたりなんかしない。私は、端整な面輪を真っ直《す》ぐに見上げて告げる。

「私……っ！　ずっとずっと怖かったんです。聖女だと知られて、でも期待に応《こた》えられなくて失望されるのが……っ」

絵理の時も、そうだった。お母さんの期待に応えられない自分が不甲斐《ふがい》なくて、そんな自分がずっと嫌《きら》いで。エリシアに生まれ変わっても、邪悪の娘《むすめ》と罵《ののし》られて当然だと。でも。

マルゲやジェイスさん、マリエンヌ嬢《じょう》が、私は邪悪の娘なんかじゃないと言って認めてくれたから。何より――。

「またうまくできなくて失望されるかもしれません。嫌な目にだって遭《あ》うでしょう。でも、レイシェルト様と出逢《であ》えたから。真っ直ぐ前を向いて、努力を怠《おこた》らない姿に勇気をいただいたから……っ！　私、もう逃げませんっ！　私の聖女の力が少しでもレイシェルト様を守ることができるのなら、どうか一緒《いっしょ》に戦わせてくださぃ……っ！」

レイシェルト様とつないだ手に、祈《いの》るように力を込める。身体はまだ震《ふる》えている。けれど、碧《あお》い瞳《ひとみ》を見上げた視線は決して逸《そ》らさない。

「エリシア……っ！」

かすれた声で呟《つぶや》いたレイシェルト様の面輪に、すぐに力強い笑《え》みが浮《う》かぶ。

「大丈夫だ。何があろうと、わたしが必ずきみを守る」

あたたかく大きな手が、ぎゅっと指を握《にぎ》り返してくれる。

「安心しな。俺達が危ない目になんて遭わせねぇよ。もう、絶対にな」

後ろから聞こえた頼もしい声はジェイスさんのものだ。

「きみの勇気に、心から感謝する。――わたしと一緒に、行ってくれるかい？」

「はいっ！」

大きく頷《うなず》き、私はレイシェルト様と一緒に澱みの獣へと駆け出した。

エピローグ

神前試合から半月後、私は、王城の一室で侍女《じじょ》達に支度《したく》をされていた。

神前試合とその後の祓いの儀式のことを思い出すと、未《いま》だに信じられない心地《ここち》になる。あの日、レイシェルト様やジェイスさん達と澱みの獣に立ち向かい、二人が弱らせた澱みの獣を私が祓い、レイシェルト様がとどめを刺《さ》したなんて……。

終わった後、王妃《おうひ》様とティアルト様、そしてジェイスさんの応援《おうえん》に来ていたマリエンヌ嬢達には、心臓が潰《つぶ》れるかと思うほど心配したと、ものすごく叱《しか》られた。けれど、言葉の裏に私を思いやってくれているのがわかって……。叱られているというのに、あんなに嬉《うれ》しい気持ちになったのは初めてだ。

レイシェルト様に澱みを飲ませたセレイアは、自分は侍女に騙《だま》されただけだと抗弁《こうべん》したが、レイシェルト様に怪《あや》しい薬を飲ませたことに変わりはなく、当分の間、公爵《こうしゃく》家で謹慎《きんしん》という処分が下された。

セレイアに薬を渡《わた》した侍女は邪教徒の一味だったらしい。あの日、リーシェンデル湖にいた邪教徒達は騎士団によって、全員捕《と》らえられた。もちろんロブセルさんも捕《つか》まったが、彼の供述によると、ロブセルさんはことあるごとにレイシェルト様に瀫みを摂取《せっしゅ》させていたらしい。だが、私と出逢って以降、私と逢うたびにレイシェルト様に飲ませたはずの瀫みが消えていたので、私が聖女の力を持っているのではと疑っていたそうだ。

私の聖女の力はかなり強いらしく、一緒に瀫みの獣を討伐した他《ほか》の聖者さん達に驚愕《きょうがく》された。ふつうは瀫みを散らすことはできても、消すことまではできないらしい。それに、瀫みを見る目を持つ聖女も珍《めずら》しいそうだ。ちなみに、邪教徒達の騒《さわ》ぎがあったため、今年の神前試合に関しては異例の決勝戦なしということになった。

そして、さまざまなことがようやく落ち着きつつある今日は――。

国王陛下によって、正式に私が聖女と認められる宣旨《せんじ》が下される日だ。

侍女達に着せられたのは、聖女であることを示す真っ白なドレスだ。繊細《せんさい》な刺繍《ししゅう》やレースが施《ほどこ》された可憐《かれん》なドレスは、溜息《ためいき》がこぼれるほど綺麗《きれい》で、本当に私なんかが着てよいものなのかと心配になる。

緊張《きんちょう》に指先が冷えている。少しでも気持ちを落ち着けようと、胸元《むなもと》につけたリリシスの花飾《かざ》りにそっと指先でふれる。この花飾りだけは、私が自分で編んだものをつけさせてもらえることになったのだ。

そっと深呼吸したところで、部屋の扉《とびら》がノックされた。

「支度は終わったかい？」

侍女のひとりが恭《うやうや》しく開けた扉から、瞳と同じ、青空を映したような碧い正装を纏《まと》って現れた方は――。

「エリシア」

優雅《ゆうが》に微笑《ほほえ》んだレイシェルト様が私のもとへやって来る。侍女達が壁際《かべぎわ》に下がった。

「堅苦《かたくる》しい挨拶《あいさつ》なんて、なしでいい」

スカートをつまみ、膝《ひざ》を折って挨拶を述べようとした私の手をレイシェルト様が取る。

「どうかな？　わたしが選んだドレスは気に入ってもらえただろうか？」

「え……っ!?」

まさか、今日のドレスがレイシェルト様の選んでくださったものだなんて……っ！　ただでさえ恐縮《きようしゆく》していたドレスがいっそう畏《おそ》れ多いものに感じられる。

と、私を見下ろしたレイシェルト様が、甘やかな笑みを浮かべる。

「とても似合っている。綺麗だよ、エリシア」

「っ!?」

ぱくんっ、と心臓が跳《は》ねる。レイシェルト様のお姿を見た時から騒いでいた心臓が爆発《ばくはつ》してしまいそうだ。

リップサービスだとしても、麗《うるわ》しいご尊顔と美声で繰《く》り出される誉《ほ》め言葉は反則です！

あっ！　わかりました！　ドレスですねっ！　ドレスが綺麗ということですよねっ!?

　必死に理性を立て直そうとしていると、私の手を持ち上げたレイシェルト様が、ちゅ、と手の甲《こう》にくちづける。

「っ⁉」

　驚《おどろ》いて弾《はじ》かれたように上げた視線が、レイシェルト様の碧い瞳とぱちりと合い。

「清らかで愛らしくて……。まるで妖精《ようせい》のようだ。まさに聖女だね」

　微笑みかけられ、一瞬《いっしゅん》で顔が燃えるように熱くなる。推《お》し様としてレイシェルト様に憧《あこが》れていた時も、微笑みひとつで心臓が騒いでいたけれど、今はその比じゃない。胸が高鳴り思考が真っ白になって……。このまま息が止まったらどうしようと心配になるほどだ。

　どきどきして言葉が出てこない私に、レイシェルト様が首をかしげる。

「エリシア？　少し様子が……。緊張しているのかい？」

「ほえっ⁉　は、はいっ。そ、そのやはり……っ」

　こくこくと頷くと、私の手を握《にぎ》るレイシェルト様の指先に力がこもった。

「貴族達の反応が気にかかるのかい？　大丈夫《だいじょうぶ》だ。聖女であるきみを、誰《だれ》も邪悪《じゃあく》の娘《むすめ》なんて呼べない。何より、わたしが二度と呼ばせはしない」

　力強い声に、心にわずかに安堵《あんど》が広がる。

「あ、ありがとうございます……っ。ですが、大丈夫です。すぐに変えるのは無理だと承知しておりますので……」

人が変わるためには時間がいるのは、自分自身が身をもって経験した。レイシェルト様と出逢《であ》うまで、自分が変われるなんて、考えたこともなかった。

だから、大丈夫だ。何より、たとえ敵が多くても、私にはレイシェルト様やマルゲ、王妃様やジェイスさん達、心強い味方がいてくれると知っているから。

「きみは、神前試合の日以来、さらにまばゆくなった気がするね。しなやかで強くて……。これは、わたしも負けていられないな」

「え……？」

レイシェルト様の後半の呟《つぶや》きが聞き取れず、きょとんと聞き返すと、「いや」とゆるりとかぶりを振《ふ》られた。

「今日のきみの可憐な姿を見たら、誰もが見惚《みほ》れると思うけれどね。さあ、そろそろ行こうか。エリシア、こちらだよ」

レイシェルト様に手を引かれるまま、二人で部屋を出、王城の廊下《ろうか》を歩き始める。

私が支度した部屋から、謁見《えっけん》の間まではさほど距離《きょり》はないらしいけれど……。

「あ、あの……。レイシェルト様は謁見の間に先に行かれなくていいのですか……？」

私をエスコートしてくださるレイシェルト様におずおずと問いかける。

「ああ。わたしはきみと一緒《いっしょ》に入るからね」

えっ⁉ それって、レイシェルト様にエスコートされているのを大勢の貴族達に見られるってことじゃあ……？

あっさり告げたレイシェルト様が、心配そうな私の顔を見て、くすりと笑《え》みをこぼす。

「むしろ、わたしとしては大勢に知らしめたいところだよ」

王太子殿下《でんか》であるレイシェルト様と一緒に入場することで、私が邪悪の娘じゃないってことを知らしめるということかもしれない。

気遣《きづか》いに感謝していると、レイシェルト様がためらいがちに口を開いた。

「その……。今さらかもしれないが、わたしはきみが聖女と認められる日が来て嬉しいが、本当によかったのだろうか……？　きみに嫌《いや》なことは強《し》いたくない。きみが聖女になりたくなかったのは、水垢離《みずごり》を避《さ》けたい気持ちもあったからだろう？」

気遣わしげなレイシェルト様の表情。私を思いやってくださる優《やさ》しい心に、じんと胸が熱くなる。

「確かに、水垢離が嫌だったことは否定しません。けれど」

レイシェルト様が口を開くより早く、言を継《つ》ぐ。

「私が水を恐《おそ》れていたのは、水が私の大切なものを奪《うば》っていくんじゃないかと思っていたからで……」

前世で推し様に会う直前で溺《おぼ》れ死んだ時も、ロブセルさんに捕まって湖の中へ引き込まれた時も。このまま、大切なものを全部なくしてしまうことが怖《こわ》かった。

それだけじゃない。水垢離をすることは聖女だと周りに伝えるも同じ。でも、聖女であると周りに知られれば、遠からず失望されるに違《ちが》いないと……。

失望され、なじられることが、何より怖かった。けれど。

レイシェルト様と重《に》ねた手に、ぎゅっと力を込める。

「だけど、もう逃げないって決めたんです。失敗したり、失望されたりするかもしれないけれど、それでもレイシェルト様のお役に立ちたいと思えるようになったから……。だから、もう水垢離だって、怖くありません」

心配をかけまいと、にっこり笑ってレイシェルト様を見上げると、碧《あお》い目が瞠《みは》られた。かと思うと、つないだ手をぐいっと引かれた。

「ひゃっ!?」

よろけた身体《からだ》がとすりとレイシェルト様にぶつかったかと思うと、力強い腕《うで》に支えられる。

「きみはもう、本当に……。これから謁見なのが残念だ」

「あの……?」

確かに、もう謁見の間は目の前だ。

「仕方がない。続きは後で話そう」

ひとつ吐息《といき》したレイシェルト様が、私を抱《だ》きとめていた腕をほどく。あわてて私が姿勢を正したのを確認《かくにん》してから、レイシェルト様が扉の両脇《りょうわき》に控《ひか》える従者に指示を出した。

従者によって、彫刻《ちょうこく》が施された立派な両開きの扉が開けられた途端《とたん》、居並ぶ貴族達の視線が私とレイシェルト様に集中した。

「大丈夫だよ。わたしがついている」

反射的にひるみそうになった私の耳に、レイシェルト様の頼《たの》もしい美声が届く。

そっと見上げると、私を見下ろすレイシェルト様の碧い瞳と視線が合った。穏やかに告げられるだけで、勇気が心に湧《わ》いてくる。

「はい……っ」

こくんと頷《うなず》き、真っ直《す》ぐに前を見すえて歩き出す。

レイシェルト様が一緒にいてくださるからだろう。貴族達からの蔑みの声は聞こえない。けれど、そこここから、うっすらと黒い靄《もや》が立ち上っている。でも、黒い靄は私の歩みを止める理由にはならない。私は落ち着いた足取りで壇上《だんじょう》の陛下のもとまで広間の中央に敷《し》かれた絨毯《じゅうたん》の上を進む。

重ねた手のひらから、レイシェルト様のあたたかさが伝わってくる。それだけで、怖いものなど何もないと信じられる。

「陛下。エリシア・サランレッド公爵令嬢《こうしゃくれいじょう》をお連れいたしました」

壇上で王妃《おうひ》様やティアルト様と立派な椅子《いす》に並んで座る陛下の前まで私をエスコートし

たレイシェルト様が、手を離《はな》し、恭《うやうや》しく頭を下げる。倣《なら》って私もスカートをつまみ、膝《ひざ》を折って深々と頭を下げた。

「うむ。面《おもて》を上げよ」

陛下のお声に、ゆっくりと顔を上げる。立ち上がった陛下が朗々と宣言した。

「此度《こたび》の神前試合と祓《はら》いの儀式《ぎしき》での働き、大儀であった。ここに、アルスデウス国王の名において、エリシア・サランレッド公爵令嬢を聖女と認めよう！」

「ありがたき幸せにございます」

もう一度、深々と頭を下げる。表向きには、神前試合でレイシェルト様を助けようとした際に光神アルスデウス様の奇跡《きせき》がもたらされ、聖女の力に目覚めたことになっている。

「今後は、レイシェルトを支え、聖女の務めを果たしてくれると期待しておるぞ」

「浅学非才《せんがくひさい》の身ではございますが、聖女として責務を全《まっと》うする所存でございます」

頭《こうべ》を垂れたまま、恭しく述べる。

「うむ。楽しみにしておる。皆《みな》の者！　新たな聖女の誕生に祝福を！」

陛下が告げた途端、貴族達の歓声《かんせい》と拍手《はくしゅ》の音が謁見の間に満ちる。

「エリシア」

レイシェルト様がふたたび私に手を差し出す。剣《けん》だこのある大きな手のひらに己《おのれ》の手を重ね、壇上から降りると、貴族達に取り囲まれた。

「エリシア嬢！　おめでとうございます！」

「王太子殿下を救おうとなさっているところを見ておりました。我が身を顧《かえり》みず王太子殿下を救おうとされるなんて……。なかなかできることではありません！　光神アルスデウス様の奇跡がもたらされるのも当然でございますな！」

「あ、ありがとうございます……」

こんな風に囲まれて賛辞の言葉を贈《おく》られたことなんてない。

おろおろとしながら、ひたすら愛想《あいそ》笑いを浮《う》かべてお礼を述べる。私が言葉に詰《つ》まった時には、すかさず代わりにレイシェルト様が応対してくださった。

「慣れない場で疲《つか》れたのではないかい？　そろそろ下がろうか」

ひとしきり貴族達の応対をしたところで、レイシェルト様が助け舟《ぶね》を出してくださる。

愛想笑いにそろそろ頬《ほお》がつるんじゃないかと心配になっていた私は、一も二もなく頷いた。

まだ遠巻きにしている貴族達もいるが、そちらには黒い靄が漂《ただよ》っている。邪悪《じゃあく》の娘《むすめ》が聖女だと急に言われても、納得できないのだろう。私だって、すぐにすべての貴族達の対応が変わるとは思ってない。蔑《さげす》まずに話しかけてくれる人達がいるだけでありがたい。

遠巻きにしている貴族達の中で、ひときわ濃い黒い靄を出しているのは王妃様の兄であるデネル公爵だ。ティアルト様を次期国王にしたいデネル公爵とレイシェルト様の間には確執《かくしつ》があると聞いたことがあるけれど、噂《うわさ》は本当らしい。レイシェルト様もデネル公爵に牽制《けんせい》するようなまなざしを向けている。

祓いの儀式での活躍でレイシェルト様の名声がさらに高まったという話を聞いているから、公爵にいいようにされるはずがないと思うけれど……。

見上げると、私の視線に気づいたレイシェルト様が安心させるように笑みを浮かべた。

「大丈夫だよ。さあ、こちらへおいで」

レイシェルト様にエスコートされ、下がろうとしたところで、近くにいたお母様と視線が合った。セレイアは屋敷《やしき》で謹慎《きんしん》しているけれど、長女の私が聖女と認められるため、お父様達には参列が許されたのだ。二人が近くにいることには気づいていたけれども、他の貴族達への応対に手いっぱいで、まったく話せていなかった。

私と目が合ったお母様がびくりと大きく身体を震《ふる》わせる。無言のお母様に代わって、恭しく一礼したのはお父様だった。

「王太子殿下。このたびはエリシアをエスコートしていただき、感謝の念にたえません」

「よい。気にしないでくれ。わたしがしたくてしたことだ」

鷹揚《おうよう》に頷いたレイシェルト様が「それより」と鋭《するど》いまなざしでお母様を見据《みす》える。レイシェルト様の視線の圧に二人の肩《かた》がびくりと震えた。

「今後、一度でもエリシアを邪悪の娘と呼んでみろ。わたしの大切な者を蔑む輩《やから》がどうなるか――。その身をもって、味わわせてやろう。セレイア嬢にも伝えておけ」

「ひぃぃっ」

刃《やいば》のように鋭く冷ややかなレイシェルト様の声音《こわね》に、お母様が悲鳴を上げる。私は驚《おどろ》いて険を宿す面輪《おもわ》を見上げた。

「レイシェルト様っ⁉　ご冗談《じょうだん》にしても過激すぎます！　確かに、聖女の地位は大切なものだと存じておりますが……」

「いや、エリシア……」

私の言葉に、なぜかレイシェルト様が戸惑《とまど》った顔になる。と、小さく笑《え》みを浮かべた。

「その優《やさ》しさもきみの美点のひとつだね。おいで。もう行こう」

レイシェルト様に促《うなが》され、謁見《えっけん》の間を出る。人気《ひとけ》のない静かな廊下《ろうか》を二人で歩き。

「あの……。こちらは……？」

てっきり、着替《きが》えをした部屋へ戻《もど》るのだと思っていたのに、私が連れていかれたのは、豪奢《ごうしゃ》でありながらも、品のよい調度でまとめられた落ち着いた雰囲気《ふんいき》の部屋だった。もちろん私は入ったこともない部屋だ。

「ああ、わたしの私室だよ。――誰《だれ》にも邪魔《じゃま》をされずに、きみと話したかったからね」

「え……っ⁉」

扉《とびら》を閉めながら返された言葉に、気を失いそうになる。振《ふ》り返ると、碧い瞳が真剣《しんけん》な光を宿して私を見つめていた。一歩踏《ふ》み出して距離《きょり》を詰めたレイシェルト様が、私の両手を取り、頭を下げる。

「あの時……。澱《よど》みに心を支配されそうになったわたしを救ってくれたのは、まぎれもなくきみだ。いくら感謝しても足りないよ。ありがとう、エリシア」

「い、いいえ、あの時は夢中で……っ。あのっ、お願いですから顔をお上げくださいっ！」

ふるふると首を横に振り、必死に訴《うった》えかける。

「じ、実は私……。自分でも、どうして靄を祓えたのかわかっていないんです……っ。あの時、レイシェルト様の中からはどんどん黒い靄があふれていて、祓っても祓っても消えてくれなくて……。いったい、何がレイシェルト様の心に希望を灯《とも》せたのか……」

「わたしの心を喜びであふれさせたのはきみなのに、わからないと言うのかい？」

「は、い……」

からかうような声音に、情けなくなってうつむく。

「エリシア」

レイシェルト様の手のひらが、私の頰《ほお》を包み込む。

導かれるままに顔を上げると、碧《あお》い瞳《ひとみ》が柔《やわ》らかな弧《こ》を描《えが》いて私を見下ろしていた。レイシェルト様のまなざしに炙《あぶ》られたように、私の頰も熱くなる。

「あの時、きみが言った言葉を……。信じても、いいだろうか？」

「あの、時……？」

　おうむ返しに呟《つぶや》いた私に、レイシェルト様が甘く微笑《ほほえ》む。

「言ってくれただろう？　好きな人だ、と――」

　告げられた瞬間《しゅんかん》、なんとか黒い靄を祓おうと、何を叫《さけ》んだのかを思い出す。

　い、言いましたっ！　恥《はじ》も外聞も忘れて思いっきり叫びましたけど、あれは……っ！

「そ、そのっ、あれは……っ！」

　恥《は》ずかしくて顔を上げられない。うつむき、後ずさろうとすると、逆に腕《うで》を引かれて抱《だ》き寄せられた。広い胸に頬がふれた拍子《ひょうし》に、レイシェルト様の香水《こうすい》の薫《かお》りがふわりと漂う。

「わたしも、同じ気持ちだ。どうしようもなく、きみに恋《こい》している」

　私をかき抱いたレイシェルト様の真摯《しんし》な声が耳朶《じだ》を震わす。

　恋？　え……っ、恋っ!?　誰が誰にですかっ!?

　ぐるぐるぐるぐると頭が回る。

　レイシェルト様の美声は確かに耳に入ったはずなのに、内容が理解できない。

「エリシア」

　心の芯《しん》まで貫《つらぬ》くような声とまなざしが、私の視線を縫《ぬ》い留める。

「きみが、好きなんだ。どうか……。わたしの恋人になってほしい」

　とすり、と矢のようにレイシェルト様の言葉が胸に突《つ》き刺《さ》さる。

「え？　えぇぇぇぇっ!?　そっ、そんなっ、畏《おそ》れ多すぎますっ！　いくら聖女の力を持っていても、私なんかがおそばにいるなんて……っ！」

「『私なんか』ではないよ、エリシア。きみがいい。いや、きみでなければ駄目《だめ》なんだ」

大きな手のひらが頬を包む。

「きみは愛らしくて優しくて、勇気があって……。何より、わたしの心を救ってくれた」

碧い瞳が真っ直《す》ぐに私を貫き、耳に心地《ここち》よい声が力強く告げる。

「愛している、エリシア」

ぱくんっ、と心臓が跳《は》ねる。心の奥底から、尽《つ》きぬ喜びがあふれてくる。

だって、この恋は叶《かな》うはずがなくて。諦《あきら》めないと、って。前みたいに陰《かげ》から応援《おうえん》できるだけで満足しないとって思っていた、のに――。

「ほ、本当に、私でいいんですか……？」

レイシェルト様を見上げ、震える声で尋《たず》ねると力強い頷《うなず》きが返ってきた。

「もちろんだ。きみしか考えられない。だからどうか……。わたしの想《おも》いを、受け入れてくれないか？」

考えるより早く、こくりと頷く。

「私も、レイシェルト様が好きです……っ！　初めてお逢《あ》いした時からずっと……っ！」

恋心を自覚したのはつい先日だけど、本当はきっと、初めて逢った二年前から、ずっとレイシェルト様に惹《ひ》かれていた。

「エリシア……！」

感極《かんきわ》まったように私の名を紡《つむ》いだレイシェルト様が、とろけるような笑みを浮かべる。

「嬉《うれ》しいよ、エリシア。ありがとう」

麗《うるわ》しすぎる笑みに見惚《みほ》れる私の視界に、端整《たんせい》な面輪が大写しになり。

あたたかく、柔らかなものが唇《くちびる》にそっとふれる。

ちゅ、というかすかな音を残して離《はな》れたレイシェルト様の面輪は、魅入《みい》られずにはいられないほど幸せそうで、私の心まであたたかな喜びで満たされる。

これまで、つらいことや悲しいこと、さまざまなことがあったけれど、すべてが報《むく》われた気がする。

最愛の人が今、目の前にいる。この先何があろうとも、レイシェルト様と一緒《いっしょ》なら絶対に乗り越《こ》えてゆけると信じられる。

「愛している、エリシア」

蜜《みつ》よりも甘く囁《ささや》いたレイシェルト様の面輪がふたたび下りてくる。

気が遠くなるほどの幸せに包まれながら、私は目を閉じ、レイシェルト様がもたらす熱に酔《よ》いしれた──。

あとがき

このたびは本書を手に取っていただき、誠《まこと》にありがとうございます！　こちらの作品は第21回角川ビーンズ小説大賞・WEB読者賞を受賞したカクヨム掲載作品を大幅改稿《おおはばかいこう》したものですが、エリシア達を書くのが楽しく、改稿がまったく苦になりませんでした。

本文を頑張《がんば》りすぎたせいで今回はあとがきが一ページだけなので、さっそくお礼を。

まずは、カクヨムでの読者投票の際、応援《おうえん》してくださった皆様《みなさま》、本当にありがとうございました！　ようやくこうしてお届けすることができます！

イラストの釜田《かまだ》先生には、格好よすぎるレイシェルトと可愛《かわい》いエリシア達をお描《か》きいただき、誠にありがとうございます！　見ているだけで顔がにやけてしまいます。

編集様やこの本に携《たずさ》わってくださった皆様、創作仲間や家族にも、本当に感謝しております。何より、この本をお手に取ってくださった皆様に心から、感謝申し上げます。

また別の本でも皆様にお会いできることを、真摯《しんし》に祈《いの》っております。

綾束《あやつか》　乙《きのと》

BEANS BUNKO

「転生聖女は推し活がしたい！ 虐げられ令嬢ですが推しの王子様から溺愛されています!?」
の感想をお寄せください。
おたよりのあて先
〒102-8177 東京都千代田区富士見2-13-3
株式会社KADOKAWA 角川ビーンズ文庫編集部気付
「綾束 乙」先生・「釜田」先生
また、編集部へのご意見ご希望は、同じ住所で「ビーンズ文庫編集部」
までお寄せください。

転生聖女《てんせいせいじょ》は推《お》し活《かつ》がしたい！

虐《しいた》げられ令嬢《れいじょう》ですが推《お》しの王子様《おうじさま》から溺愛《できあい》されています!?

綾束《あやつか》 乙《きのと》

角川ビーンズ文庫 23927

令和５年12月１日 初版発行

発行者――――山下直久
発　行――――株式会社KADOKAWA
〒102-8177 東京都千代田区富士見2-13-3
電話 0570-002-301（ナビダイヤル）
印刷所――――株式会社暁印刷
製本所――――本間製本株式会社
装幀者――――micro fish

ISBN978-4-04-114418-3C0193 定価はカバーに表示してあります。 ◇◇◇